THE
TIME
THIEF

시간
도둑

THE TIME THIEF
사라진 시간의 비밀

손더 장편소설

한끼
Han kki

차례

THE TIME THIEF

프롤로그

"별로 놀지도 못했는데 벌써 저녁 먹을 시간이야. 좀 더 놀면 안 돼요?"

"와, 오늘 한 것도 없는데 퇴근 1시간 남았네?"

"아이들 키우다 보니 하루가 어떻게 지나가는지도 모르고 살았지."

"어렸을 땐 빨리 커서 어른이 되고 싶었는데, 이제 시간이 너무 빨리 가서 무서워."

"직장 생활 10년을 했는데 아직도 변변한 집 한 채가 없다. 그동안 나 뭐 했지?"

"으악, 내가 벌써 30대가 된다니. 내 20대 어디 갔어!"

"부모님 계실 때 잘할걸. 이렇게 금방 나이 드시고 돌아가실 줄은 몰랐어."

"요즘 왜 이렇게 바쁘지. 시간이 너무 없다."

"당신의 하루는 몇 시간이지? 24시간? 정말 그렇게 생각해?"

00:01.

출근 준비를 마치고 서재에서 메일을 확인하던 태민은 두 달 전 마주쳤던 여자를 떠올렸다. 그의 일이 원래 아무 상관없는 사람들을 마주치고 그들의 삶에 잠시 참견하는 것이긴 했지만, 그 여자는 왠지 신경이 쓰였다. 이름이 뭐였더라. 선뜻 떠오르지 않자 그가 다시 모니터로 시선을 돌렸다.

[〈확인 필요〉 정산 오류 알림]

메일함에서 처음 저 제목을 봤을 때만 해도 단순 계산 오류로 생각했다. 가끔 정산 시스템 업데이트 후에 이런 오류가 생기기도 하고, 신입이 계산 실수를 하기도 하니까. 하지만 별생각 없이 메일을 열어 본 그의 표정은 이내 굳어 버리고 말았다.

[지난주 A-541팀의 일일 정산 기록과 시간 보관소 데이터가 맞지 않

습니다. 회수된 시간 총량과 이동량이 일치하지 않으니 확인하여 주시기를 바랍니다.]

"이건 계산 문제라는 거야, 이동을 잘못시켰다는 거야? 그것도 우리 팀만?"

태민이 메일 내용을 보고 혼자 중얼거렸다. 이런 오류는 1년에 한 번 있을까 말까 할 정도로 거의 없어서 이유가 뭐가 됐든 미심쩍었다. 그가 한쪽 눈썹을 치켜올리며 태블릿에서 정산 리포트를 찾았다. 지난주를 떠올려 보니 7일간의 기억이 생생했다. 평소보다도 빨리 정산이 마감된 주였고, 당연히 문제랄 것도 없었다.

"이럴 리가 없는데."

머리를 손으로 쓸어 넘긴 그가 관련 데이터를 보내 달라는 답장을 보내고 집을 나섰다. 잠시 후 검은색 기블리가 주택가를 빠져나와 일요일 밤의 한적한 도로를 질주했다.

🕐

주식회사 템푸스, 세계적인 시계 제조업체. 1820년부터 시작된 200년의 유구한 역사와 더불어, 아날로그시계부터 전자시계, 스마트 시계까지 전 세계 시계 시장 점유율 1위를 차지하는 기업이었다. 완제품뿐만 아니라 템푸스의 부품이 하나라도 들어가지 않은 시계는 거의 없다고 볼 수 있었다. 한국 지사는 여의도 한복판에 있는 빌딩 한 채를 통째로 쓰고 있었고, 스위스 본사를 포함해 전 세계에 400개가 넘는 지사가 있었다.

한국 지사에 있는 주요 부서 중 태민은 전략 기획 본부의 본부장이었다. 그가 총괄하는 부서 중에 사람들이 잘 모르는 곳이 하나 있었는데, 바로 34층에 있는 정산부였다. 별도의 신분증이 있어야만 출입이 가능한 곳. 그곳에서 일하는 직원들은 '균형자'라 불렸다.

한 층을 통으로 터서 하나의 공간으로 쓰는 정산부는 다른 층보다 층고가 훨씬 높았고, 사무실 내부는 광장같이 넓었다. 창문은 거울처럼 보이는 반사 유리라서, 외부에서는 안이 전혀 보이지 않았다. 천장까지 높게 뻗은 하얀색 벽면에는 휴대폰 액정 크기 정도 되는 전자시계들이 빼곡했는데, 시계마다 빨간색 숫자가 떠 있었다. 이 숫자는 하루 동안 구역별로 회수된 시간을 나타냈다.

자정이 가까워질 즈음, 정산부 사무실에 안내 방송이 크게 울렸다.

"일일 정산이 5분 남았습니다. 파트별 최종 입력을 마무리해 주시길 바랍니다. 다시 한번….''

수많은 테이블에서 균형자들이 분주하게 정산을 마무리하고 있었다. 자정이 되기 전에 일일 정산을 끝내고, 모든 시계의 숫자를 00:00으로 세팅해 놓아야 한다.

"와, 이 사람은 오늘도 계속 졸고 일도 제대로 한 게 하나도 없네요. 한심하다, 한심해."

영한이 스크린 화면을 넘기다 어느 중년 남자의 데이터를 보고 혀를 끌끌 찼다.

"그런 사람들이야 많지."

"이래 놓고 맨날 시간이 없다고 불평하잖아요. 요즘 단골이니 곧 만나겠네요. 형, 아니 본부장님, 이 여자는 온종일 남 욕만 하다가 끝났어요. 이렇게 살 거면 그 시간 나 주지. 이런 인간들도 하루에 18시간이나 받는다니 불공평하지 않아요?"

영한이 계속 투덜댔지만, 그의 푸념이 익숙한 태민은 별말을 하지 않았다.

"어떻게 새해가 됐는데 시간을 더 막 쓸까요? 신년 다짐한 게 한 달밖에 안 됐는데. 이 많은 시간을 정말 필요한 사람들한테 줘 봐. 얼마나 잘 쓰겠냐고요. 아깝다, 아까워."

그의 말대로 지난 1월은 작년 평균치보다도 회수된 시간이 더 많았다. 태민이 스크린에서 다른 구역의 정산 상황을 점검하며 무심히 말했다.

"일할 때 사심 넣지 말랬지. 서둘러. 마감 2분 전이다."

균형자의 역할은 매일 구역별로 회수된 시간을 확인하고 정산하는 것이었다. 하루 중 의미 없게 쓰인 시간은 주변에 있는 시계를 통해 자동으로 회수된다. 그러니 저마다 하루를 사는 시간이 달랐다. 누구는 24시간을 살지만, 다른 누군가는 18시간을 살기도 했다. 멍하게 있을 때나 한 것도 없는데 시간이 확 지난 것 같을 때, 그런 때가 바로 시간이 회수되면서 사라지는 순간이다. 하지만 일반인은 그걸 전혀 알아차릴 수 없게 되어 있었다.

균형자들이 정산 작업을 마치면, 회수된 시간은 자정을 기점으로 시간 보관소로 옮겨진다. 영한이 마지막으로 일일 정산 데이터를 확인했다. 132분, 58분, 17분, 240분…. 저마다 회수된 시간이 제각각이었다. 이상이 없는지 체크한 뒤 확인 버튼을 누르자, 그가 서 있던 테이블 상판이 빨간색으로 변했다. 그리고 벽면에 있던 그의 담당 구역 시계의 숫자가 모두 00:00으로 세팅됐다. 연달아 정산을 마무리한 나머지 테이블도 빨간색으로 변하자, 벽면 시계의 숫자가 일제히 00:00으로 바뀌었다.

늘 그래 왔듯, 태민은 사무실 중앙에 있는 메인 컨트롤 스크린에서 일일 정산량 최종 확인에 들어갔다. 전체 회수량, 환산된 이동량 모두 정확했다. 그가 테이블 중앙에 있는 최종 확인 버튼을 누르자, 바로 안내 방송이 나왔다.

"5, 4, 3, 2, 1. 일일 정산이 완료되었습니다. 수고하셨습니다."

방송과 함께 벽면에 붙어 있는 전광판마다 '일일 정산 완료'라는 글씨가 크게 떴다.

태민이 일일 정산 리포트를 재차 확인하고 서명하는데, 영한이 다가왔다.

"형님, 고생하셨어요. 나 내일부터 출장이에요."

"그래, 3일?"

"아뇨, 이번엔 2일. 근데 이틀 동안 일본에서부터 미국 그리고 다시 한국까지 다 다녀와야 하네."

영한이 뻣뻣하게 굳은 목을 돌리며 구시렁거렸다.

"피곤하겠다. 잘 다녀와."

회수한 시간은 그 시간의 주인이 죽으면 마지막으로 꼭 필요한 일에 쓸 수 있도록 돌려준다. 그렇다고 허투루 쓴 시간을 모두 주는 건 아니었고, 최대가 3일이었다.

"그나저나 충원은 언제 해 준대요? 안 그래도 바쁜데, 우리한테 사고 낸 팀 구역까지 맡기는 건 너무하지 않아요?"

"적합한 사람이 아직 없대. 좀 기다려 보자."

"네, 다음 주 미팅 리스트 저기 올려놨어요. 제가 하면 되니까 무리하진 마시고, 궁금하면 한번 보세요. 신년답게 뉴 페이스들이 아주 많아요."

"고맙다."

태민이 영한이 가리킨 파일을 집어 드는데, 정산부 사무실에 안내 방송이 울렸다.

"잠시 후 12시 30분에 긴급회의가 있을 예정입니다. 각 파트 리더는 27층 그룹 회의실로 모여 주시길 바랍니다."

짐을 챙기는 영한의 어깨에 태민이 손을 올리며 말했다.

"나 회의 들어간다. 다녀와서 보자."

"네, 연락드릴게요!"

영한이 꾸벅 인사를 하고 사무실을 나섰다.

자정이 넘은 깊은 밤, 템푸스 빌딩 입구에서 영한을 비롯한 수백 명의 균형자가 쏟아져 나와 빠르게 흩어졌다.

한편 27층에 도착한 태민은 입구에서 한 번 더 신분증을 인식시켜 게이트를 통과했다. 긴 복도 끝에서 벽에 붙은 템푸스 로고에 시계를 갖다 대자, 벽이 회전문처럼 돌면서 반대쪽 공간이 나타났다. 로비는 벌써 회의에 온 사람들로 북적였다.

"지금 오신 분은 참석자 리스트에 서명해 주십시오."

"안에 들어가시면 구역 이름이 있습니다. 담당 구역별로 앉아 주세요."

회의실 안에서 태민을 발견한 정산부 총괄팀장이 한걸음에 달려 나와 그를 맞았다.

"안녕하십니까, 본부장님. 어제 보고드렸던 긴급회의 자료입니다."

"고마워요."

태민이 파트 리더들이 가득 메운 긴 직사각형 모양의 회의실을 가로질렀다. 그가 자리에 앉자 총괄팀장이 회의의 시작을 알렸다.

"출장자를 제외한 전원이 참석했으니 회의를 시작하도록 하겠습니다. 균형자 업무 지침이 일부 변경되어 안내차 회의를 소집했습니다. 자세한 내용은 배부된 책자를 보면서…."

회의장 안에는 사회자의 음성과 바스락거리며 종이를 넘기는 소리만 들렸다. 태민은 미리 본 내용이라 아까 영한이 두고 간 미팅 리스트를 펼쳤다.

[2월 3주 차 미팅 리스트(가나다순 15명)

강이영, 김미진, 김지한, 김하진, 김호석, 나예은, 민지홍, 박한결, 소연

아, 장지영, 채소연, 최정인, 탁현재, 하민, 황연수]

영한의 말대로 대부분 새로운 이름이었다. 대강 이름만 파악하려던 태민이 눈을 가늘게 떴다. 김하진? 그래, 김하진이었지. 이름을 보니 대번 작년 크리스마스이브가 떠올랐다. 진눈깨비가 날리던 밤, 텅 빈 눈으로 적색 신호등에 발을 내딛던 여자.

"팀원들을 포함해서 갖고 계신 시계는 모두 금주 내로 시스템 업그레이드가 필요합니다."

태민이 두 달 전에 마주쳤던 여자를 떠올리는 사이, 1시간 남짓한 회의가 끝나 가고 있었다.

"마지막으로 팀별로 회수된 시간이 정확하게 정산되는지 잘 확인해 주십시오. 절대 개인적인 이유로 시간이 사용되지 않도록 각별히 유의하셔야 합니다. 얼마 전, 불미스러운 일로 3명의 균형자가 자격을 박탈당했습니다."

총괄팀장의 발언에 태민은 오늘 받은 정산 오류 메일을 떠올렸다. 이것도 '불미스러운 일'에 속하는 건가. 잠시 후 사람들이 곳곳에서 수군거리기 시작했다.

"마포 지역 5파트 S-124팀 얘긴 것 같아. 그 팀 균형자들이 요즘 다 안 보이더라고."

"맞아. 그래서 본부장님이 임시로 그 구역까지 맡고 있다고 하던데?"

"뭘 했길래 바로 자격 박탈이지? 그냥 계산 오류는 웬만하면 정정하고 넘어가잖아."

"뻔하지. 회수한 시간을 다른 데로 빼돌렸거나…."

총괄팀장이 어수선해진 분위기를 수습하려는 듯 음성을 높였다.

"정숙해 주십시오. 이제 거의 끝났습니다. 오늘 회의 내용은 팀원들과도 꼭 공유해 주시길 바랍니다. 문의 사항은 관리부 총괄팀으로 주시면 됩니다. 이만 긴급회의를 마치겠습니다. 감사합니다."

회의가 끝나자 200여 명이 모인 회의실에서 순식간에 사람들이 빠져나갔다. 혼자 자리에 남은 태민은 미팅 리스트에서 김하진이라는 이름에 밑줄을 그었다.

🕐

"으, 머리야…."

하진이 눈을 반쯤 뜬 채로 앓는 소리를 냈다. 몸을 조금만 움직여도 머리 전체가 울리는 느낌이었다. 침대맡으로 손을 뻗은 그녀가 시계를 보고 자리를 박차며 일어났다.

[8:12]

"뭐야, 왜 알람이 안 울렸지?"

후다닥 욕실로 뛰어가서 대충 세수만 한 뒤 잡히는 대로 옷을 걸쳤다.

"어떻게 잠깐 눈만 감았다 떴는데 7시에서 8시가 돼. 말도 안 돼!"

헐레벌떡 집을 나온 하진은 정류장까지 뛰었지만, 아무리 빨리 가도 지각이 틀림없었다. 망했다. 버스에 올라타자마자 부서 채팅방에 죄송하다는 메시지를 남겼다. 빗속에 뛰기까지 했더니 울렁거리던 속이 금방이라도 뒤집힐 듯 요동쳤다. 버스에서 내린 그녀는 사색이 된 얼굴로 지하철역까지 또 뛰면서, 이렇게 바쁠 때도 회식을 꼬박 챙기는 회사를 욕했다.

"늦어서 죄송합니다…."

9시가 넘어 도착한 하진이 발소리를 죽이며 사무실로 들어갔다. 앞자리에서 따가운 눈초리가 느껴졌지만 모른 척하기로 했다. 지금은 울렁거리는 속부터 달래야 했다. 정수기에서 찬물을 받아 벌컥벌컥 들이켜는데, 지민이 다가와 조용히 웃었다.

"웬일이야, 언니가 지각을 다 하고. 새해부터는 좀 프리하게 살기로 결심했어요?"

말할 힘도 없는 하진이 손을 휘저으며 대답을 대신했다.

그녀의 말대로 하진은 뭐든 급하게 하는 걸 싫어하는 터라, 회식 다음 날도 출근 시간보다 20분은 일찍 나와 있곤 했다. 오늘은 딱 5분만 더 자려고 했는데 눈을 뜨니 1시간이 훌쩍 지나 있었다.

"으아, 카페인 수혈이 시급하다."

하루를 허겁지겁 시작했더니 아침부터 기운이 다 빠져서 오후에도 머리가 멍했다. 하진이 빨갛게 충혈된 눈을 꾹 누르며 탕비실로 향했다. 종이컵에 믹스커피 두 봉지를 한꺼번에 타고 뜨거운 물을 부었다. 의자에 팔다리를 축 늘어뜨리고 앉은 하진이 손목을 보고 인상을 찌푸렸다. 시곗바늘이 10시 20분에서 멈춰 있었다.

"고장 났나? 얼마 전에 배터리도 갈았는데. 오늘은 시계들이 다 말썽이네."

하진이 일이나 얼른 끝내자며 몸을 일으켰다.

퇴근 시간이 되어서도 두통은 여전했다. 책상 한쪽에 높이 쌓인 서류 더미를 보니 머리가 더 지끈거렸다. 요즘 왜 이렇게 바쁘지. 시간이 너무 없다. 시간은 없는데 할 일은 또 왜 이렇게 많은지. 입사 3년 차, 언제부턴가 하진의 일상은 지극히 무료하고 평범해지기 시작했다.

오늘도 어김없이 야근이었다. 평소처럼 샌드위치로 저녁을 대신하고 남은 일을 처리했다. 검토가 끝난 서류를 철하며 보니 아직 네댓 명 정도가 사무실에 남아 있었다. 드문드문 켜진 조명 아래, 벽에 붙은 글씨가 반짝반짝 빛났다.

[HAPPY NEW YEAR]

새해라고 해서 특별한 건 없었다. 달라진 게 있다면 나이를 한 살 더 먹었고, 체력은 더 약해졌다는 것. 출근하면 회의하고 전화를 받고, 메일 쓰고 서류를 작성하고. 1년 내내 똑같은 일상이 새해엔 더 지루하게 느껴진다는 것. 하지만 그럴 틈도 없이 아직 막내급인 그녀는 보고서를 다듬고, 자잘한 데이터까지 확인하느라 여념이 없었다.

부서별로 작년 실적을 분석해서 신년 매출 증대 방안을 제출하라는 대표의 지시가 있었다. 2주 뒤에 중간 점검을 하기로 했는데, 그때까지 하진이 속한 사업부만의 신박한 아이디어도 좀 넣어 보라는 유한잔의 특별 주문이 있었다(원래는 유중현 부장인데, 하도 한잔하자는 말을 자주 해서 유한잔이라고 부른다).

옆에서 잔일을 거들던 지민이 자리에서 일어나며 말했다.

"언니, 저 오늘은 할머니 생신이라 이만 가 볼게요."

"그래? 진작 말하지. 고생했어. 얼른 들어가."

지민을 시작으로 하나둘 퇴근하는 사람들이 늘었다. 밤 10시가 되니 하진 혼자 사무실에 남았다. 슬슬 정리하려는데, 언뜻 본 사내 메신저에 재현이 '접속 중'이라고 떴다. 그가 속한 제품 인증 사업부의 다른 직원은 아무도 없었다.

갑자기 심장이 두근거렸다. 지금 이럴 때가 아니라는 생각에 어둑어둑해진 복도를 내달렸다. 오늘이 아니면 안 될 것 같았다. 꼭 얘기해야 한다. 좋아한다고, 여전히 많이 좋아하고 있다고. 도저히 이대로 끝낼 수 없다고.

하지만 제품 인증 사업부 앞에 도착했을 때, 벽에 붙은 보안 장치 불빛이 하진의 눈에 들어왔다. 문이 잠겨 있다는 뜻이다. 재현이 PC를 켜 놓고 퇴근한 모양이었다.

"하아, 정말 이렇게 끝인가…"

하진은 도로 사무실로 돌아와서 힘없이 가방을 챙겼다. 터덜터덜 사옥 입구로 나오니 매서운 바람이 옷 속을 파고들었다. 코트를 단단히 여미고 지하철역으로 향하는데, 화단 근처에서 담배 피우는 남자가 보였다. 재현과 똑 닮은 뒷모습에 마음이 쿵 내려앉았다.

"…과장님?"

두어 걸음 떨어진 거리에 있던 남자가 하진이 부르는 소리에 고개를 돌렸다. 남자는 재현이 아니었다. 다시 보니 체격도 더 크고, 머리도 더 짧았다. 남자가 무슨 용건이냐는 듯 날카로운 눈빛을 보냈다. 그가 머리를 쓸어 올리며 뿜은 연기가 허공에서 너울거렸다.

"죄송해요. 사람을 잘못 봤네요."

하진이 얼른 돌아서는데, 살짝 언 바닥에 구두가 미끄러지면서 몸이 크게 휘청였다. 겨우 중심을 잡은 그녀는 얼굴이 달아올라 뒤도 돌아보지 않고 발을 옮겼다.

30분 정도 지하철을 타고 역에서 나와 막 도착한 버스에 몸을 실었다. 유리창 너머 새까만 하늘을 영혼 없이 쳐다보는데, 문득 아까 마주친 남자가 떠올랐다. 깔끔하게 넘긴 머리, 온도를 알 수 없는 눈, 담배를 쥐고 있던 굵은 손마디. 생각해 보니 재현과는 정반대인 남자였다. 휴, 이젠 남자가 다 정재현으로 보이냐.

히터 바람에 몸이 녹으며 긴장이 풀리자, 피곤이 일순간에 몰려왔다.

「지금 가면 그땐 우리 진짜 끝이야.」

「그래, 그럼 그만하자.」

그나마 바쁜 게 다행이라고 해야 할까. 사실 2주 전부터 하진은 제정신이 아니었다. 그게 정말 마지막이 될 줄은 몰랐으니까.

"다음 정류장은 화궁동 주민 센터, 화궁동 주민 센터입니다."

하진이 버스 안내 방송을 듣고 화들짝 놀라 하차 벨을 눌렀다. 내리고 보니 원래 내릴 곳에서 세 정류장이나 지난 곳이었다.

"김하진, 정신 차리고 집에나 좀 가자아…."

뚝 떨어진 밤 기온에 하얀 입김이 피어올랐다. 반대편 정류장 벤치에 털썩 앉은 하진은 코트 깃을 바짝 세우고 몸을 움츠렸다. 버스 시간을 확인했지만 빨라야 20분 뒤에나 버스가 있었다. 이어폰을 꺼내 귀에 꽂으니 이따금 들리던 소음까지 차단되며, 차가운 얼음 속에 꽁꽁 갇힌 기분이 들었다.

평소보다 훨씬 늦게 집으로 온 하진은 무거운 몸을 이끌고 욕실로 향했다. 추운 데 한참을 있었더니 몸에 거품을 문지르는데도 아무 감각이 없었다. 씻고 나와 그대로 침대에 누웠다. 주말 동안은 잠만 자고 싶었다. 그러면 덜 괴로울지도 모르니까.

자자. 아무 기억도, 감정도 없이 바닥까지 내려가서 푹 자자. 하진이 이불을 끌어당겨 목 끝까지 덮었다. 추운 날 밖에서 한참을 떨었던 터라 금방 노곤해지며 잠이 들었다.

정산 직후로 출장이 잡혀 있던 영한은 일본 북해도에 있는 대기소에 겨우 시간을 맞춰 도착했다. 새벽 시간이라 대기석에는 한 사람만 남아 있었다. 제법 긴 생머리에 체구가 왜소한 여자였다. 영한이 그녀에게 다가가며 물었다.

"박소라 씨?"

"네…."

여자가 멍한 얼굴로 영한을 올려다봤다. 일상복 차림인 걸 보니 지병으로 죽은 건 아니란 거고. 여행에 대해 사전 교육을 해 주긴 하지만, 아직 이 상황이 다 적응되지는 않았을 테지. 저 표정은 갑자기 죽은 사람들에게 나타나는 공통점이었다. 영한이 소라 앞에 앉으며 특유의 친화력을 발휘했다.

"안녕하세요. 이번에 동행할 이영한이라고 합니다. 편하게 여행 가이드라고 생각하세요."

"잘 부탁드립니다. 일정이 복잡해서요…."

"그럼 이틀밖에 없으니 서두르시죠. 어디부터 갈까요?"

그의 물음에 소라가 천천히 입을 열었다.

"저… 혹시 사람도 찾아 주실 수 있나요? 부모님이 보고 싶은데."

"당연하죠. 만나고 싶은 일시랑 장소를 알려 주면 돼요."

"둘 다 잘 모르겠어요. 제가 너무 어릴 때 헤어져서…."

소라가 고개를 떨구며 기어들어 가는 소리로 답하자, 영한이 별거 아니라는 듯 손목시계를 터치했다. 이어 시계와 연동된 태블릿 화면을 휙휙 넘기며 말했다.

"그럼 태어난 해부터 가 봅시다."

태블릿에 새로운 창이 뜨자, 영한은 여행 일정에 날짜와 지역을 입력했다.

- **여행자**: 박소라, 33세, 여
- **출장자**: 이영한
- **기간**: 2.22.~23. (2일)
- **여행 일정**: 1) 1991.6.7. 이천 부발읍

몇 가지를 더 확인한 그가 화면을 내려서 지문을 인식시킨 후 소라와 함께 대기소 출입구로 움직였다. 자동문 앞에서 투명한 덮개가 있는 센서에 시계를 갖다 대니, 삑 소리가 나며 화면에 '3구역 균형자 이영한'이라는 글자가 떴다.

잠시 후 문이 열리자, 눈앞에 보이는 완전히 다른 풍경에 소라가 입을 다물지 못했다.

소라는 영한과 함께 자신이 태어났던 이천 집을 찾았다. 반지하 단칸방에서 꼬물거리는 신생아를 두고 그녀의 부모가 한숨짓고 있었다.

"계속 빚쟁이들한테 쫓기는데 이 아이까지 키울 형편이 안 돼요. 어떡하면 좋아요…."

어머니가 눈물을 훔치며 소라를 안쓰럽게 내려다봤다.

'저분들이 내 부모님이구나.'

낯선 얼굴들인데도 보고 있으니 눈물이 솟으려 했다. 눈에 힘을 준 소라는 부모님 얼굴을 찬찬히 뜯어보며 기억에 남기려 애썼다.

"죄송한 일이지만, 신부님께 맡깁시다."

"아직 젖도 못 뗐는데…."

그렇게 소라는 태어난 지 100일 정도 됐을 때, 동네 성당 앞에 버려졌다. 어머니는 곤히 잠든 아기를 포대기로 여러 겹 싸서 성당 문 앞에 두고 나왔다. 집으로 돌아가는 그녀의 볼에 연신 눈물이 흘렀다. 말없이 그 모습을 보고 있던 소라가 잠긴 목소리로 물었다.

"…이분들 지금은 어디에 있을까요?"

입을 삐죽 내밀고 있던 영한이 잠시 망설이다 인상을 쓰며 되물었다.

"주제넘은 질문일 수도 있는데, 이 사람들이 왜 보고 싶어요? 버림받았잖아요."

"제 뿌리니까요. 죽기 전에 만나고 싶었는데 지금이라도 꼭 보고 싶어요."

소라가 곧은 눈빛을 보내자, 영한이 바로 태블릿에서 몇 가지를 찾아보더니 탄식했다.

"안 계시네요. 두 분 다 작년에 돌아가셨어요."

"…작년에요? 그렇구나."

작년이라고 해 봤자 불과 석 달 전의 일이었다. 소라의 눈에 눈물이 가득 고이는 것을 본 영한은 시선을 내려뜨렸다. 그러다 갑자기 그가 고개를 들어 물었다.

"그러면 작년으로 돌아가서 보실래요?"

"그렇게도 할 수 있어요?"

맑은 눈물이 툭 떨어지며 소라의 눈이 반짝 빛났다. 영한이 고개를 주억이자 그녀가 제발 부탁한다며 손바닥으로 가슴을 쓸어내렸다.

둘의 다음 이동 장소는 부산이었다.

"우선 이거부터 보세요."

영한의 태블릿에는 부부의 삶을 요약하듯 시기별로 사진이 떠 있었다. 소라는 숨죽인 채 화면을 넘겼다. 그들은 평생을 죄책감으로 산 듯했다. 뒤늦게 그녀를 찾으려고 했을 땐, 성당에서 운영하던 보육원에 불이 나는 바람에 입양 기록이 유실돼 버렸다. 사진속 부모의 얼굴에는 세월의 흔적이 켜켜이 쌓여서, 아까 이천에서 봤던 앳된 모습을 찾아볼 수 없었다. 부부는 남은 형제들이라도 잘 키우려고 온갖 궂은일을 하며 살았다.

지난 11월 새벽, 소라의 부모는 트럭을 몰고 가다 교통사고로 둘 다 그 자리에서 사망했다. 이제라도 부모님의 마지막을 함께하고 싶다는 그녀를 위해 영한은 사고가 나기 10분 전으로 시간을 설정하고, 그녀와 함께 사고가 났던 길가에 섰다.

"후…."

소라가 손톱을 물어뜯으며 먼 길을 응시했다. 그날은 첫눈이 오던 날이었다. 눈발이 날리는 깜깜한 도로 위를 트럭 한 대가 위태롭게 달려오고 있었다. 곧 사고가 날 거라는 예감에 그녀가 두 손으로 입을 막았다. 잠시 후 중앙선을 넘은 트럭이 반대편에서 과속하던 스포츠카와 충돌하면서 귀를 찢는 굉음이 울렸다. 쪽잠을 자고 나온 아버지가 졸음운전을 한 탓이었다.

처참한 사고 현장을 목격하고 자리에 주저앉은 소라에게 영한이 사진 한 장을 건넸다. 트럭에 붙어 있었다던 사진에는 부부가 갓 태어난 소라와 함께 웃고 있었다. 노란 장판이 깔린 단칸방에서 찍은 이 사진이 그녀가 부모와 찍은 유일한 사진이었다.

"내가 너무 늦게 왔죠. 정말 보고 싶었는데… 찾을 수가 없었어요. 어디 있었어요. 왜 어디 있겠다고 말도 안 해 줬어요. 흐윽 흑….'

소라가 형체를 알아볼 수 없을 정도로 부서진 작은 트럭 앞에서 사진을 붙든 채 오열했다.

여행 이틀째 되는 날, 소라는 미국에 있는 가족을 찾았다.

"올해 2월 7일로 가 주세요."

그날은 소라가 급성 심근 경색으로 사망한 다음 날이었다. 갑작스러운 사망 소식에 어머니는 그 자리에서 쓰러졌고, 나머지 가족들도 충격에 말을 잇지 못했다.

"레이첼이 너무 그리워."

서로 부둥켜안고 슬퍼하는 가족들을 보며, 소라가 빨갛게 부은 눈을 손등으로 찍어 냈다. 피를 나눈 사이는 아니었지만 모두 그녀에게 너무도 소중한 존재들이었다.

"우리 가족들 지금은 뭐 하고 있을까요? 마지막으로 보고 싶어요."

영한이 손목을 들어 보니 아직 3시간 정도 여유가 있었다.

"바로 가시죠."

소라가 세상을 떠난 지 2주가 지났지만, 그녀의 부모는 여전히 슬픔에 잠겨 있었다. 침대 위에 웅크려서 흐느끼는 어머니의 어깨를 아버지가 말없이 토닥였다. 소라가 가만히 다가가 둘을 안았지만, 부모님에게는 그녀가 보이지 않았다.

오늘 변호사 시험을 보는 동생 마크는 아침 일찍 시험장으로 향했다. 그런데 어찌 된 일인지 시험장 근처에서 버스가 10분째 꿈쩍도 하지 않았다. 하필 공사장 근처에서 접촉 사고가 나는 바람에 길이 심하게 막혀, 길게 늘어선 차들이 경적을 울려댔다.

'이러다 늦겠네. 이번 시험은 애초부터 못 보는 거였나….'

마크가 속으로 한 말이 소라에게도 들렸다. 동생의 초조한 모습에 소라가 입술을 깨물었다. 근심 가득한 동생의 얼굴 위로, 어렸을 때 같이 뛰놀던 해맑은 모습이 겹쳐지며 눈앞이 흐릿해졌다.

"혹시 동생에게 제 시간을 줄 수 있나요? 이제 가족들도 다 봤고…."

영한이 손바닥으로 목덜미를 문지르며 물었다.

"이제 정말 마지막인데 괜찮겠어요? 갑자기 몇 시간씩은 못 줘요. 많이 줘도 20분 정도일 텐데…. 얼마를 주든 여행은 끝나는 거고요."

"괜찮아요. 제발 그렇게 해 주세요. 얼마나 열심히 준비했는데, 이렇게 시험조차 못 보게 할 수는 없어요."

소라가 파르르 떨리는 손으로 영한의 외투 소매를 붙잡았다. 그가 눈동자를 위로 올리며 답했다.

"지금 여행이 2시간 10분 정도 남았거든요. 이걸 포기하면

26만 분, 4,333시간, 자그마치 180일을 버리는 거예요. 그건 아세요?"

그의 말뜻을 이해하지 못한 소라가 느리게 눈을 깜빡이자, 영한이 체념하듯 알았다며 길게 숨을 내쉬었다. 영한이 몇 가지 세팅을 하는 동안, 그녀가 밝은 눈으로 마크를 바라보며 고개를 끄덕였다.

"아."

불안한 마음을 진정시키려 눈을 감고 있던 마크는 갑자기 목에 담이 온 것 같은 느낌에 깜짝 놀라 눈을 떴다. 그사이 사고가 수습됐는지, 버스가 제 속도로 움직이기 시작했다. 차에서 내려 시계를 봤을 땐 다행히 시험 시작까지 여유가 있었다.

"와, 겨우 다 풀었네."

3일간의 시험을 치른 마크가 시험장을 나오며 기지개를 켰다. 청명한 하늘을 보니 누나 생각이 났다. 그녀의 유골을 묻은 작은 올리브 나무 한 그루도 떠올랐다. 가는 가지에 작고 동그란 잎이 파릇파릇 올라온 귀여운 나무였다.

집으로 돌아가는 길, 마크가 하늘을 올려다보며 말했다.

"레이첼, 우리 누나 거기 잘 있지? 나 드디어 변호사 시험 봤다? 약간 어렵긴 했는데, 잘 본 것 같아. 결과 나오면 누나한테 제일 먼저 얘기해 줄게. 보고 싶어, 많이."

"좋은 아침! 어우, 요즘은 자도 자도 피곤하네. 하진 씨, 어제 기획안 확인 끝난 거지?"

요란스럽게 출근을 알린 유중현 부장이 자리에 앉기도 전에 하진을 찾았다.

"네, 부장님. 공유 폴더에 올려놨습니다."

"어어, 수고했네. 프린트해서 줘. 익스큐즈 미, 난 화장실 좀."

유 부장이 콧노래를 흥얼거리며 사무실을 나갔다. 하진은 미리 뽑아 놓은 종이를 그의 책상 위에 가지런히 올려놓고 탕비실로 향했다. 일주일 내내 밤낮없이 일했더니 아침부터 피로가 몰려왔다. 늘어지게 하품을 하고는 종이컵에 믹스커피를 털어 넣었다. 뒤따라 들어온 지민이 탕비실 문을 닫으며 물었다.

"언니, 유한잔 왜 저렇게 기분이 좋아요?"

"이번에 아들이 가고 싶었던 대학에 합격했대. 원래 재수를 하니 마니 며칠 먹구름이 끼었었는데, 어제 추가 합격 발표가 났나 봐. 축하 파티 한다고 어제부터 신났었어."

"그럼 어제도 언니 혼자서 저걸 다 한 거예요? 나한테 말을 하지 그랬어요."

외할머니를 모시고 병원에 다녀오느라 오후 반차를 썼던 지민이 미안한 얼굴을 했다.

"괜찮아. 혼자 해도 될 정도였어. 가족 모임이라는데 어쩌겠어."

하진이 빈 자리에 다과와 종이컵을 채우며 대수롭지 않게
답했다.

"미친 새끼, 또 내용도 확인 안 하고 지가 다 한 척하려고."

"쉿, 조심해. 지난번처럼 들을라."

하진이 닫힌 문을 곁눈질하자, 지민이 벽 너머 그가 있는 쪽을
향해 눈을 부라렸다.

"들으라죠. 맞는 말뿐이어서 반박도 못 할걸요."

그녀는 일을 떠넘기는 유 부장보다, 뻔히 알면서 돕지 않는 마
녀가 더 얄밉다며 한바탕 욕을 했다. 마녀는 질투 많고 까칠한 유
예빈 과장을 부르는 별명이었다.

"서로 그렇게 싫어하면서 결국 똑같은 사람들이지, 뭐."

"그러니까요. 저게 바로 진정한 유유상종 아니에요? 어떻게 하
는 짓도 비슷한데 둘이 성까지 같아. 전생에 남매였나? 소름."

지민이 한 부서에 쓰레기가 둘이나 있다고 툴툴거리자, 하진이
떨어진 과자 부스러기와 휴지를 치우며 말했다.

"그냥 쓰레기는 쓰레기처럼 살게 놔두자. 우리 할머니가 예전
에 그러셨어. 사람은 다 자기가 산 대로 돌려받는대."

"제발 꼭 좀 그랬으면 좋겠어요. 언니, 오늘은 도울 거 있으면
꼭 얘기해요."

힘내라며 주먹을 쥐어 보이는 지민을 보고 하진이 힘없이 웃었
다. 입사 초반만 해도 매일같이 싸우는 유 씨들 사이에서 괴로웠
지만, 요즘은 그럴 정신도 없었다. 갑자기 한 이별은 생각보다 큰

후유증을 남겼다. 며칠 괜찮다가도 하루에도 여러 번 무너질 때가 있었다. 바로 오늘 같은 날.

사내 연애의 최대 장점은 매일 얼굴을 볼 수 있는 거지만, 단점도 마찬가지였다. 출근할 때마다 재현과 같은 공간에 있다는 사실에 숨이 턱 막혀 왔다. 회사 건물에 들어서면 그를 떠올리게 하지 않는 곳이 없었다. 탕비실도 그랬다. 과자가 담긴 트레이를 보니, 그를 몰래 불러서 빼놓은 간식을 주던 때가 떠올랐다. 이런 작은 기억은 한번 떠오르면 매듭이 풀린 듯 그 사람을 처음 눈에 담았던 순간까지 쏟아져 나와야 끝이 났다.

첫 직장인 이곳에 출근한 지 얼마 되지 않았을 때, 재현은 하진에게 마치 흑기사 같은 존재였다. 회식에서 다른 사람이 과하게 술을 권하거나 사무실 프린터가 고장 났을 때, 그는 보이지 않게 그녀를 도왔다. 그렇게 몰래 연애를 시작했고, 하진은 그런 그의 모습이 언제까지나 변함없을 줄 알았다.

잡생각을 지우기 위해 화장실로 향하던 하진은 복도에서 들리는 소리에 눈을 질끈 감았다.

"이게 누구야. 멀리 다녀오느라 고생했구만. 힘들었나 봐? 얼굴이 상했어."

"아니에요. 바다도 보고 좋았어요."

"와, 이게 줄 서서 먹는다는 그 빵이죠? 역시, 과장님 최고."

세상엔 여러 소리 중에서도 유난히 귀에 박히는 소리가 있다.

하진에게는 재현의 목소리가 그랬다. 10일 정도 출장을 갔던 그가 돌아온 것이었다. 짧게 심호흡하고 아무렇지 않은 표정으로 걸음을 옮겼다. 그의 사무실이 화장실 가까이에 있으니, 이대로 가면 마주칠 게 뻔했다. 하진이 무리를 향해 묵례하고 얼른 시선을 내렸다. 몇 초였을까. 3초? 그와 눈이 마주친 찰나, 심장 박동이 빨라지면서 위가 꼬이는 것 같았다. 그동안 그를 안 볼 수 있었던 게 얼마나 다행이었는지를 절실히 깨달았다.

그 이후로는 어떻게 시간이 지났는지도 모르겠다. 무방비로 있던 마음은 이미 난장이 되어 있었다.

"하진, 이거 주말 전에 꼭 나가야 한다니까 검사관 일정 확인해서 누가 나갈지 조정하고 저쪽에도 회신해 줘."

유예빈 과장이 가방을 들고 일어나며 하진에게 급한 일을 넘겼다. 전달받은 거래처 메일의 발송 시각을 보니 오전 9:42로 찍혀 있었다. 아침에 온 메일을 왜 종일 붙들고 있다가 금요일 퇴근 직전에 주는지, 또 뭐 때문에 마녀의 심술이 발동했는지는 알 수 없었다.

"네, 바로 처리해 놓을게요."

하진이 작게 한숨을 쉬며 고개를 돌렸다가 얼른 모니터로 시선을 고정했다. 재현이 옆 파트에 일이 있다며 1시간 전부터 하진의 사무실에 와 있었다. 아무리 다른 사람들이 있다고 해도, 그와 같은 공간에서 아무렇지 않게 일할 자신은 없었다. 하진은 조용히 노트북과 가방을 챙겨서 직원 휴게실로 향했다.

"으, 피곤해."

급한 일을 처리하고 나니 7시가 지나 있었다. 평소 같으면 더 손댈 것 없이 완벽하게 일을 마무리했겠지만, 오늘은 이만하자 싶어 노트북을 덮었다. 하진이 소파 위에 아무렇게나 팔다리를 늘어뜨리고 흐느적거렸다.

"그래, 이게 바로 사내 연애의 처참한 결말이지…."

말을 하며 고개를 들어 봤더니 휴게실 바닥이 엉망이었다. 구겨진 메모지, 단추, 과자 봉지, 볼펜…. 이 층을 청소하는 엄마 또래의 여사님이 생각난 하진은 무거운 몸을 일으켜 바닥에 떨어진 것들을 치웠다.

"이직해야지. 안 되겠다."

마음이 힘드니 엄마가 보고 싶었다. 하진은 그대로 가방을 챙겨 나와 충동적으로 터미널로 향했다. 다행히 출발 직전에 양양으로 가는 취소 표를 구할 수 있었다.

고속버스로 2시간, 마을버스로 40분을 더 달려서 집에 도착했다. 익숙한 담장부터 하진이 중학생 때 심었던 사과나무, 벌써 20년은 썼을 수돗가의 대야까지. 몸은 고단했지만, 대문을 들어서는 순간부터 마음이 편안해졌다.

"엄마, 저 왔어요."

취업한 뒤로 집에는 거의 오지도 않고 바쁘다는 말만 입에 달고 살던 딸이 나타나자, 엄마는 반가움과 걱정이 섞인 눈빛으로 그녀를 맞았다.

"설에도 바빠서 못 온다더니 갑자기 어쩐 일이야?"

"그냥. 엄마도 보고 싶고, 집밥도 그립고…."

"회사 끝나고 바로 오느라 식사도 못 했지? 얼른 밥부터 먹어."

현관에 들어서니 하진이 가장 좋아하는 엄마표 된장찌개 냄새가 났다. 뜨끈한 국물을 삼키면 명치에 걸려 있던 답답함이 쑥 내려갈 것 같았다.

"잘 있었어? 몸은 어때?"

거실 소파에 있는 동생 하성의 안색을 살피며 하진이 물었다.

"괜찮아. 요즘 컨디션 좋아. 누나는? 회사 다닐 만해?"

하진이 활짝 웃으며 손을 들어 보이는 그의 옆에 털썩 앉으며 답했다.

"그럭저럭. 이상한 사람도 많은데, 좋은 사람도 가끔 있어서 지낼 만해."

말은 그렇게 했지만 사실은 그렇지 않았다. 몇 안 되는 좋은 사람이었던 재현과도 더는 편하게 볼 수 없게 됐으니. 하지만 오랜만에 집에 와서 걱정을 끼칠 순 없었다.

"하진아, 밥 먹어."

엄마가 밥상을 들고 나오자 하진이 일어나 상을 받아 들었다.

"집에 좀 자주 와. 딸 얼굴 보기 너무 힘들다. 애인이라도 생긴 거야?"

"애인은 무슨. 일이 바빠서 그렇다니까."

칼칼한 된장찌개 국물부터 뜨는 하진에게 엄마가 입을 비죽 내밀었다.

"바빠도 연애는 하고 살아야지. 지금부터 만나야 결혼하고 싶을 때 옆에 짝이 있는 거야. 뭐 갑자기 누가 짠 나타나는 줄 아니? 너 학교 다닐 때 인기도 많았잖아."

"인기? 누나가? 엄마, 누나 모솔이야. 이제 가망 없다고 봐야지."

소파에서 킬킬거리는 하성을 향해 하진이 도끼눈을 하고 돌아봤다. 재현과 헤어진 마당에 만나는 사람 있다고 우길 수도 없고.

"아직 여유가 없어요. 남자 친구 생기면 소개해 드릴게요. 정 안되면 나도 윤정 언니처럼 속도위반하면 되지, 뭐."

집으로 오는 길에 결혼을 앞둔 사촌 언니의 임신 소식을 막 들은 참이었다.

"이게 못 하는 말이 없어!"

하진은 엄마에게 등짝을 맞으면서도 키득거리며 웃었지만, 마음은 퍽 심란했다. 우리가 헤어지지 않았다면 이럴 때 당신 얘기를 할 수 있었을까. 아마 나는 당신을 소개했어도, 당신은 나를 소개하지 못했겠지. 재현을 떠올리자 가슴이 욱신거렸다. 현실에 쓴 웃음이 지어졌다.

늦은 식사를 마치고 할머니 방에 들어간 하진은 옷장에서 이불을 꺼냈다. 까슬까슬한 차렵이불에서 할머니에게 나던 바싹 마른 볕 냄새가 났다. 방을 빙 둘러보니 아직 할머니 물건을 치우지 않아서 옛 기억이 고스란히 떠올랐다. 어릴 때 동네에서 작은 슈퍼를 하던 부모님은 항상 바빴고, 할머니가 어린 우리 남매를 돌봐 주셨다.

그녀는 하진에게 특별한 존재였다.

「*나쁜 자식, 저거 아주 천벌을 받을 거여! 우라질 놈!*」

건강이 쇠약해지기 전까지 할머니는 여장부처럼 씩씩한 분이었다. 아침 드라마에 나오는 악역을 보고 맛깔나게 욕을 퍼붓는 건 기본이고, 동네에서 누가 하진을 괴롭히면 눈물이 쏙 빠지도록 혼쭐을 내 줬다. 벽에 걸린 사진을 보니 오늘따라 돌아가신 할머니가 더 그리웠다.

뻐꾹, 뻐꾹. 밤 11시가 되자 할머니가 아끼던 시계에서 뻐꾸기가 고개를 내밀었다.

"저 시계가 아직도 돌아가네."

오래돼서 소리는 거의 안 들릴 정도로 작아졌지만, 시간은 여전히 정확했다. 하진은 의자를 가져와서 벽에 걸린 시계를 내렸다. 이제 할머니 유품이 된 시계는 손재주가 좋았던 할아버지의 선물이었다. 두 분이 막 살림을 차렸을 때 만들었다고 했으니, 못해도 50년은 된 그야말로 골동품이었다.

하진은 뽀얗게 쌓인 먼지를 닦아 내고 시계를 유심히 봤다. 파는 상품이라고 해도 될 만큼 견고하게 만들어진 시계는 정시마다 작은 창문에서 뻐꾸기가 나와 시간을 알렸고, 아래에는 정원에 있는 행복한 가족의 모습이 새겨져 있었다. 할머니의 뻐꾸기시계는 신비한 힘이 있었다. 우울할 때 시계에 새겨진 조각을 보고 있으면 기분이 한결 나아졌다.

「*이게 네 미래란다. 힘들어도 절대 포기하지 말어.*」

시계를 가만히 보고 있으니 어쩐지 할머니의 음성이 들리는 것 같았다. 하진은 그럴 때마다 열심히 고개를 끄덕이며 사랑하는 사람과 이렇게 예쁘게 살겠다며 다짐하곤 했다.

잠시 후 하진이 시계를 들고 나와 물었다.

"엄마, 나 할머니 시계 가져가도 돼요?"

"시계는 왜?"

드라마를 보던 엄마가 그녀를 흘긋 쳐다봤다.

"그냥, 할머니도 그립고, 적적할 때 보면 포근할 것 같아서."

"으이그, 외로우면 시계 말고 애인을 만들어야지, 이것아! 필요하면 가져가."

싱겁다는 듯 웃으며 엄마가 다시 TV로 눈을 돌렸다.

하진은 주말 동안 가족들과 시간을 보내고, 늦은 오후에 서울로 향했다. 엄마는 양손 가득 반찬 통을 쥐여 주며 버스가 출발하기 직전까지 잔소리를 늘어놨다.

"문단속 잘하고 밥도 잘 챙겨 먹어. 얼굴이 왜 이리 반쪽이야."

"나 요즘 잘 먹어서 살쪘는데 무슨 소리예요, 엄마."

걱정스러운 엄마의 눈빛에 하진이 거짓말을 보탰다.

"회식도 눈치껏 빠지고."

"그게 뭐 마음대로 되나. 다들 주당이라 아무리 빼도 일주일에 두세 번은 꼭 한다니까."

"캬, 좋겠다. 일주일에 세 번은 무조건 회식이라니."

옆에서 철없는 소리 하는 동생은 쳐다보지도 않고 엄마가 잔소리를 이었다.

"뉴스 보니까 요즘 그 동네 연쇄 살인도 있던데, 늦게 다니지 말고. 알았지?"

"응, 나 스물일곱인데 누가 들으면 열일곱 살인 줄 알겠어."

하진이 웃으며 먼저 가라는 손짓을 했지만 엄마는 꿈쩍도 하지 않았다.

"요즘 세상이 얼마나 흉흉한데. 조심하고 또 조심해야 해."

"알겠어요, 엄마."

잔소리 좀 그만하라며 사랑한다는 말을 마지막으로 겨우 하성과 엄마를 보냈다. 버스에 올라탄 하진은 엄마가 없는 빈 탑승구를 물끄러미 내다봤다. 눈물부터 날까 봐 본가에 갈 엄두도 못 냈는데, 막상 다녀오니 이별로 온통 구멍이 뚫린 마음이 채워지는 기분이었다.

하진은 집에 도착하자마자 반찬을 냉장고에 넣고, 시계를 걸 자리부터 찾았다.

"여기가 좋겠다."

침실 겸 서재로 쓰는 방에서 빈 벽을 찾아 시계를 걸었다. 전에 살던 세입자가 액자를 걸어 놨던 자리라 마침 못도 박혀 있었다.

하진은 개운한 마음으로 샤워하고 나와서 일찍 잠을 청했다. 장거리를 다녀왔더니 피곤이 몰려와 금방 잠이 들었다.

그사이, 뻐꾸기시계 분침이 빨리 감기라도 한 듯 9에서 12로, 다시 12에서 2로 분주하게 움직였다.

00:03.

봄기운이 완연한 3월. 월요일 오전은 일주일 중에서도 가장 분주한 시간이라 여유를 느낄 새도 없이 쏜살같이 지나갔다. 주말 사이에 쌓인 메일을 확인하는데, 아까부터 유중현 부장이 책상 근처를 서성거렸다. 하진이 돌아봤더니 그가 기다렸다는 듯 헛기침하며 물었다.

"흠흠, 지금 바쁜가?"

"괜찮아요. 무슨 일이세요?"

"대표님이 이따 우리 기획안을 보자고 하시더라고. 아무래도 쓴 사람이 설명하는 게 좋지 않을까 싶어서…."

그 말에 유예빈 과장이 파티션 너머로 그의 뒤통수를 마뜩잖게 노려봤다. 원래 직급대로라면 유 과장과 함께 들어가는 게 맞지만, 서로 못 잡아먹어서 안달인 둘이 함께할 리가 없었다. 이제 이런 상황이 익숙한 하진은 시간만 묻고는 알겠다고 했다. 그제야 유 부장이 안심한 얼굴로 유유히 자리로 돌아갔다.

하진은 기획안 파일을 열어 내용을 확인했다. 지난주에 공유했지만 그는 내용을 하나도 모를 테고 하진이 전부 설명할 게 뻔했다.

그녀가 한창 브리핑 준비를 하는 동안, 유 부장은 콧노래를 흥얼거리며 화분마다 물을 주고 잎사귀를 정성스레 닦았다. 그의 자리는 온갖 화분들이 가득해서 식물원을 방불케 했다. 분명 일과 시간의 반을 저기에 쏟을 게 뻔하다며 하진이 속으로 혀를 찼다.

"굿, 베리 구웃. 역시 대표님은 누가 유능한지 잘 알아보신다니까."

하진과 함께 보고를 마치고 나온 유 부장이 일부러 목소리를 키웠다. 영문학을 전공한 그는 말할 때마다 쓸데없이 영어를 섞었지만, 정작 영어 실력은 형편없었다. 외국계 기업인 이곳에서 외국어 능력도 없이, 순전히 아부와 정치만으로 부장까지 오른 이가 바로 그였다.

유예빈 과장은 아까부터 일부러 세게 키보드를 두드리고, 팡하고 서류 뭉치를 내려놓았다. 둘의 신경전 속에서 눈치를 봐야하는 건 고스란히 하진의 몫이었다.

"어휴, 보고 준비하느라 힘들었네. 이제야 편하게 커피 한잔할 수 있겠어."

목을 좌우로 꺾으며 후련한 표정으로 사무실을 나서는 유 부장의 모습에 하진은 헛웃음이 나오는 걸 가까스로 참았다. 하진의 기획안이 가장 돋보인다는 칭찬을 받은 건 사실이지만, 업무 수첩에는 대표가 요청한 보완 사항이 가득 적혀 있었다. 수정할 때 참고하라며 함께 받은 종이를 펼쳐 보는데, 옆에서 지민이 양 검지를 머리 위에 붙이며 마녀가 뿔났다는 신호를 보냈다. 아니나 다를까 유 과장이 하진을 불렀다.

"이건 퀵서비스 접수, 이 서류들은 해외 우편으로 부치고, 은행 가서 통장 정리도 하고⋯."

심술 난 마녀가 하진에게 잡일을 잔뜩 던지며 새침한 표정을 지었다.

"네, 우체국부터 다녀올게요."

하진이 우체국 업무 시간이 끝나기 전에 서둘러 자리에서 일어났다. 그래도 차라리 바쁘게 지내는 게 나았다. 정신없이 일하다 보면 어쨌든 평일은 지나 있으니까. 그렇게 한 주씩 버티다 보면 언젠가 재현과 한 이별도 까마득하게 멀어져 있겠지.

징징. 하진이 우체국에서 대기표를 뽑고 기다리는데, 손에 쥔 휴대폰에서 진동이 울렸다.

[찐, 오늘 저녁에 영화 어때.]

보영이었다. 그녀는 중학교 때부터 알고 지낸 하진의 가장 친한 친구였다.

[갑자기 웬 영화?]

[〈러브, 어게인〉드디어 오늘 개봉함! 이런 건 바로 보러 가 줘야지.]

〈러브, 어게인〉은 보영이 한 달 전부터 기다린 영화였다. 하진도 월급루팡 유 부장에 마녀까지 팍팍한 회사 생활에 지쳐 있던 터라, 그녀를 만나 편하게 마음을 풀어놓고 싶었다.

[몇 시 거? 나 일이 많아서 칼퇴 불가능.]

[9시 거. 내가 예매해 놓을게.]

하진은 틈틈이 시간을 확인하면서 급한 일들을 겨우 마무리했다. 서둘러 가방을 챙기며, 집에 가서 더 봐야 할지도 모르는 서류들을 파일에 대충 담아 들었다.

"아, 맞다!"

출입문까지 간 하진이 되돌아와서 아까 받은 종이를 끼워 둔 수첩을 집었다. 시계를 보니 빨리 가면 영화 시작 전에 도착할 수 있을 것 같았다. 영화 앞부분을 놓치긴 싫은데. 빠르게 걸으며 지하철 운행 시간을 확인하니 8분 뒤에 도착하는 열차가 있었다. 역 계단을 지나 개찰구를 통과하는데, 주변 사람들이 뛰기 시작했다. 하진도 얼결에 휩쓸려 가다가 반대쪽에서 뛰어오던 누군가와 어깨를 세게 부딪쳤다.

"어머!"

"어!"

하진과 남자가 들고 있던 물건들이 승강장 바닥으로 떨어지면서 두 사람의 서류가 사방으로 흩어졌다. 열차가 들어오고 있어서 하진은 우선 종이부터 그러모았다. 쌀쌀한 날씨에 어울리지 않는 얇은 바람막이를 입고 있던 남자는 그 와중에도 계속 통화를 하고 있었다. 급하게 제 것만 챙긴 남자가 문이 닫히려는 열차를 아슬아슬하게 타고 사라졌다.

"와, 아무리 바빠도 그렇지. 이렇게 부딪쳐 놓고 사과도 없이 그냥 가냐."

하진은 삽시간에 사람이 쑥 빠진 탑승구 바닥에 혼자 쭈그려 앉아 종이를 주웠다. 다음 차를 타면 영화관까지 곧장 뛰어야 할 터였다.

"나도 빨리 가야 하는데. 정말 매너 없네."

대충 종이를 파일에 쓸어 담고 수첩을 가방에 쑤셔 넣은 그녀가, 남자가 사라진 빈 철로를 보며 눈을 째렸다.

하진이 백화점 입구에 들어섰을 때, 보영에게서 전화가 왔다.

"허억, 헉. 어."

- 너 어디야?

"나, 이제, 1층 입구. 헉."

- 빨리 와.

"곧 도착. 끊어."

하진은 가쁜 숨을 몰아쉬며 영화관이 있는 9층까지 에스컬레이터 위를 뛰다시피 올라갔다. 상영관에 입장하자마자 마지막 광고가 끝나며 사위가 어두워졌다. 더듬더듬 자리를 찾아 앉자마자, 곧바로 영화가 시작됐다.

큰 스크린 앞에 있으니 눈가가 촉촉해지면서 심장이 조여들었다. 영화든 공연이든, 하진은 극의 첫 장면을 보면 늘 가슴이 뭉클해졌다. 이유는 알 수 없었다.

악역 때문에 매번 엇갈리던 두 주인공이 결국 만나 서로에게 사랑을 고백한다. 사랑해, 사랑해.

마지막 장면 뒤에 엔딩 크레딧이 끝났는데도 앉아 있는 하진을 보영이 채근했다.

"나가자, 찐. 이번 영화 내 스타일이었어. 역시 악역은 악역인 줄도 모르다가, 된통 당하고 짠 나타나야 더 무섭다니까."

"그러게, 나도 재밌더라."

하진이 멍한 얼굴로 자리에서 일어나며 말했다.

"남주도 완전 멋짐. 믿고 보는 우리 준호 님. 연기도 잘해, 노래도 잘해…."

보영이 눈에 하트가 가득한 표정으로 주인공으로 나왔던 배우의 칭찬을 늘어놨다. 배가 고프다는 보영의 말에 하진이 뭘 먹겠냐며 건성으로 물었다. 그녀의 정신은 온통 다른 곳에 있었다. 영화를 보고 나니 재현과 만나면서 한 번도 사랑한다는 말을 들은 적이 없다는 걸 깨달았기 때문이다. 하진이 사랑한다고 하면, 마지못해 '응'이나 '나도' 정도로 대답한 게 전부였다. 그동안 성격 때문일 거라고 넘겼는데, 왠지 다른 이유가 있는 것 같았다.

앞서가던 보영이 뒤를 돌아보며 하진에게 말했다.

"내가 그저께 인도 식당에 갔거든? 이태원에 있는 맛집이라고 했던 데 있잖아. 글쎄 거기 난이 완전 쫀득하고 바삭한 게…."

죄책감 때문일까. 사랑까지는 한 게 아니었나. 이미 끝난 사인데 의미 없는 질문이 머릿속을 맴돌았다. 돌이켜 봐도 그와의 시간은 분명 좋은 게 더 많았다. 비상계단에서 몰래 만나거나 그의 책상에 메모를 남겨 놓고, 지나갈 때 둘만 아는 눈빛을 교환하는 것 모두 소소한 행복이었다. 하지만 언제나 두 사람 사이에는 채워지지 않는 공허함이 존재했다.

하진을 만나기 전, 재현에게는 6년을 만난 연인이 있었다. 대학생 때부터 만나 자연스레 결혼 얘기가 오가던 두 사람은 의무감에 하는 결혼 대신 이별을 택했다. 서로한테 너무 익숙해진 게 원인이었는데, 이 점이 하진을 힘들게 했다.

「오랜만이네, 여기.」

「*오빠, 여기 와 본 적 있어? 나 처음 오는데?*」

재현은 하진을 만나면서 자기도 모르게 옛 연인 은별을 떠올렸다. 그녀의 습관, 취향, 함께한 모든 것들이 몸에 배어 있어서 쉽게 떨치기 어려웠을 것이다. 그가 은별을 버린 건 결코 아니었지만, 어릴 때부터 만난 그녀를 책임지지 못했다는 애매한 죄책감이 그의 발목을 잡았다.

결국 작년 크리스마스이브에 하진이 폭발했던 건, 그때까지도 정리되지 않은 은별의 흔적 때문이었다. 하필 그날이 생일이었던 그녀의 아버지에게서 전화가 온 게 화근이었다.

「*새해에는 한번 찾아뵐게요. 은별이한테도 안부 전해 주세요.*」

은별. 기어이 그의 입에서 그 이름이 나왔다. 통화 상대가 그녀의 아버지라는 말에 하진은 할 말을 잃었다. 헤어진 것과는 별개로 워낙 잘해 주셨던 분들이라 가끔 연락하고 생신도 챙긴다는 설명을 들었지만, 선뜻 이해가 가지 않았다.

당신, 우리 엄마는 어떤 분인지 물은 적도 없잖아. 마음에서 뾰족한 말이 삐져나왔다. 그와 만난 지 2년이 다 되어 가도록, 결혼은 차치하고 서로를 가족에게 소개하는 것조차 얘기한 적이 없었다. 그리고 그때, 정말 사랑하는 사람은 상대를 헷갈리게 하지 않는다던 보영의 말이 떠올랐다. 하진은 애써 감추고 있던 생각을 꺼냈다. 이제 정말 그만해야 한다고. 아무리 노력해도 그녀가 떠난 자리를 하진이 채울 수는 없다고.

"너 내 말 듣고 있어?"

정신을 차려 보니 보영이 하진을 쏘아보고 있었다.

"응?"

"나 내일 그 소개팅남 만난다고. 무슨 생각한다고 그렇게 멍 때리고 있냐?"

"미안, 지난번 그 공무원? 잘되려나 보네?"

"모르지. 세 번은 만나 보는 게 국룰이니까 확인해 보려고, 내

인연인지 아닌지."

보영은 올해는 꼭 짝을 찾아야겠다며 작년 연말부터 부지런히 소개팅에 나갔다. 나도 좋은 인연을 만났다고 가슴 벅차하던 때가 있었는데.

하진이 맥주잔을 들어 텁텁한 목을 축이는데, 보영이 큼지막한 치킨 조각을 접시에 올려 주며 물었다.

"넌 괜찮아졌어?"

"뭐가?"

"몰라서 물어? 지긋지긋한 이별 후유증 말이야."

"나아지고 있어. 아니, 괜찮아지려고 노력 중인 건가."

하진이 마지못해 웃으며 빈 잔을 채웠다.

"식상하긴 하지만 결국 시간이 해결해 줄 거야. 벌써 새해가 두 달이나 지났잖아?"

"그래, 시간은 계속 가니까."

보영이 의자를 바짝 당겨 앉으며 말했다.

"이젠 그냥 가는 것도 아니야. 겁나 빨리 가잖아."

"응, 어렸을 땐 빨리 커서 어른이 되고 싶었는데, 이제 시간이 너무 빨리 가서 무서워."

"으악, 내가 벌써 30대가 된다니. 내 20대 어디 갔어!"

보영은 나이가 드니 피부도 푸석푸석해진다며 얼굴을 손으로 더듬었다.

"그래도 30대 되려면 우리 아직 3년이나 남았어. 올해는 꼭 둘이 여행 가자."

"좋지! 짠."

보영의 말에 하진도 맥주잔을 들었다. 두런두런 얘기를 나누다 보니, 취기가 올라와서 하진은 재현과 만나서 헤어진 얘기까지 하고 있었다. 너무 아플까 봐 구태여 떠올리지 않은 기억이었는데, 다 꺼내어 놓고 나니 마음이 차분해졌다.

보영과 헤어지고 집으로 가는 길, 하진은 어떻게 그를 잘 정리할지 고민했다. 두려웠다. 무작정 덮어 놓은 상처에 겨우 딱지가 앉았는데 또 생채기를 낼까 봐. 정말 이대로 다 끝이 나 버릴까 봐. 하진은 기분이 가라앉지 않게 집에 오자마자 씻고, 책상 앞에 앉았다.

"잡념이 많을 땐 일이 최고지."

노트북에서 수정할 파일을 열고 자료를 꺼내는데, 낮에 받았던 종이가 보이지 않았다.

"어디에 뒀더라?"

업무 수첩 사이에 끼워 뒀던 게 떠올라서 가방을 열자, 왠지 모를 낯선 느낌이 들었다. 수첩을 꺼내 보니 커버 색만 비슷하고 아예 다른 수첩이었다. 매년 연말에 회사에서 새 업무 수첩을 나눠 주는데, 손에 들린 건 한참 낡은 것이었다.

"이거 뭐지? 내 수첩이 아닌데?"

열어 보니 앞부분에 휘갈긴 글자가 적혀 있었는데, 악필이라 무슨 내용인지 알아보기가 어려웠다. 순간, 지하철역에서 부딪쳤던 남자가 떠오르며 탄식이 절로 나왔다. 큰일이다. 역에 떨어트렸으면 벌써 누가 가져갔거나 버렸을 텐데. 그 남자한테 수첩이 있대도 이름도 모르는 사람을 찾을 방법이 없었다. 중요한 메모도 많았지만, 대표가 대외비라며 강조했던 종이가 생각나서 심장이 철렁했다. 기획안을 수정할 때 넣을 중요한 데이터도 모두 거기에 있었다.

하진은 새로 수첩을 받으면서 커버 안쪽에 명함을 넣었는지 기억이 가물가물했다. '수첩 주운 분, 천사 같은 마음으로 제게 당장 전화를 주세요. 제발.' 두 손을 모으고 빌던 하진은 문득 '전화를 줬다면 진작 주지 않았을까.' 하는 생각이 들어 손을 내렸다. 혹시나 하는 마음에 수첩 맨 뒷장을 살펴봤지만, 사용자 정보를 적는 칸이 비어 있었다.

"이젠 수첩까지 애를 먹이냐. 너무하다, 정말."

하진이 머리카락을 쥐어뜯으며 누구에게 하는지 알 수 없는 말을 괴롭게 뱉었다. 결국 반쯤 포기한 마음으로 책상에서 일어났다.

"그래, 종일 일해 놓고 무슨 또 일이냐."

냉장고에서 캔 맥주를 꺼내 와 의자에 털썩 앉았다. 잘 시간이 한참 지났지만 자고 싶지 않았다. SNS를 켰다. 또 새벽까지 시간만 죽일걸 뻔히 알면서도 거의 매일 밤을 이렇게 보냈다. 재현과 헤어지고 생긴 나쁜 습관 중 하나였다. 하진이 휴대폰을 들어 영혼 없는 눈으로 게시물마다 하트를 누르고 있는데, 뻐꾸기시계가 새벽 2시를 알렸다.

"이제 진짜 자야겠다."

벌써 시간이 이렇게 됐나 싶어 시계를 보는데, 방금 12에 있던 분침이 1을 지나 2로 휙 움직였다. 하진이 뻑뻑한 눈을 비비며 다시 시계를 쳐다봤다. 분명히 조금 전에 뻐꾸기가 2시를 알렸는데, 시곗바늘이 2시 10분을 가리키고 있었다.

"…내가 취했나?"

그때, 시계 분침이 다시 3으로 넘어가더니 이번엔 6까지 곧장 움직였다. 눈이 휘둥그레지며 잠이 확 달아났다.

"뭐야. 이거 고장 난 거야?"

🕐

다음 날 아침, 하진은 회사 로비에서 재현을 마주쳤다. 눈인사만 나누고 엘리베이터 앞에 섰지만, 뒤에서 들리는 그의 목소리에 온 신경이 쏠렸다. 그를 본 뒤로 딱딱하게 굳어 버린 하진과 달리, 재현은 다른 사람들과 농담까지 주고받으며 여유 있는 모습이었다. 이를 악다물고 있던 하진은 사무실로 가며 그에게 메시지를 남겼다.

[과장님, 오늘 점심에 잠깐 봐요.]

헤어진 뒤로 그에게 처음 보내는 메시지였다. 과장님이라는 딱딱한 호칭이 정말 이 관계가 끝났다는 걸 보여 주는 듯했다. 날카로운 게 긁고 지나간 듯 마음이 아렸다.

재현과 사귀는 동안 자주 찾았던 카페는 오늘도 변함없는 모습이었다. 문을 밀고 들어가자 갓 내린 커피 향과 고소한 빵 냄새가 밀려왔다. 1층에 재현이 좋아하던 소파 자리가 눈에 들어왔지만, 하진은 2층으로 향했다. 그는 커피가 나온 뒤에도 나타나지 않았다. 사귈 때는 매번 약속 장소에 먼저 가서 그녀를 기다리던 그였는데. 많은 게 변했다는 생각이 들었다.

10분 정도가 더 지나고 나서야 그가 나타났다.

"미안해. 출발하기 전에 급한 전화가 오는 바람에⋯."

"괜찮아요. 저도 방금 왔어요."

높낮이 없는 목소리에 예의를 갖춘 존대가 어색했는지, 재현이 하진을 물끄러미 쳐다봤다. 하진은 괜히 마음이 약해질까 봐 그가 등장한 순간부터 눈도 마주치지 않았다. 잔을 들어 커피를 몇 모금 마시던 재현이 먼저 말을 꺼냈다.

"잘⋯ 지냈어?"

"네, 그럭저럭요."

하진은 그가 아무렇지도 않게 동료와 웃고 떠들던 아침을 떠올렸다. 잘 지낸다는 말은 사실이 아니었지만, 그렇게 보이고 싶었다. 그는 충분히 잘 지내는 것 같았으니까. 재현이 뭐라 말을 하기 전에 하진이 입을 열었다.

"우리 그래도 잘 만났었는데, 마지막에 너무 싸우면서 헤어져서요. 제대로 마무리도 못 한 것 같아서 보자고 했어요."

"그렇지…. 둘이 있으니까 말 편하게 해도 되는데."

"아녜요. 이게 편해요. 이제 이렇게 하는 게 맞고요."

냉정하게 선 긋는 말을 했더니 목구멍이 따끔거렸다.

"감정에 휩쓸려서 제대로 말을 못 했었는데 지나고 나니 분명해지더라고요. 우린 헤어지는 게 맞았고, 더는 안 될 사이였다는 게."

마음과는 달리 하진의 입에서 차가운 말들이 쏟아져 나왔다. 두 사람 사이에 놓인 커다란 테이블처럼, 두 달 사이에 그와의 거리가 이만큼이나 멀어져 있었다.

"…."

재현은 별말을 하지 않았다. 하지만 때로는 침묵이 답이 되기도 한다. 다만 좀 비겁한 답변일 뿐.

"그래도 과장님 나쁘다고 생각 안 해요. 그냥… 우리 인연이 거기까지였나 봐요. 원망도 안 하고, 좋은 기억만 남길게요."

"미안해. 나는…."

그가 뭐라 말하려다 입을 닫았다. 머그잔만 보고 있던 하진이 처음으로 고개를 들어 재현을 응시했다. 그러나 이번엔 그가 고개를 숙이고 있었다.

"그래도 회사에서는 최대한 안 마주쳤으면 좋겠어요. 더 할 말 없으면 먼저 일어날게요."

바로 일어선 하진은 카페에서 벗어날 때까지 한 번도 뒤를 돌아보지 않았다. 그가 붙잡지 않을 걸 알았지만, 괜히 얼굴을 보면 미련이 남을까 두려웠다.

하진은 멀리 보이는 큰 건물까지 무작정 걸었다. 그가 보이지 않는다는 생각이 드니 긴장이 풀리면서 몸에 힘이 들어가질 않았다. 눈물이 차올라 앞이 흐릿해지고, 걸음이 땅에 끌렸다.

"흐윽…."

이제 정말 끝이라는 생각에 하염없이 눈물이 흘렀다. 원래는 자길 사랑하긴 했는지 묻고 싶었다. 어떤 답을 들어도 그녀를 더 초라하게 만들 뿐이겠지만, 한 번은 확인하고 싶었다. 하지만 재현을 보니 그 질문조차 소용없다는 게 분명해졌다. 그의 얼굴에는 그리움이 아닌 미안함만 남아 있었으니까.

건물 벽에 기대어 눈물을 훔치는데, 그와 만난 지 2년이 다 되도록 변하지 않은 사실이 떠올랐다. 그는 절대 은별을 잊을 수 없고, 한순간도 헤어진 적이 없다는 것. 사실 이 관계는 처음부터 몇 개의 조각이 없는 퍼즐이었는데, 하진은 완성되지 않는 퍼즐을 두고 계속 침울해했다. 이제 무의미한 퍼즐 맞추기를 그만둘 때였다.

"저기."

바람이라도 맞은 사람처럼 울고 있는 하진에게 지나가던 남자가 손수건을 건넸다. 눈물범벅이 되어 닦을 게 필요했던 그녀는 흰 손수건을 받아 눈가를 닦았다. 차마 엉망인 얼굴을 들 수가 없어서, 고맙다는 뜻으로 고개를 숙였다.

"지난 일에 너무 마음 쓰지 말아요. 지금을 살아야죠."

"…."

남자가 하진을 잠시 내려다보는 듯하더니 다시 가던 길을 갔다. 한참 후에 고개를 돌려 보니, 멀리 그의 뒷모습이 보였다. 앞뒤로 흔들리는 그의 팔에서 와인색 손목시계가 햇빛을 받아 빛났다.

🕐

"가자."

태민이 한 블록 떨어져 있던 영한에게 다가가며 말했다. 영한이 눈을 동그랗게 뜨고 태민을 졸졸 따라오자, 그가 성가신 얼굴로 물었다.

"왜, 뭐."

"형님 요즘 연애하고 싶어요? 아예 눈물을 닦아 주고 오시지."

"시끄러워, 인마. 그럼 미팅할 사람이 울고 있는데 어떡하라고."

좀처럼 표정 변화가 없는 태민의 귀가 달아오르자, 영한이 더신이 나서 깝죽댔다.

"이건 뭐랄까, 미팅을 빙자한 자연스러운 만남? 형님 여자 표정 못 봤죠? 완전….."

"까불지 마라."

"크으, 형님 멋있다. 나 감동해서 눈물 날 뻔했어요. 손수건은 또 언제….."

"이 자식을 그냥!"

멀리 도망치는 영한을 보며 그도 피식 웃었다. 사무실로 향하려는데, 여자의 예쁘게 젖은 눈이 떠올랐다. 이제 몇 번 마주쳤다고 눈가에 있는 점까지 익숙해진 건지. 실소를 머금은 태민이 시계 화면에서 하진의 이름을 터치하려다 손목을 내렸다.

🕐

회사로 돌아온 하진은 화장실에 들러 세수부터 했다. 얼굴에 찬물을 끼얹으니 정신이 돌아왔다. 거울을 보고 속으로 되뇌었다. 이제 끝났어. 다 괜찮아질 거야. 괜찮아.

하얀 손수건을 보니 무심하게 건네주던 남자가 생각났다. 우느라 고맙다고 말도 못 했네. 자리로 돌아오니 이번에는 잃어버린 수첩이 떠올랐다. 아침에 지하철역 유실물 센터에 문의해 봤지만, 분실물로 들어온 물건 중에 남색 수첩은 없다는 답변을 받았다. 하진이 초조한 마음으로 가방에서 낡은 수첩을 꺼냈다.

"뭐라도 나와라, 제발…."

입술을 깨물며 내지를 넘겨 보는데 중간쯤에 얇은 종이가 꽂혀 있었다. 반으로 대충 접힌 종이 겉에는 날린 글씨로 주소 같은 게 적혀 있었다. 하지만 역시 무슨 글자인지 분간하기가 어려웠다. 종이를 펼쳐 보니 한쪽 귀퉁이가 찢겨 있었고, 작은 글씨가 인쇄되어 있었다.

✔ **기본 원칙2** (시간의 회수)

0. 하루 중 무의미하게 쓰이는 시간은 균형자를 통해

0. 회수된 시간은 일 단위로 정산되어 0시를 기점

관소로 옮겨진다.

0. 하루에 회수되는 시간은 최대 6시간(24시간

없다.

0. 시간이 과다하게 회수되는 사람은 균형자

회를 얻는다.

0. 시간 보관소로 옮겨진 시간은 2,000:1

0. 남겨진 시간은 동일한 구역에서

용할 수 있다.

- Tempus Corp.

"이게 뭐지? 균형자가 뭐고 회수는 또 뭐야."

찢긴 부분 때문에 내용이 완전하지는 않았지만, 대략 시간에 관한 내용 같았다. 인쇄된 내용을 찬찬히 보던 하진이 종이 밑에 연한 색으로 인쇄된 'Tempus Corp.'를 발견했다.

"템…퓨스? 템퍼스?"

"언니 시계 사려고요?"

하진이 멀뚱한 표정을 짓자, 지민이 거기서 이번에 나온 스마트워치라며 휴대폰을 들이밀었다. 화면을 자세히 보니 상품 상세 페이지 아래에도 'Tempus'가 적혀 있었다.

"시계 브랜드였구나. 고마워."

곧바로 인터넷에 'Tempus'를 검색했더니, '200년 전통의 세계적인 시계 제조 회사, 템푸스'라는 소개와 함께 회사 홈페이지가 맨 위에 떴다. 하진은 고객 센터 번호를 찾아서 복도로 나와 전화를 걸었다.

– 감사합니다. 템푸스 고객 센터입니다. 무엇을 도와 드릴까요?

"안녕하세요. 제가 어제 지하철역에서 어느 분과 수첩이 바뀌었는데요. 템푸스 근무하시는 분인 것 같아요. 누군지 찾을 수 있을까요?"

– 템푸스에 근무하는 직원을 찾고 싶다는 말씀이십니까?

"네, 근데 제가 성함을 몰라서요⋯."

너무 대책 없이 전화를 걸었다는 생각에 하진의 목소리가 점점 작아졌다.

– 그럼 부서는 알고 계실까요?

"아뇨⋯."

어쩐지 전화기 너머로 상담원의 낮은 한숨 소리가 들리는 것 같았다.

"아! 그분 수첩에 종이가 한 장 있었는데, 하단에 템푸스라고 회사명이 있고요. 기본 원칙에 시간, 회수, 균형자? 뭐 이런 단어들이 나오거든요. 관련 부서가 있을까요?"

- 운영자요?

"아뇨, 균형자요. 균, 형, 자."

하진이 한 글자씩 힘주어 발음했다. 직원은 관련 부서가 있는지 확인해 보겠다며 연락처를 받고는 전화를 끊었다. 꼭 다시 연락해 달라고 했지만, 왠지 전화가 다시 오지 않을 것 같았다. 하진은 일단 할 수 있는 수정 작업부터 하자며 힘없이 사무실 문을 열었다.

퇴근 시간까지 틈틈이 휴대폰을 들여다봤지만, 오늘은 그 흔한 스팸 메시지조차 없었다. 모니터 화면을 보니 한숨이 절로 나왔다. 어제 대표실에서 들었던 것 중에 몇 가지는 기억이 나서 고쳤는데, 정작 중요한 수치들이 모두 빈칸이었다.

「*이 부분은 꼭 비교표로 만들어서 분석해 보면 좋겠네.*」

종이를 건네며 대표가 특히 강조한 내용이 있었는데, 자료가 없으니 넣을 수가 없었다. 유중현 부장이 또 칭찬받고 싶어서 설치는 바람에 당장 내일 수정안을 보고하기로 했다는데. 그냥 욕을 먹더라도 솔직하게 말할까. 안 그래도 똑같은 말 반복하는 건 질색하는 대표인데 대외비 자료까지 잃어버렸다고 하면 난리를 치겠지….

하진이 책상 위를 손가락으로 톡톡 치는데, 멀리서 칙칙 소리가 났다. 유중현 부장이 분무기로 물을 뿌리고는 정성껏 난초를 닦고 있었다. 그 옆으로 입을 삐죽 내밀고 있는 유예빈 과장도 보였다. 그녀는 혹여나 유 부장에게 칭찬이 돌아갈까 봐 어제 보고 이후 기획안에서 완전히 손을 뗐다. 대놓고 말은 하지 않지만, 서로에 대한 미움과 반감이 공기를 가득 메우고 있는 숨 막히도록 변함없는 사무실 풍경이었다.

오후에 급하게 신청이 들어온 검사 건을 마치니 벌써 8시였다. 징징. 거래처에 보낼 서류를 봉투에 담고 있는데 책상 위에 둔 휴대폰이 울렸다. 하진이 바로 내용을 확인했다.

[아직 퇴근 못 했지? 밥은 먹고 하냐, 찐.]

보영이었다. 어깨가 축 내려간 채로 답장을 적는 순간, 들고 있던 휴대폰이 부르르 떨렸다. 모르는 번호로 걸려 온 전화에 놀란 하진이 마른침을 삼키며 곧장 통화 버튼을 눌렀다.

"여보세요?"

– 김하진 씨?

"네, 맞는데… 누구시죠?"

대답하는 하진의 목소리 끝이 미세하게 떨렸다.

영한이 노크하자마자 본부장실 문을 휙 열고 고개를 들이밀었다.

"형님, 안 가요?"

"가야지."

곧 일일 정산을 할 시간이었다. 태민이 모니터에 눈을 고정한 채로 일어날 줄 모르자, 영한이 쪼르르 다가와 그의 옆에 섰다.

"왜요. 또 무슨 일인데요."

[**〈확인 필요〉** 정산 오류 알림]

영한이 메일과 태민의 얼굴을 번갈아 살피며 물었다.

"이거 아직도 해결 안 됐어요?"

"응, 관리부에 문의해도 정확한 데이터를 안 주네."

태민이 답하며 지난주에 통화했던 직원을 떠올렸다. 매번 느끼는 거지만, 조사팀 직원들은 하나같이 뻣뻣했다. 보통 태민 정도의 본부장급이 연락하면 형식적으로라도 상냥하게 대하는데, 정산 오류 관련해서 물었을 때도 삐딱하게 굴며 제대로 된 답변을 내놓지 않았다.

「어떤 숫자가 안 맞는지 자세한 데이터를 줘야 확인이라도 해 볼 거 아닙니까.」

「정상적으로 정산을 했으면 그게 안 맞을 리가 없잖아요. 왜 그런지는 해당 팀이 더 잘 알겠죠. 본부장님이라도 세부 데이터는 못 드립니다.」

정 안 되면 정산 리포트와 서버 기록을 맞춰 보라며 일방적으로 전화를 끊었다. 마치 그의 팀이 부정이라도 저질렀다는 뉘앙스였다. 팀이라고 해 봤자 지금은 태민과 영한 둘뿐인데.

태민이 미간을 좁히며 머리를 쓸어 넘겼다.

"작년처럼 또 프로그램 오류 아니에요? 그때도 전체 데이터 틀리고 난리였는데 지원팀은 대처도 못 하고, 결국 내가 에러 발견해서 수정했잖아요."

영한이 불평을 늘어놨다. 유명 기업의 전산팀 출신인 그는 템푸스의 지원팀보다 프로그램을 잘 다뤄서, 종종 생기는 오류도 금방 해결하곤 했다.

"그럼 다행이지. 근데 이번엔 딱 우리 팀만 오류라서."

"에이, 누가 감히 우리 팀 시간을 빼돌리기라도 했겠어요? 걱정

마요, 형님. 이따가 정산 끝나고 저도 프로그램 한번 살펴볼게요."

우선 정산하러 가자며 일어선 태민의 뒤를 영한이 졸랑졸랑 쫓아가며 말을 쏟아 냈다.

"이번 주는 미팅 리스트에 이름이 꽤 많아요. 벌써 VIP들도 꽤 생겼고요. 그 사람들은 자기가 VIP인 줄도 모르겠죠? 그래서 이번에는…."

태민이 복도를 빠르게 지나가자 영한도 걸음 속도를 높였다.

"아, 같이 좀 가요."

"얼른 와. 나 오늘 정산 끝내고 바로 나가 봐야 해."

"출장 있어요?"

"아니, 약속."

태민의 대답에 영한이 복도 중간에 우뚝 멈춰 서서 외쳤다.

"맨날 회사-집-회사-출장-집 하는 본부장님이 약속이라고요? 형님, 진짜 여자 생겼어요?"

"뭔 소리야. 뭐 전해 주러 가는 거야."

"허얼? 지난번 미팅 때는 손수건을 쓰더니. 형님 요즘 연애하죠? 연애 시작했는데 말도 안 한 거면 나 진짜 섭섭해요. 누구예요? 예뻐요? 뭐 하는 사람인데요?"

순식간에 질문을 쏟아 내는 영한을 뒤로한 채 태민이 엘리베이터에 올라탔다. 문이 닫히려는 찰나, 영한이 뛰어오르며 물었다.

"그래서, 언제부터 만났는데요?"

오늘은 다른 날보다 정산량이 훨씬 많았다. 바쁘게 두 테이블을 오가며 작업하던 영한이 태민에게 물었다.

"근데 우리 신입 뽑혔다고 하지 않았어요? 왜 출근 안 해요? 바빠 죽겠는데."

"한 명은 아까 잠깐 다녀갔었어. 개인적인 일이 있어서 두 달 뒤에 출근한대. 나머진 곧 면접 예정."

"첫, 신입 얼굴 구경도 못 하고 나가게 생겼네."

그러고 보니 영한의 임기가 두 달도 채 남지 않았다. 그를 보내긴 아쉬웠지만, 균형자의 활동 기간은 본부장인 태민도 마음대로 할 수 있는 게 아니었다.

"근데, 빨리 입사했어도 너보다 형이라 어차피 너가 막내였어."

태민의 말에 영한이 인상을 찌푸렸다.

"아니, 균형자도 세대교체가 필요한 거 아니에요? 어떻게 다 나보다 나이 많은 사람만 계속 들어와. 나갈 때까지 막내만 하다 가겠네."

"누가 들으면 엄청 힘들게 막내 역할 하는 줄 알겠다."

"칫, 막내는 또 그들만의 심적 부담이 있는 거라고요."

영한이 눈썹을 내리며 데이터로 눈을 돌렸다. 다른 팀보다 일찍 정산을 끝낸 그가 여유 있게 정산 리포트를 훑다 탄식했다.

"와, 이 남자는 작년부터 올해까지 쭉 이 구역 톱이네요. 근데 왜 한 번도 미팅에서 만난 적이 없지? 혼쭐을 내 줘야 하는데."

영한이 가리킨 모니터에는 연도별로 회수된 시간이 가장 많은 명단이 떠 있었다. 태민이 화면에서 '유중현'이라는 이름을 흘긋 쳐다보며 말했다.

"원래 사람은 잘 안 바뀌잖아. 그런 사람들은 미팅해도 소용이 없거든. 어느 정도 지나면 아예 미팅 리스트에서도 제외되는 거야."

"말로만 듣던 VVIP군요?"

태민이 대답 대신 고개를 끄덕였다.

"이런 인간들은 도대체 어떻게 하루를 보내는지 궁금하네요."

태민이 서류를 넘기며 무심하게 입을 열었다.

"신기한 게 뭔 줄 알아?"

"뭔데요?"

영한이 관심 있는 눈빛으로 그에게 가까이 몸을 붙여 왔다.

"이 사람들 불행할 것 같지? 아니야, 자긴 행복해. 애초에 시간이 얼마나 줄어드는지 그런 건 관심도 없거든. 정작 괴로운 건 주변에 있는 사람들이야."

"으, 뭔지 알 것 같아요. 회사에 저런 사람 한 명씩은 꼭 있잖아요. 진짜 싫다."

몸서리치는 영한을 보며 태민이 한쪽 입매를 비스듬히 올렸다.

"회사 생활 10년은 해 본 사람처럼 말하네."

"10년은 아니어도 5년은 했다고요. 그리고 거기에도 그런 인간들 있었거든요."

일일 정산이 끝나자 균형자 대부분이 정산부 사무실을 빠져나갔다. 테이블 하부를 열어 시스템을 점검하던 영한이 벌떡 일어나며 말했다.

"본부장님, 프로그램 전체적으로 봤는데 이상 없어요. 저도 약속 있어서 갑니다."

"이 시간에?"

"그러는 형님은 이 시간에 도대체 뭘 전해 주신다는 것일까나."

길게 내려온 앞머리 사이로 영한의 눈이 반짝 빛났다. 또 장난을 치려고 시동을 거는 그를 무시하고 태민이 먼저 돌아섰다.

"내일 보자."

"옙!"

태민은 템푸스 건물을 나서며 몇 시간 전을 떠올렸다.

오후 6시, 들릴 듯 말 듯한 노크 소리와 함께 한 남자가 태민의 집무실을 찾았다. 그가 구깃구깃해진 종이를 보며 느릿한 말로 물었다.

"저… 5월부터 A-541팀에서 일하기로 했는데요."

며칠을 못 자는지 그의 눈 밑에는 다크서클이 짙게 깔려 있었다. 태민이 이력서에서 봤던 남자를 기억해 냈다. 김재영, 29세, 5월 출근. 태민이 남자에게 다가가서 손을 내밀었다.

"김재영 씨죠? 반갑습니다. 전략 기획 본부장 송태민입니다."

"네….."

떨리는 손으로 태민과 악수한 남자는 수시로 휴대폰을 확인하며 어딘가 모르게 불안해 보였다. 균형자가 하는 일이 일반적이진 않아서, 이렇게 긴장하는 사람들이 더러 있긴 했다.

"지금 옆 팀이 통째로 비어서 당분간 일이 많을 거예요. 제가 같이 할 거니까 너무 걱정 안 해도 됩니다."

"뭐부터 하면 될까요?"

"기본 교육은 끝났죠? 출근까지 두 달 정도 남았으니 교육받은 내용만 익히고 오세요. 실무적인 건 차차 알려 드리죠."

태민이 다시 자리로 돌아가려는데, 재영이 뜸을 들이다 물었다.

"혹시 매뉴얼을 새로 받을 수 있을까요? 한 장을 잃어버려서요….."

"드릴 수는 있는데 어디서 잃어버렸습니까? 외부에 노출되면 안 되거든요."

재영이 바인더를 열어 가리킨 곳은 '시간의 기본 원칙' 부분이었다. '기본 원칙 2'가 있어야 할 자리에 작게 찢긴 종잇조각만 남아 있었다.

"메모하다가 찢어져서 수첩에 끼워 놨는데, 지하철역에서 수첩이 바뀌는 바람에….."

"윤매역?"

"어, 어떻게 아셨어요?"

재영이 눈을 끔뻑거리며 물었다.

"낮에 보고받았거든요. 템푸스 직원과 수첩이 바뀌었다고 문의한 사람이 있다고."

"아…."

재영이 이걸 찾는 것 같다며 코트 안쪽 주머니에서 수첩을 꺼냈다. 그가 건넨 수첩에는 일정과 메모가 정갈한 글씨로 적혀 있고, 반듯하게 접힌 A4 용지 한 장이 끼워져 있었다.

[《대외비》 에이치인스펙션 국가별 매출 현황]

태민이 수첩을 흔들며 말했다.

"집이 멀어서 5월부터 일한다고 했죠? 이건 제가 처리하죠."

재영이 꺼칠한 얼굴을 숙이고 나간 뒤, 태민은 푸른빛이 감도는 수첩을 내려다봤다. 일단 수첩은 찾았고. 몇 주 전부터 마주친 수많은 사람 중에 유독 '김하진'이라는 이름이 자꾸 눈에 들어오는 건 단순한 우연일까. 확인할 방법은 한 가지, 그녀를 직접 만나보는 것이었다. 고객 상담실에서 받은 번호를 휴대폰에 입력하는 그의 눈빛이 반짝였다.

🕐

드디어 잃어버린 수첩의 행방을 알게 된 하진은 한결 가벼운 마음으로 집에 올 수 있었다. 일찌감치 샤워하고 나온 그녀가 소파에서 맥주 캔을 따며 중얼거렸다.

"엄청 바쁜 사람인가 보네. 무슨 일을 하길래 자정이 넘어서 끝난담. 교대 업무를 하나?"

이틀 뒤 낮에 보자던 남자에게 하진이 늦어도 괜찮다며 우겼더니, 그가 새벽 1시 정도에 집 앞으로 오겠다고 했다. 하진은 그에게 집에서 약간 떨어진 편의점 위치를 보냈다. 시간이 너무 늦는데다, 누군지도 잘 모르는 남자를 밤에 만난다는 게 께름칙했기 때문이다.

하진은 낡은 수첩 안에 종이가 있는지 거듭 확인하며 통화했던 남자를 떠올렸다. 내용만 먼저 사진으로 보내 달라니까 무슨 엄청난 자료길래 원본을 교환해야 한다고 억지를 부리는지. 여러모로 특이한 남자일세.

낮에 수첩 사이에서 발견한 종이를 펼쳐 봤지만, 여전히 무슨 내용인지 알 수 없었다.

"이것도 그 회사에서는 대외비인가?"

한참 SNS를 봤는데도 아직 밤 11시였다. 어차피 오늘은 저녁 생각도 없었고, 노래나 듣다가 자료를 받고 바로 잘 생각이었다. 하진이 팔을 쭉 늘리고는 소파에 기대 천장을 올려다봤다.

"흐아아."

고요한 거실을 비추는 스탠드 조명을 보고 있으니 재현 생각이 조금 났다. 이따금 주말에 들러서 끼니 거르지 말라며 차려 줬던 단출한 밥상이나, 말없이 책상 위에 두고 간 음료수 같은 것들. 하지만 이제 와서 예쁜 추억들을 떠올려 봤자 아픈 상처로 돌아올 뿐이었다.

헤어진 지도 벌써 석 달이 됐다. 믿기지 않던 이별은 시간이 지날수록 분명해졌고, 그와 마지막으로 나눈 대화를 끝으로 둘의 엔딩 크레딧이 올라가고 있었다. 아니, 어쩌면 엔딩 크레딧도 끝나고 한참이나 검은 화면이 떠 있었는지도 모르겠다.

무슨 본부장이라던 남자와의 약속 시간이 1시간 정도 남았을 무렵, 눈꺼풀이 무거워진 하진은 잠깐 침대에 누웠다. 이어 휴대폰에서 항상 듣던 플레이 리스트를 재생했다. 열다섯 곡 남짓한 이 노래들은 매일 출퇴근길에 들어서 다 외울 지경이었다. 이 리스트가 한 바퀴 돌면 50분쯤이니까(정확히는 52분이다) 끝날 때쯤 나가야겠다고 생각하며 가만히 눈을 감았다.

"뭐야! 깜박 잠들었나? 벌써 시간이 이렇게 됐어?"

선잠에서 깬 하진이 시계를 보고 화들짝 놀라 일어났다. 이어폰에서는 아직 음악이 흘러나오고 있었지만, 시간은 벌써 새벽 1시가 지나 있었다. 하진은 후다닥 슬리퍼를 신고 편의점까지 있는 힘껏 뛰었다.

"허억, 죄송해요. 제가, 헉, 시계를 잘못 봐서요."

편의점에서 막 문을 열고 나온 남자가 거친 숨을 내쉬는 하진을 미친 여자 보듯 하며 지나갔다. 아, 이 남자가 아닌가. 그때 멀찍이 떨어진 야외 테이블 쪽에서 정장 차림의 남자가 그녀에게 다가왔다. 그는 도톰한 연회색 캐시미어 코트를 걸치고 있었다.

"김하진 씨?"

"아, 그쪽이었구나. 늦어서 죄송해요. 시간을 착각해서…."

하진보다 머리가 하나만큼 큰 남자가 건조한 표정으로 종이를 가져왔는지 물었다.

"그럼요. 제 것도 잘 있죠?"

낡은 수첩을 받아 든 남자가 말없이 종이봉투를 건넸다. 그때 그의 손목에 찬 와인색 시계에 가로등 불이 반사됐다. 저 시계를 어디서 봤더라? 그나저나 부딪힐 땐 몰랐는데 생각보다 키가 크네. 얼굴은 멀끔한데 글씨는 왜 이렇게 악필이람.

"혹시 종이 내용 봤습니까."

잠시 딴생각을 하고 있던 하진은 남자의 말에 퍼뜩 정신을 차렸다.

"주인을 찾아야 해서 보긴 봤죠. 근데 내용도 잘렸고, 봐도 뭔지 모르겠던데요?"

"네, 그럼."

남자는 빨리 자리를 뜨고 싶었는지, 간단한 목례만 하고는 뒤도 돌아보지 않고 가 버렸다. 휴, 다행이다. 드디어 찾았네. 하진은 종이봉투를 소중히 가슴에 품고 집으로 향했다.

집으로 돌아온 하진은 이름도 알려 주지 않고 쌩하니 가 버린 남자를 생각했다. 잘 모르는 누군가를 세 분류로 나누면 꼭 다시 봐야 하는 사람, 한 번은 더 보고 싶은 사람, 굳이 안 봐도 괜찮은 사람으로 나눌 수 있는데, 보통 대부분은 마지막에 속한다. 그런데 그는 어쩐지 한 번은 더 보고 싶은 사람이었다.

수첩을 찾아 줘서 고맙다고 메시지라도 남겨야 하나. 하지만 그는 지하철역에서 사과도 없이 제 물건만 쏙 챙겨서 가 버린 사람이기도 했다.

"또 볼일은 없겠지만."

고민하던 하진이 그의 번호를 '수첩남'으로 저장했다. 야밤에 뛴 덕분인지 오늘은 눕자마자 기절하듯 깊은 잠에 빠졌다.

뚜뚜뚜뚜.

잠시 후 기계음에 눈을 떠 보니 병원 침대 위였다. 넓은 병실에는 침대만 덩그러니 놓여 있고, 사방을 하얀 벽들이 에워싸고 있었다. 심장박동을 모니터링하는 소리만 들릴 뿐 병실 안은 적막했다. 하진의 팔에 꽂힌 링거 호스를 통해 수액이 방울져 떨어졌다.

갑자기 왜 병원에 있는 건지 도무지 알 수가 없어서 하진은 휴대폰부터 찾았다. 하지만 큰 창에서 쏟아지는 햇빛에 제대로 눈을 뜨기가 어려웠다. 잠시 후 병실 문을 밀고 하얀 가운을 입은 의사가 들어왔다. 그녀가 팔로 눈을 가리며 말했다.

"선생님, 눈이 너무 부신데 커튼을 좀…."

하진의 말에는 별 대꾸도 없이 의사가 차트를 넘기며 말했다.

"김하진 씨, 안타깝지만 3개월 정도 남았습니다."

그녀는 방금 들은 말이 무슨 뜻인지 생각하느라 바로 대답을 못 했다.

"조직 검사 결과 다발성 종양이 발견되어…. 안타깝지만 주변

정리를 하시는 게…."

점점 의사가 하는 말이 웅웅 울리며 잘 들리지 않았다.

"네? 제가 어디가 아픈 거죠? 저는 아직 마음의 준비가… 저기요!"

핏대가 불거지도록 안간힘을 썼지만, 목이 꽉 막힌 듯 소리가 잘 나오지 않았다. 의사는 손목에 찬 시계를 보더니, 제 할 말만 몇 마디를 더 남기고 사라져 버렸다. 갑작스러운 시한부 통보에 눈물이 가득 차올랐다. 3개월이면 어떻게 해야 하는 거지? 가족들한테는 뭐라고 말해…. 하진이 서럽게 울고 있는데, 갑자기 앞이 보이지 않을 정도로 주변이 밝아졌다.

잠에서 깬 하진이 놀라서 눈을 크게 떴다. 익숙한 천장이 보이자 그제야 상황이 파악됐다.

"휴, 꿈이었구나."

힘겹게 몸을 일으켜 보니 베개에 눈물 자국이 흥건했다.

"하… 진짠 줄 알았네. 너무 무서웠어."

정신을 차린 하진은 같은 꿈이 또 나올까 봐 얼른 자리에서 일어났다.

🕐

"김하진까지 이번 주 미팅 리스트에 있는 사람들 미팅 끝났어."

태민이 리스트에서 하진의 이름 옆에 체크 표시를 하고 영한에게 건넸다.

"김하진은 어제 길에서 미팅한 거 아니었어요?"

"너무 울어서 뭘 하지도 못했어."

"근데 형님, 시한부는 너무 고전적인 거 아니에요? 요즘은 미팅 주제도 새로운 거 많던데."

구역별로 유난히 시간이 많이 회수되는 사람은 주차별로 미팅 리스트에 오른다. 그러면 균형자가 이들을 다양한 방법으로 만나서 시간의 중요성에 대해 일깨워 줘야 한다. 지나가다 혼잣말을 전하기도 하고, 꿈에 나타나거나 지인을 통해서 뭔가를 깨닫게 해 주기도 한다. 허비하는 시간을 가져가는 대신 베푸는 나름의 선처였다.

"VIP들이야 더 충격적인 게 필요할지 몰라도 뉴 페이스는 이런 클래식한 것도 괜찮아. 참, 다음 주 미팅은 네가 해 줘. 출장에 부서장 회의, 전략 본부까지 회의란 회의가 다 몰렸다."

영한이 사무실 책상 위에 쌓인 결재 서류를 흘끔 보고는 과장되게 손을 이마에 갖다 댔다.

"옙! 걱정 마십시오, 본부장님!"

태민이 씩 웃으며 영한의 어깨를 툭 쳤다. 그는 태민이 같이 활동했던 균형자 중 가장 신뢰하는 팀원이었다. 평소에는 장난기가 넘쳐도, 일 처리는 항상 빠르고 정확했기 때문이다.

"저 화장실 좀요. 어우, 저녁에 먹은 게 상했나. 아까부터 뱃속이 계속 꿀렁꿀렁…."

"그런 건 말하지 말고 그냥 다녀와."

영한이 배를 움켜쥐며 나간 뒤, 태민은 다음 주 미팅 리스트를 펼쳤다. 거기에도 하진이 있었다. 조금 전에 영한이 했던 말이 생각났다.

「김하진, 이제 이름도 외우겠네. 뉴 페이스가 이렇게 한 주도 안 빠지고 리스트에 올라오는 것도 드문데 참 성실하단 말이죠.」

"요즘 왜 이렇게 자주 보여."

태민의 눈이 한참이나 하진의 이름에 머물렀다.

🕐

하진에게 시한부 꿈은 꽤 충격적이었다. 평소에는 생각하지도 않던 죽음이 가까이 있다고 생각하니 마음가짐부터 달라졌다. 일찍 출근해서 책상 정리까지 마친 하진은 집중해서 기획안 수정을 끝냈다. 재현과 헤어지고 매일 정신을 딴 곳에 두고 온 사람처럼 지냈는데, 이렇게 온전히 일에만 집중하는 건 오랜만이었다. 개운한 기분이 들었다.

"하진 씨, 잠깐만."

유중현 부장이 불러서 갔더니, 그가 뭔가를 골똘히 쳐다보고 있었다.

"왜요, 부장님?"

"자, 봐 봐. 뭐가 더 나은 것 같아? 블루 오어 와이트?"

아침부터 뭘 그렇게 열심히 보나 했더니, 어제 하진이 보내 놓은 현수막 시안이었다. 두 달 후에 스위스 본사 임원이 방문하기로 되어 있었다. 말이 방문이지 실제는 현장 감사 수준이어서, 담당 파트들은 벌써부터 준비에 여념이 없었다.

"두 가지 다 디자인이 깔끔하게 나와서 어느 걸로 하든 상관없을 것 같아요."

"놉, 아니지. 어느 게 더 환영의 의미를 잘 담으면서도 품격이 있나 그런 걸 봐야지."

유 부장이 웰컴이라고 외치며 두 팔을 활짝 벌렸다. 애써 웃고 있던 하진의 입가가 떨려 왔다. 이런 고민할 시간 있으면 일을 좀 품격 있게 하지.

"난 아무리 봐도 이게 나은 것 같아. 디자인도 우아하고 폰트도…."

유 부장이 두 번째 시안을 가리키며 말했다. 역시나 답은 정해져 있었다. 하진도 그게 좋겠다며 돌아서려는데, 그가 또 하진을 붙잡았다.

"아냐, 색이 너무 가볍나? 같은 파란색인데 자세히 보면 이게 딥하고…."

하마터면 그의 얼굴에 대고 디자이너라도 되는 거냐고 소리를 지를 뻔했다. 하지만 이제 제법 사회생활이 능숙해진 하진은 부드럽게 입꼬리를 올렸다.

"워낙 안목이 있으시니 부장님이 고르신 게 좋을 것 같아요. 저 곧 회의가 있어서⋯."

그제야 유 부장이 얼른 가 보라며 인자한 미소를 지었다.

회의가 끝나자마자 하진은 삼각김밥으로 점심을 때우고 서점을 찾았다. 아무리 못해도 한 달에 책 한두 권은 꼭 읽었는데, 요즘은 책을 펼친 게 언젠지 가물가물했다. 돌이켜 보니 마음이 힘들 때면 항상 책도 손에서 멀어져 있었다.

묵직한 문을 밀고 들어가니, 잊고 있던 분위기가 물씬 느껴졌다. 종이 냄새, 적당한 소음이 섞인 안정감, 책장 넘어가는 소리, 서점에서만 느낄 수 있는 이런 고유한 감각들이 하진은 좋았다. 베스트셀러 코너를 보다가 어제 꿈이 생각난 하진이 보영에게 전화를 걸었다.

- 그래서 무슨 병이었는데?

"몰라. 기억도 잘 안 나. 의사가 3개월 남았다고 하는데 심장이 철렁하더라."

- 너 요전에도 무서운 꿈 꿨다고 하지 않았어?

보영의 말에 그녀가 눈을 올리며 기억을 더듬었다.

"응, 그땐 걷지도 못하는 아기였는데, 못되게 생긴 아줌마가 밥 잘 안 먹는다고 막 때리고 그랬었지. 난 서럽게 울고."

- 요즘 왜 이렇게 꿈자리가 흉흉하대?

"몰라. 꿈은 반대라잖아. 그나저나 너 소개팅은 어땠어?"

보영의 얘기를 들으며 눈에 들어온 책을 집은 하진이 돌아서다 뒤에 있던 직원과 부딪혔다. 죄송하다고 고개를 숙이며 사과했지만, 그는 쳐다보지도 않고 서가 위의 흐트러진 책을 맞출 뿐이었다.

- 뭐가 죄송해?

"아냐, 누구랑 부딪쳐서. 첫인상이 어땠다고?"

- 일단 대머리야.

"푸핫, 뭐라고? 어, 벌써 1시가 다 돼 가네. 뽀영, 이따 밤에 이어서 통화하자."

서둘러 계산대로 갔더니 직원이 서점 멤버십 가입을 권유했다. 하진이 괜찮다는 뜻으로 웃으며 고개를 저었지만, 그녀는 이번 달까지 할인 쿠폰을 준다며 막무가내였다. 어쩔 수 없이 회원 카드를 작성하고 계산한 뒤에 서점을 나오는데, 뒤에서 서늘한 시선이 느껴졌다. 하진이 다시 뒤를 돌아봤지만, 유리문에 햇빛이 반사되어 안이 보이지 않았다.

새벽부터 잠이 깬 탓에 하진은 졸음과 싸워 가며 1분기 매출을 정리했다. 에엥 에엥. 그때 창문 밖에서 요란한 사이렌 소리가 났다.

"뭔 소리래? 불이라도 났나?"

아예 의자를 눕히고 꾸벅꾸벅 졸던 유 부장이 벌떡 일어나 창밖을 내다봤다. 정신 사나운 사이렌 소리에 하진도 잠이 확 달아났다. 창가로 가 보니 사이렌을 울리며 지나가던 구급차가 사거리

신호 앞에서 멈춰 섰다. 택시 한 대가 길을 비키지 않고 있었다.

"어이쿠, 사고가 났나? 저 차는 왜 안 비키고 저런대?"

싸움 구경이라도 하듯 눈을 반짝이는 그의 목소리에 안타까움이란 없었다. 자리로 돌아온 하진은 계속 울리는 사이렌을 들으며 생각했다. 어제 꿈도 그렇고, 저 구급차 안에 탄 누군가처럼 삶만큼이나 죽음도 우리 가까이 있을 거라고. 지금 이 순간도 단 몇 분의 시간이라도 더 살고 싶어 하는 누군가가 있을지 모른다고.

"위급 환자입니다. 길 좀 비켜 주세요!"

구급대원이 창문 밖으로 고개를 빼고 소리쳤지만, 앞에 선 택시는 꿈쩍도 하지 않았다. 구급차에는 출산이 임박한 임산부가 타고 있었다. 이미 양수가 터진 상황이라 빨리 처치하지 않으면 산모와 아기 모두 목숨이 위험한 상황이었다.

"차암나, 위급은 맨날 위급이지. 내가 믿을 줄 알고? 지난번에 누가 트렁크를 긁어 놨던데 이 기회에 좀 고쳐 봐?"

택시 기사가 차 안에서 콧방귀를 끼며 귀를 후볐다. 구급차가 천천히 다가오자, 비켜 줄 듯 느릿느릿하게 움직이던 택시가 급정거하면서 그만 접촉 사고가 나고 말았다. 비쩍 마른 기사가 목을 부여잡으며 운전석에서 내렸다.

"어이쿠, 목이야."

"기사님, 지금 산모가 위급해서…."

괜찮으면 길부터 비켜 달라며 사정하는 구급대원에게 그가 앓는 소리를 내며 환자 행세를 했다.

"아니, 아무리 구급차라도 멀쩡히 서 있는 차를 들이받으면 돼? 당신들만 급하냐고!"

그 모습을 멀리서 태민과 민석이 지켜보고 있었다.

"어떡하지. 우리 수진이, 봄이…."

여행 중에 가족을 보러 온 민석이 근심 어린 얼굴로 손톱을 물어뜯었다.

한 달 전, 민석은 임신 기간 동안 입덧이 너무 심해서 밖에도 못 나갔던 수진을 위해 근교로 태교 여행을 준비했다. 여행에서 돌아오던 길, 반대편 차선에서 갑자기 빨간색 스포츠카 한 대가 중앙선을 넘어 질주하기 시작했다. 민석은 수진이라도 살려야겠다는 생각에 급히 핸들을 틀었다. 역주행하던 차는 운전석을 그대로 들이받았고, 민석은 끝내 눈을 뜨지 못했다.

그를 죽음으로 몰고 간 운전자는 만취 상태였다는 이유로 고작 징역 5년의 형량을 받았다. 수진은 곧 만나게 될 아기를 위해 이를 악물고 절망적인 시간을 견뎠다. 하지만 여러 가지로 힘들었던 탓에 예정일보다도 3주나 빨리 진통이 왔다.

"우리 수진이 나 없이 여기까지 오느라 힘들었을 텐데… 또…."

신이 있다면 어떻게 이럴 수가 있느냐고, 민석이 허공에 원망을 내뱉었다. 결국 울음이 터진 남자가 두 손으로 얼굴을 감싸고 주저앉았다. 균형자가 여행자의 결정에 영향을 미쳐선 안 되는 걸 잘 알지만, 지켜보던 태민이 어렵게 입을 뗐다.

"그냥 여행 취소하고 저쪽에 남은 시간을 주세요. 그러면 둘 다 살아요."

"정말요? 그렇게 할 수 있어요?"

태민은 두 번 말하지 않았다. 죽은 사람이 여행을 취소하면 최대 20분의 시간을 살아 있는 사람에게 줄 수 있다. 이건 균형자 지침에도 나오지 않는 건데, 어떻게 된 일인지 태민은 알고 있었다. 이런 상황이 되면 여행자를 도와주라고 영한에게도 알려 준 적이 있었다.

"제 시간을 주면 우리 수진이랑 봄이 다 살릴 수 있다는 말이죠?"

"병원에 계신 어머니는 못 보게 될 텐데, 괜찮습니까."

"괜찮아요. 선생님, 제발 저 둘 좀 살려 주세요…."

민석이 덜덜 떨리는 손을 기도하듯이 모으고는 고개를 떨궜다.

"여행 취소합니다. 가시죠."

한편 수진은 점점 심해지는 진통에 온몸이 식은땀으로 젖어 있었다. 그녀가 얼굴을 일그러뜨리며 구급대원에게 말했다.

"으… 다리에 쥐가 나는 것 같아요."

"어느 쪽이요? 조금만 참으세요. 병원에 거의 다 왔어요."

도로 위에서 택시 기사와 10분 넘게 대치하긴 했지만, 그녀는 병원에 늦지 않게 도착해서 봄을 낳을 수 있었다. 3주나 빨리 세상에 나왔지만 봄은 아주 건강했다. 갓 태어난 아기를 가슴에 얹고 수진이 조용히 눈물을 흘렸다.

"응애, 응애, 응애애."

"우리 아가, 그래 엄마야. 나오느라 힘들었지? 아빠도 널 보고 싶었을 텐데…."

봄이 알아듣기라도 한 듯 울음을 뚝 그쳤다. 수진이 가슴께에 느껴지는 자그마한 체온을 어루만지며 말했다.

"봄아, 아빠는 항상 우리랑 같이 있을 거야. 힘내자, 아가야. 엄마가 널 꼭 지켜 줄게."

그 모습을 태민이 문밖에서 지켜보고 있었다. 그때 갑자기 바늘로 머리를 찌르는 듯한 통증이 일었다. 태민이 인상을 쓰며 관자놀이를 문지르는데, 흔들의자에 앉아 웃고 있는 여자가 어렴풋이 떠올랐다. 아주 찰나의 순간이었다. 이번엔 심장이 조여 왔다. 태민이 병원 복도에서 가슴을 부여잡으며 숨을 골랐다.

"왜 이러지. 이런 적 없었는데."

언뜻 보면 차가운 인상을 풍겼지만, 속으로는 정도 많고 마음이 따뜻한 태민은 출장을 다니면서 괴로운 적이 많았다. 여행자와 그의 가족들을 보고 있으면 항상 안타까운 사연이 하나씩 있었다. 그렇지만 이렇게 심장이 아픈 건 처음이었다.

수진이 아기를 보러 신생아실로 간 사이, 태민은 병실로 들어가 민석의 마지막 부탁을 들어주었다.

신생아실에서 느릿느릿 병실로 돌아온 수진이 침대 위에 놓인 쪽지를 들었다.

[사랑하고 미안해, 자기야. 내가 언제나 지켜보고 있을게. 넌 혼자가 아니야. - 민 -]

'민'은 그녀가 민석을 부를 때 쓰던 애칭이었다. 모음 머리가 꺾인 게 아무리 봐도 영락없는 민석의 필체였다. 그럴 리 없지만, 정말 잠시라도 그가 다녀갔다고 믿고 싶었다. 금세 눈시울이 뜨거워진 수진이 쪽지를 소중히 품으며 말했다.

"사랑해. 나도 너무 사랑해, 민."

$$\bigcirc$$

4월이 되니 포근해진 낮 기온에 외투가 얇아졌다. 2주 전에 여의도로 사옥을 이전해서 아직 사무실 분위기가 어수선했다. 우체국에 가려고 나온 하진은 아까 보영에게 들은 얘기에 정신이 하나도 없었다.

「야, 이거 작년에 내가 같이 골라 준 옷 아니야?」

보영이 보내 준 사진은 은별의 SNS 게시물을 캡처한 것이었다.

[Happy birthday to me.]

사진 속 그녀는 스팽글이 번쩍거리는 고깔모자를 쓰고 환히 웃고 있었다. 문제는 그 옆에 찍힌 팔이었다. 작년 초에 하진이 1주년 기념으로 재현에게 사 준 맨투맨이 있었는데, 소매 색과 중간에 있는 자수 모양까지 그 옷과 똑같았다. 백화점에서 꼬박 2시간을 돌며 같이 고른 옷이라 보영도 기억하고 있었다.

「네 전 남친 그렇게 안 봤는데, 너무 양심 없다.」

보영이 대신 욕을 해 줬지만, 하진은 아무 말도 할 수 없었다. 우린 이미 끝난 사이인걸.

삐비. 삐비비. 초록 불이 켜진지도 모르고 횡단보도에 서 있던 하진이 신호가 얼마 안 남았다는 알림음에 황급히 길을 건넜다. 다 건널 때쯤 신호가 바뀌며 하진의 등 뒤로 차들이 쌩 지나갔다. 순간, 작년 겨울에 빨간 신호인 줄도 모르고 길을 건너려던 하진을 잡아 준 남자가 떠올랐다. 고맙단 말도 못 했는데.

그때 갑자기 소나기가 후드득 쏟아졌다. 하진은 손으로 머리를 가리고 얼른 건물 안으로 뛰어 들어갔다.

"으, 비 오는 게 제일 싫어."

하진이 머리와 옷에 맺힌 물방울을 털어 내고 우체국에 들어섰다. 잠시 후 제 순서가 되어 창구에 섰지만, 앞에 있는 남자는 비킬 생각이 없어 보였다.

"저기…."

손가락 끝으로 조심스럽게 그의 어깨를 두드리자 남자가 돌아섰다. 콧등을 찡긋하며 올려다본 하진의 눈이 남자의 얼굴을 보고 두 배로 커졌다.

"어?"

"야, 이게 몇 년 만이냐. 신기하다."

"그러게. 학교 다닐 때 보고 처음이니까 5년은 됐겠네."

하진이 마주 앉은 현승을 향해 웃었다. 그는 대학교 사진 동아리에서 만나 제법 친하게 지내던 선배였다. 그가 늦게 군대에 가고 하진은 졸업하면서 연락이 끊기긴 했지만, 이 넓은 여의도에서, 그것도 우체국에서 우연히 마주쳤다는 게 신기할 따름이었다.

"잘 지냈어?"

"회사 다니느라 정신없었지, 뭐. 오빠는?"

"난 오늘 면접 보고 오는 길. 너 근처에서 일해?"

"최근에 회사가 이쪽으로 이전했거든."

하진이 곧 사무실에 들어가 봐야 해서, 둘은 카페에서 잠시 얘기를 나누고 번호를 교환했다. 헤어지기 전 현승이 건물 앞에서 말했다.

"김하진 예뻐졌네."

"나 원래 예뻤는데?"

푸스스 웃는 하진을 따라 현승도 웃었다. 그를 보니 풋풋했던 스무 살 때가 떠오르면서 우중충한 기분이 걷히는 것 같았다. 마침 쏟아지던 비도 그치고, 구름 사이로 햇살이 비껴들었다.

주말을 앞두고 마음이 들떠서 그런지 금요일은 하는 것도 없이 하루가 금방 지나갔다.

"와, 오늘 한 것도 없는데 퇴근 1시간 남았네?"

새로운 자리에 더 큰 식물원을 차린 유중현 부장이 어깨를 들썩였다. 한 게 없다는 자책이 아니라, 퇴근이 얼마 안 남아서 신난다는 뜻이었다. 거래처에 보낼 청구서를 작성하던 하진도 모니터 시계를 확인했다.

그때 진동과 함께 부서 단체 채팅방에 메시지가 떴다.

[이베리코 돼지고기 전문점 신규 오픈 이벤트]

유 부장이 보낸 링크를 누르니, 근처에 새로 오픈한 고깃집이 떴다. 맛집 오픈 기념으로 한잔하자는 유 부장의 말에 지민이 하진에게 따로 메시지를 보냈다.

[가 보지도 않은 식당이 맛집인지 어떻게 안대요? 오늘 오픈인데.]

[그러니까 말이야. 저런 건 또 귀신같이 안다니까.]

소리를 죽여 키득거리는 지민과 하진을 쳐다보며 유 부장이 일어나서 외쳤다.

"고기 먹을 생각하니까 신나지? 그래, 막내가 예약해!"

"누가 유한잔 아니랄까 봐, 맨날 술은."

지민이 사무실 전화기를 잡으며 낮게 욕지기를 뱉었다. 하진이 혹시 그가 들었을까 싶어 고개를 돌렸지만, 큰 나뭇잎에 가려 그는 얼굴도 잘 보이지 않았다. 회식 생각에 더욱 신이 났는지 유 부장은 콧노래까지 흥얼거렸다.

퇴근 시간 10분 전부터 얼른 정리하라는 유한잔의 재촉에 다들 6시가 되자마자 자리에서 일어났다.

"오늘은 나도."

평소처럼 로비에서 도도하게 굽 소리를 내며 사라질 줄 알았던 유예빈 과장이 웬일로 회식에 가겠다고 했다.

하진은 급하게 보낼 메일이 있어 가장 마지막으로 사무실을 나섰다. 건물 밖으로 나왔더니 사거리 쪽에서 끼익 하는 소리와 충돌음이 들렸다. '교통사고가 났나' 목을 빼 내다 봤지만, 저녁 시간이라 차가 많아서 잘 보이지 않았다. 그때 지민이 다가와 팔짱을 끼며 그녀의 몸을 당겼다.

"언니, 다들 벌써 갔어요. 얼른 가요!"

하진이 먼 도로에서 눈길을 거두며 회식 장소로 향했다.

　같은 시각. 끼이이익, 쿵! 급브레이크 소리와 함께 충돌음이 터져 나왔다. 사거리 한가운데에서 사고가 나자, 주변에 있던 사람들이 움찔하며 일제히 고개를 돌렸다. 주황색 신호에 앞 차를 따라가던 SUV와 신호가 바뀌자마자 좌회전하려던 오토바이가 충돌한 것이었다.

　"저긴가 보네."

　오늘은 태민이 임시로 맡고 있던 팀에 새로 온 균형자가 처음으로 출장을 가는 날이었다. 사망 직후 여행에 대해 설명해 줄 겸 그도 함께 현장에 나와 있었다.

　배달 기사는 멀리 나가떨어졌고, 철가방에 실려 있던 중국 음식과 오토바이 파편들이 바닥에 널브러졌다. 사고 차량 뒤에는 '초보 운전'이 큼지막하게 붙어 있었다. 흰색 투싼에서 내린 여자가 후들거리는 다리를 손으로 겨우 짚으며 말했다.

　"어떡해, 어떡해…. 누, 누가 119에 신고 좀 해 주세요!"

　바닥에 쓰러진 기사는 꿈쩍도 하지 않았다. 인상을 잔뜩 찌푸린 채 그 현장을 보던 신입이 태민에게 물었다.

　"저 상태에서 바로 여행을 가나요?"

　"응."

　보통 사망하면 2~3일에서 길게는 49일까지 애도 기간이 있고, 그 후에 여행 일정이 잡힌다. 하지만 장례를 치러 줄 사람이 없는 무연고자들은 별다른 애도 기간 없이 바로 여행이 잡히기도 한다. 그래서 사고사 직후에 현장에서 출장이 바로 잡히는 경우가 왕왕 있었다.

잠시 후 구조대가 도착해서 남자를 들것에 실었다. 피투성이가 된 모습을 보고 주위에 있던 사람들이 손으로 입을 막았다.

"잠깐, 저 사람 맞아?"

떨어져서 현장을 지켜보던 태민이 신입에게 물었다. 분명 아침에 여행자가 27세 여자라고 들은 것 같은데, 아무리 봐도 방금 실려 간 사람은 남자였다.

"아까 총괄팀에서 긴급 연락이 왔어요. 1구역 데이터가 바뀌어서 저 남자로 됐대요."

"운명이 바뀐 거네."

태민이 태블릿 화면을 확인하며 생각에 잠겼다. 균형자로 활동하면 자주 죽음과 마주하는데, 오늘처럼 삶과 죽음은 아주 얇은 경계를 사이에 두고 맞닿아 있었다.

"그럼 딴 사람이 대신 죽은 거예요? 그 사람은 1구역에서 나라라도 구했나 봐요."

"다른 사람 대신이 아니라 나 대신이야. 다른 구역에 있는 내가 예정보다 더 길게 살게 됐거나, 갑자기 생명이 끊겼거나."

알 듯 모를 듯한 태민의 말에 신입이 기계적으로 고개를 끄덕였다.

"곧 출장 명령 떨어질 거야. 아까 알려 준 대로 정보 입력하고,

저 사람이랑 바로 동행하면 돼. 잘 다녀와."

말을 하며 태민이 아까부터 신입 근처에 서 있던 고등학생을 가리켰다.

🕐

"여기, 복분자 한 병 더!"

유중현 부장이 직접 테이블을 돌면서 잔마다 술을 따라 주고는 자리에 섰다.

"요즘 바쁜데 고생이 많다고, 대표님이 오늘 먹고 싶은 거 다 먹으래. 우리 에이치인스펙션 파이팅 한번 외칠까?"

"에이치인스펙션 파이팅!"

멀찍이 떨어져 앉은 하진은 그의 옆에 붙어 있는 유예빈 과장을 보고 고개를 갸웃했다.

"둘이 언제 친해졌지?"

"글쎄요. 요즘도 일할 땐 맨날 티격태격하는데."

지민이 별 관심 없다는 듯 대꾸했다.

술자리가 한창 무르익을 때쯤, 하진과 지민이 건물 밖으로 나왔다. 화장실에 간 지민을 기다리는데, 주머니에 넣어 둔 하진의 휴대폰이 울렸다.

"여보세요?"

전화를 받았지만 아무 소리도 들리지 않았다.

"여보세요? 누구세요?"

여전히 아무 대답도 없어서 전화를 끊으려고 하는데, 느릿한 음성이 들렸다.

- …하진?

처음 듣는 남자의 목소리였다.

"맞는데, 누구시죠?"

- ….

"혹시 제 말이 잘 안 들리세요?"

통화 연결이 불안정한지 이후로는 지직거리는 소리뿐이었다. 그러고는 전화가 끊겼다. 검은 화면을 보고 있는 하진에게 지민이 다가와 물었다.

"왜요? 잘못 걸린 전화예요?"

"통화 연결이 잘 안 되나 봐. 소리가 거의 안 들려."

하진이 찍힌 번호로 다시 전화를 걸었지만, 없는 전화번호라는 안내가 나왔다. 잘못 걸었나 싶어 다시 보니, 번호가 보통 전화번호보다 한 자리 더 많은 게 이상했다.

"아직 밤엔 춥다. 들어가요, 우리."

지민이 몸을 부르르 떨며 말하자, 하진도 스팸 전화라 여기고는 그녀와 함께 가게로 들어갔다.

두 사람이 테이블로 돌아오자 소리를 높여 떠들던 유중현 부장이 얼른 입을 다물었다. 주변에서 시끄럽게 웃던 사람들도 약속이라도 한 듯 조용해졌다.

"이 분위기는 뭐죠? 무슨 얘기하고 계셨어요?"

하진이 웃으며 묻자, 유예빈 과장이 눈동자를 굴리며 선수를 쳤다.

"어제 또 연쇄 살인 터졌잖아. 그거 얘기했어, 그거."

"어, 그, 그래, 그놈 아직도 안 잡혔대? 썬 오브 비치."

유중현 부장이 핏대를 세워 가며 살인범을 욕했다. 아무 생각 없이 물은 건데 반응이 영 의심스러웠다. 말이 나온 김에 한동안 연쇄 살인범 얘기가 이어졌고, 종류별로 뉴스를 챙겨 보는 하 대리가 범인에 대해 설명했다. 그는 혼자 사는 여자를 노려서 치밀하게 계획을 짜고, 시신의 얼굴을 알아볼 수 없을 정도로 뭉개거나, 토막 내서 야산에 묻는 이상 행동을 보인다고.

"시신을 유기하는 게 매번 다른 산인데 한 번도 CCTV에 찍힌 적이 없대. 이렇게 증거를 하나도 남기지 않는 걸 보면 엄청난 지능범인 거지."

벌써 세 번째 비슷한 살인 사건이 일어났지만 경찰은 대대적인 수사를 벌이고도 용의자조차 특정하지 못했다. 첫 사건이 발생한 지 10개월이나 지난 상황이라 비난적인 여론이 들끓고 있었다.

조용히 듣고 있던 하진에게 하 대리가 걱정스러운 투로 말했다.

"자기도 조심해."

"저요? 왜요?"

"혼자 살잖아. 택시 타면 차 번호 꼭 남기고. 나 같은 아줌마보다 아가씨가 걱정이지."

퇴근하자마자 시작한 회식은 10시 반이 넘어서도 계속됐다. 시작부터 소주를 연달아 마시던 유중현 부장은 취했는지 1시간 전부터 똑같은 말을 반복했다. 옆에서 사원, 대리들은 그의 말이 새로운 말인 양 연신 고개를 끄덕이며 들어 주고 있었다.

"내가 쟤 그럴 줄 알았어, 꺽. 얼굴만 반반하고 싸가지는 없어서…."

"쉿, 조용히 좀 해요."

유 부장이 하진이 앉은 테이블을 손가락질하며 언성을 높이자 유예빈 과장이 그에게 주의를 줬다. 하진이 뭐라 얘기를 하려다 입을 다물었다. 지민은 한참 전에 취해서 테이블 위에 엎드려 있었다. 파장 분위기였다. 11시가 넘자 유 과장을 시작으로 다들 콜택시를 불렀다.

"들어가 보겠습니다. 주말 잘 보내시고요!"

하진과 지민이 탄 택시가 마포 대교를 건넜다. 다리 조명에 자동차 전조등까지 가득해서 밤인데도 주변이 무척 환했다. 조용한 차 안에서 보는 서울의 야경은 아름다웠다.

중간에 지민을 내려 주고 시트에 몸을 묻은 하진은 깜빡 잠이 들고 말았다. 정신을 차려 보니 집 근처였다.

"여기서 내릴게요. 감사합니다."

일부러 큰 패스트푸드점 앞에 내린 그녀는 집까지 뚜벅뚜벅 걸었다. 오랜만에 술을 마셨더니 어질어질했다. 큰 골목까지는 가로등도 밝고 다니는 사람도 제법 있어서 괜찮았는데, 빌라촌이 시작

되는 골목은 어둡고 으슥했다. 회식 때 연쇄 살인범 얘기를 들어서인지 오늘따라 작은 인기척에도 신경이 곤두섰다.

집에 도착할 때까지 3분 정도 남았을 때, 뒤에서 발걸음 소리가 들렸다. 가다 보면 다른 건물로 들어가겠거니 했지만, 집 근처까지 왔을 때도 발자국이 계속 따라왔다. 심장이 쿵쾅거리며 팔에 소름이 일었다. 빌라 입구까지 발소리가 가까워지자, 하진은 무서워서 뒤도 못 돌아보고 미친 듯이 뛰어서 계단을 올랐다. 급히 현관문을 닫고 밖에서 들리는 소리에 귀를 기울였다. 따라오던 발소리가 2층을 지나 3층으로 이어졌다.

"휴…. 같은 건물 주민이었구나…."

너무 놀란 나머지 다리에 힘이 주욱 빠졌다. 그러고 보니 같은 건물에 누가 사는지도 거의 모르고 지냈구나. 하진이 조용히 가슴을 쓸어내리며 욕실로 향했다.

잠시 후, 2층과 3층 계단 사이에 서 있던 남자가 터벅터벅 계단을 내려오더니 닫힌 현관문을 쳐다보며 말했다.

"여기 사는구나?"

검은 모자를 눌러쓴 얼굴에서 서늘한 웃음이 새어 나왔다.

뻐꾹, 뻐꾹. 씻고 나오니 뻐꾸기가 하루의 마지막을 알렸다. 하진은 침대에 누웠다가 다시 몸을 일으켰다. 딱 1시간만 더 있다가 잠이 쏟아질 때 자야지. 놀란 바람에 술도, 잠도 깬 터라 냉장고에서 맥주를 한 캔 꺼내 와 책상 앞에 앉았다.

항상 듣는 플레이 리스트를 켜고 SNS에 접속했더니, 오늘도 다들 행복해 보였다. 누구는 유명한 휴양지로 여행을 떠났고, 다른 이는 사랑하는 사람과 고급 레스토랑에서 기념일을 보냈다. 자신을 위한 선물이라며 명품을 사거나, 분위기 좋은 카페에서 시간을 보내고, 곧 결혼한다며 웨딩 사진을 올린 친구도 있었다.

어쩜 이렇게 다들 특별하게 살까. 왜 나는 저들처럼 행복하지 않나. 영혼 없이 하트를 누르고 화면을 죽 내리는데, 낮에 봤던 사진이 자꾸 생각나 결국 은별의 계정을 찾아 들어갔다. 그녀의 계정을 제대로 보는 건 처음이었다. 재현과 만날 때는 혼자 염탐하듯 보는 게 어쩐지 자존심도 상하고 싫어서 아예 들어가지도 않았다.

"편해 보이네."

대부분 일상적인 사진이었다. 호텔, 분위기 좋은 카페, 명품 가방, 비싸 보이는 옷들. 보영이 보여 줬던 문제의 게시물을 띄운 하진의 얼굴엔 아무 표정도 없었다. 아무리 헤어졌어도 굳이 저 옷을 입고 전 여자 친구의 생일을 축하해 주러 가야 했을까.

실망과 분노 비슷한 감정들이 한 끈에 묶인 듯 연달아 나와 머릿속을 굴렀다. 홀린 듯 화면을 계속 내리니 작년 크리스마스까지 거슬러 올라갔다.

[매번 챙겨 줘서 고마워♡ 메리 크리스마스!]

빨간 리본이 묶인 선물 상자가 하진의 눈에 들어왔다. 눈을 가늘게 뜨고 사진을 자세히 쳐다보는데, 시계가 새벽 1시를 알렸다.

뻐꾹, 뻐꾹. 휴대폰을 들었더니 아직 플레이 리스트가 재생되고 있었다.

[재생 남은 시간 14분]

"노래 들은 지 아직 40분도 안 된 건데? 지난번에도 이러더니?"

지난주에도 시계 분침이 제멋대로 움직여서 금은방에 수리를 맡겼지만, 배터리도 충분하고 아무 이상이 없다고 했다. 아무래도 이상하다 싶어 시계를 보는데, 숫자 1로 천천히 가던 분침이 갑자기 2를 지나 3으로 움직였다.

"시계가 고장 난 것도 아니면 이게 도대체 뭐지?"

하진이 인상을 찌푸리며 자리에서 벌떡 일어났다. 괜히 이상한 오기가 발동해서 자세를 고쳐 앉아 뻐꾸기시계를 노려봤다. 주방에서 작은 전자시계도 가져왔다. 한 시간을 더 기다리자 이번에도 같은 곳에서 분침이 갑자기 1에서 3으로 건너갔다.

"뭐야!"

그 순간 하진이 재빨리 휴대폰 시간을 확인했는데 시간이 맞았다. 원래 5분 느리게 맞춰진 전자시계도 2시 10분이라고 숫자가 떠 있었다. 분명 바늘이 휙 지나갔는데, 시계마다 시간이 같으니 환장할 노릇이었다.

"이렇게 시간이 확 가 버린 거야? 내 10분이?"

흥분해서 보영에게 바로 전화를 걸었더니, 그녀가 잠긴 목소리로 전화를 받았다.

- 왜.

"야, 방금 내 시간이 없어졌다? 근데 이게 지난번에도 이랬어."

- 하암, 갑자기 무슨 소리야. 너 지금 몇 신 줄 알아? 나 내일 아침 일찍 회의 있다고.

하진이 답답하다는 듯 미간을 잔뜩 찌푸렸다.

"진짜라니까? 시간이 확 지나갔다고. 10분을 그냥 건너뛰었어. 그것도 두 번이나."

- 너 회식했다더니 취했냐? 그거 꿈이야, 꿈. 자고 내일 얘기해.

뚝. 보영이 전화를 끊어 버렸다.

"와, 이걸 어떻게 증명하지? 미치겠네."

하진은 아예 뻐꾸기시계를 아래로 내려서 휴대폰과 전자시계까지 나란히 책상 위에 올렸다. 그리고 새벽 3시가 될 때까지 시곗바늘이 움직이는 걸 감시하다가 깜박 잠이 들었다.

그날 이후 하진은 며칠 동안 머리를 쥐어뜯으며 밤마다 뻐꾸기시계를 붙들고 있었다. 기필코 시간이 사라진 걸 증명하겠다며 한번은 동영상을 찍어 보고, 또 다른 날은 인터넷에서 서버 시간까지 검색하며 별짓을 다 했지만 소용없었다.

"어어, 정말!"

이상하게 동영상으로 찍고 있으면 분침이 아무 이상 없이 잘 움직이다가, 휴대폰을 내려놓으면 확 하고 숫자 사이를 건너뛰었다. 그렇게 사흘째 새벽잠을 설치던 하진은 이게 다 무슨 의미가 있냐며 시계와의 사투를 그만두고, 뻐꾸기시계 알람도 꺼 버렸다.

봄이 점점 사라지는지, 5월인데도 꽤 더운 날들이 이어졌다. 하진은 여전히 월급루팡들의 몫까지 해내느라 바쁜 나날을 보냈다.

"흑… 울 할머니 어떡해…."

아침에 갑자기 병원에서 연락이 왔다. 외할머니의 부고를 들은 지민은 눈물이 그렁그렁 맺힌 채로 가방을 챙겨 나갔다. 그녀가 그렇게 힘들어 하는 모습을 보인 건 처음이었다.

하진이 급히 처리할 일이 있어 대충 점심을 먹고 자리로 왔을 때 하 대리가 물었다.

"하진 씨, 오늘 조문 갈 거야? 그럼 나 조의금 부탁하게."

"네, 지민 씨 많이 힘들어할 것 같아서 가 보려고요."

다른 직원들은 하진에게 조의금을 부탁하는데 유 씨들이 조용했다. 6시가 돼서 서둘러 사무실을 나왔더니, 마침 유중현 부장이 복도에 서 있었다.

"부장님도 지민 씨 조문하러 가세요?"

"내가? 아직 정규직 전환될지 안 될지도 모르는데 굳이."

그가 어깨에 있지도 않은 먼지를 탁탁 털더니 쌩하니 사라졌다.

"얜 들어온 지 얼마나 됐다고 벌써 경조사야. 이러다 결혼도 하는 거 아냐?"

구시렁거리며 사무실을 나오는 유예빈 과장의 목소리도 들렸다. 하진은 가던 걸음을 멈추고 엘리베이터를 향해 멀어지는 두 사람을 쳐다봤다. 이유를 알 수 없는 수치심이 몰려왔다.

　장례식장은 지하철을 두 번 갈아타고, 20분 정도 걸어서야 도
착할 정도로 서울에서도 한참 외진 동네에 있었다. 작은 3층짜리
건물 지하에 마련된 빈소는 입구부터 어두침침했다. 하진은 돌아
가신 할머니 생각이 나서 눈꼬리에 눈물이 번진 채 걸음을 옮겼
다. 조문객은 노인 몇 명이 전부였다. 오빠가 있다고 들었던 것 같
은데 상주는 지민뿐이었다. 혼자 덩그러니 영정 앞에 앉아 있는
그녀를 보니 마음이 아팠다.

　"지민아, 나 왔어. 힘들지?"

　얼마나 울었는지 고개를 든 그녀의 눈이 퉁퉁 부어 있었다.

　"언니, 와 주셔서 감사해요. 이제 조금 추슬렀어요."

　"내일모레까지 검사가 몰려 있어서… 일단 내가 대표로 왔어."

　차마 아까 들은 말들을 곧이곧대로 전할 수 없어서 둘러댔다.
지민이 식사라도 하고 가라며 하진을 테이블로 안내했다. 음식이
차려지는 동안 지민의 수척한 얼굴을 보는데, 평소 보던 천진한
모습과는 너무 달랐다.

　지민의 외할머니는 2년 전부터 이따금 몸이 말을 듣지 않았다
고 한다. 증세가 심해져서 병원을 찾았을 때는 이미 늦은 뒤라 파
킨슨병 진단이 떨어졌다. 부모님이 이혼하면서 버리고 간 두 남매
를 키우느라 초기 증상들을 무시한 결과였다. 미국에 사는 친오빠
는 결혼한 뒤로 아예 연락이 끊겼고, 외할머니가 지민에게 남은

유일한 가족이었다. 결국 그녀는 합병증으로 지민 곁을 떠났다.

"몸이 편찮으셨구나. 우리 할머니도 작년에 돌아가셨어. 요즘도 많이 생각나."

"우리 외할머니, 저 키우느라 고생만 하다 돌아가셨어요…. 돈 벌어서 호강시켜 드리고 싶었는데. 이렇게 가 버리면 나 어떻게 살아요. 할머니한테 갚을 게 너무 많은데, 흐윽…."

말을 하다 감정이 격해진 지민이 손바닥에 얼굴을 묻고 흐느꼈다. 우는 지민을 하진이 촉촉한 눈으로 바라봤다. 엄마 밑에서 큰 하진은 감히 상상할 수도 없지만, 그동안 지민이 얼마나 외롭고 힘들었을지 생각하면 항상 밝았던 게 오히려 측은했다.

하진은 조문객의 발길이 완전히 끊긴 늦은 밤까지 빈소를 지키다 자리에서 일어났다.

"나 이제 가 볼게. 할머니 잘 보내 드리고. 회사에서 봐."

"조심히 들어가세요. 고마워요, 언니."

🕐

정산부 사무실에 있던 태민이 방금 도착한 알림 메시지를 확인하며 영한에게 말했다.

"영한아, 오늘은 내가 출장이다. 갑자기 잡혔네."

"그래요? 3일?"

"응, 3일."

"하, 신입들 군기 좀 잡고 가야 하는데. 하필 이럴 때 그냥 가야 한다니."

입이 삐죽 나온 채로 정산 데이터를 확인하는 영한을 태민이 미안한 얼굴로 쳐다봤다. 그의 활동 기간은 내일로 끝이었다.

"마지막인데 송별회도 못 해 주겠네."

"괜찮아요. 출장 다녀와서 기회 되면 봐요."

"…"

그 말이 빈말인 건 태민도 알고 있었다. 태민처럼 특별한 경우를 제외하고, 균형자들의 활동 기간은 보통 6개월에서 길어도 1년 정도였다. 기간이 끝나면 그동안 활동했던 기억은 모두 지워지고 평범한 일상으로 기억이 덮인다. 스스로 균형자였던 것도 모르게 되는 것이다. 그러니 그는 태민을 다시 마주친다 해도 알아보지도 못할 터였다.

"아, 형님."

영한이 깜빡할 뻔했다면서 가방에서 외장 하드를 꺼내 태민에게 건넸다.

"또 지난번처럼 서버 나가면 큰일이니까. 정산 기록 백업한 거랑 예비 프로그램이에요."

"예비 프로그램?"

"네, 이걸로 균형자 프로그램 접속도 가능하니까, 필요할 때 쓰세요. 이제 나 없으면 고쳐 줄 사람도 없잖아요."

마지막까지 영한은 믿음직스러운 동료였다. 요즘 들어 균형자 프로그램에 오류가 자주 나긴 했다. 어떤 날은 시스템 전체가 먹통이더니, 정산 5분 전에 겨우 돌아오기도 했다. 그날도 관리부 직원이 아니라 영한이 문제를 해결했다.

"고맙다. 그동안 고생 많았어. 잘 지내고."

태민이 악수를 청하자 영한도 그의 손을 힘주어 잡았다. 다시 못 볼 걸 알고 있었지만 그게 둘의 작별 인사였다.

밤늦게 도착한 하진의 동네는 깜깜했다. 드문드문 있는 가로등은 희미했고, 몇 개는 불이 나가 있었다. 장례식장에 가려고 낮에 미친 듯이 일을 했더니 몸이 납덩이처럼 무거웠다.

"와, 진짜 피곤하다. 얼른 가서 자야지."

골목길을 오르는데, 이어폰에서 흘러나오는 노래 가사가 귀에 박혀 맴돌았다.

[나 그대의 별이 되어 평생 그대 곁을 지킬게요.]

내 별은 누구냐며 감상에 젖어 있을 때, 멀리 가던 사람에게서 흰 물체가 툭 떨어졌다. 시도 때도 없이 넓은 오지랖이 이번에도 하진을 붙잡았다. 전봇대 앞으로 가서 살펴보니, 바닥에 카드가 한 장 떨어져 있었다. 주워 보니 사원증이었다.

[**장혜진** 서현그룹 고객 상담실]

고개를 돌렸더니 휘어진 골목 끝에 하얀 스니커즈가 보였다.

하진은 사원증을 손에 쥐고 뛰다시피 쫓아갔다. 한 여자가 3층짜리 다가구 주택의 철문을 밀고 있었다.

"잠시만요!"

고요했던 골목에서 갑자기 들리는 소리에 여자가 화들짝 놀라며 뒤를 돌아봤다.

"이거 떨어트리신 것 같아서요."

사원증을 내밀었더니, 그제야 긴장하고 있던 여자의 어깨가 내려갔다. 그녀는 귀에서 이어폰을 빼고 고맙다며 고개를 숙였다.

"감사해요. 아까 휴대폰 꺼내다가 떨어트렸나 봐요."

"놀라셨죠? 그래도 이게 없으면 곤란하실 것 같아서…."

하진도 밤에 뒤에서 소리가 나면 겁부터 난다며 멋쩍게 웃어 보였다. 그때 여자가 마당에 들어와서 잠깐만 기다려 달라며 후다닥 계단을 내려갔다. 서둘러 나온 그녀의 손에는 사과주스가 한 병 들려 있었다.

"고마워서요. 드릴 건 없고 이거라도 드세요."

"괜찮은데…."

딱히 뭘 바라고 한 일이 아니라 하진이 민망해하며 병을 받았다.

"감사해서 그래요. 이거 지난주에 새로 발급받은 건데 또 잃어버렸다고 하면 대리님한테 엄청 욕먹었을 거예요. 되게 까칠하거든요."

그 얘기에 하진도 마녀가 생각나서 설핏 웃었다.

"얼른 들어가세요. 제가 나가면서 대문 닫을게요."

"네, 조심히 가세요!"

여자가 내려가는 걸 보고 하진도 집을 나왔다. 역시 찾아 주길 잘했어. 하진이 뿌듯한 표정을 지었다.

잠시 후 그녀가 주택에서 멀어졌을 때, 담벼락 옆에 숨어 있던 검은 형체가 움직였다.

"제길… 저년은 또 뭐야."

검은 모자를 푹 눌러쓴 남자의 얼굴이 가로등 불빛 아래에서 어둡게 일그러졌다.

서울역에 도착한 태민은 출장 명령서에 나와 있는 정보를 훑었다.

- **여행자**: 박옥순, 79세, 여
- **출장자**: 송태민
- **기간**: 5.10.~12. (3일)
- **지역**: 서울, 춘천, 수원

오랜만에 찾은 여행 본부는 변함없는 모습이었다. 대기소의

스무 명 정도 되는 사람 중에서 머리가 하얗게 센 노인이 그의 눈에 띄었다.

"79세 박옥순 씨?"

"예, 맞아유."

가까이 앉아 있던 노인이 웃으며 손을 들자, 태민이 옥순의 옷에 달린 명찰을 확인했다. 숱 없는 머리에 몸도 수척했지만, 노인은 인상이 참 좋았다.

"안녕하세요. 3일 동안 동행할 송태민이라고 합니다. 설명 들으셨죠?"

"잘 부탁해요, 총각. 내가 꼭 해야 할 일이 있거든."

마음이 급했는지 옥순이 태민에게 할 일을 주절주절 늘어놨다. 잠자코 듣던 그가 아무 변화 없는 얼굴로 길을 안내했다.

"일단 첫 번째 장소부터 가시죠."

여행자들이 가장 많이 하는 일은 가족을 다시 보는 것이었다. 옥순도 먼저 부모님을 찾았다. 1948년 춘천, 그녀가 태어났던 집 앞으로 가니 밥 짓는 냄새가 코를 찔렀다.

"옥순아, 저녁 먹자. 아버지 부르렴."

"별로 놀지도 못했는데 벌써 저녁 시간이야. 좀 더 놀면 안 돼요?"

마당에서 놀던 옥순이 풀 죽은 목소리로 물었다.

"이제 곧 깜깜해져. 얼른 아버지 모셔 오너라."

잠시 후 옥순의 가족은 좁은 방에 모여서 밥을 먹었다. 엄마가 가시 바른 생선 살을 올려 주자, 옥순이 야무지게 숟가락질했다. 한쪽 구석에는 태어난 지 얼마 안 된 동생이 새근새근 잠들어 있었다. 식사 후에 아버지가 옥순에게 막대기 하나를 주었다. 여린 손에 가시라도 박힐까, 일하면서 틈틈이 다듬어서 표면이 매끈했다.

"와아, 아부지 고마워요. 신난다!"

나뭇가지를 들고 방 안을 뛰어다니는 아이를 보고 부부가 행복하게 웃었다. 먼발치서 그 모습을 보던 옥순이 조용히 눈물을 훔쳤다.

"저러고 바로 전쟁이 터질 줄 알았으면 더 잘해 드리는 건데…."

2년 뒤, 6.25 전쟁으로 가족들과 생이별했던 때를 떠올리며 옥순이 가슴을 문질렀다.

그곳에서 반나절을 보낸 두 사람은 이번엔 1968년 수원으로 이동했다. 태민이 태블릿과 시계에 날짜를 입력하고 창고 문을 여니 허름한 방으로 이어졌다. 방 안에서 젊은 옥순은 갓 태어난 딸에게 젖을 물리고 있었다.

"아휴, 저 때가 참 예뻤지…."

꼬물거리는 딸의 모습을 넋 놓고 보던 그녀가 벌써 하루가 지난 걸 깨닫고 말했다.

"아이고, 우리 손주들도 보고 할 일이 더 있는데. 조금만 보고, 곧 다른 데로 넘어갑시다."

밖으로 나온 옥순이 아쉬운 듯 시멘트 담벼락을 손으로 매만졌다. 이 집은 딸아이의 유년 시절 추억이 가득 담긴 소중한 곳이었다. 여기서 30년 넘게 살다 남편이 죽고, 딸이 이혼하면서 이사를 했다.

마당에서는 손자가 자전거를 타고 있었다.

"어어."

아이가 타던 자전거가 돌부리에 걸려 휘청이자, 옥순이 반사적으로 팔을 뻗었다. 손이 아이에게 닿기 전에 태민이 그녀를 붙잡았다.

"어르신, 말씀드렸듯이 과거는 절대 건드리시면 안 돼요. 그냥 두세요."

"아차, 그렇지. 알겠우. 아이고, 우리 지섭이 저 무릎이 다 까져서 어쩐다."

넘어져서 서럽게 울고 있는 손자를 옥순이 안타까운 눈으로 보며 손을 모았다.

여행 3일째가 되었을 때, 그녀는 미래로의 이동을 요청했다. 둘은 일단 서울역으로 돌아왔다. 대기소에는 이틀 전보다 훨씬 더 많은 사람이 여행을 기다리고 있었다. 옥순이 의자에 앉아 있는 사람들을 빤히 보며 태민에게 물었다.

"총각, 이 명찰 색은 왜 다른 거유?"

태민이 답을 하려는데, 옆에 앉은 학생의 명찰을 힐끔 보고 옥순이 말을 덧붙였다.

"늙은이는 뻘건색, 젊은이는 퍼런색 이런 건가?"

그때 둘 앞으로 이제 막 걸음마를 뗀 아기가 빨간색 명찰을 달고 아장아장 지나갔다. 옥순이 아기에게서 눈을 떼지 못하며 물었다.

"아휴, 저런 아가도 여행을 한단 말이유?"

태민이 고개를 저으며 대답했다.

"너무 어린 아기들은 여행을 못 해요. 여행 시간이 거의 없기도 하고요. 명찰 색은 여행 후에 가는 곳이 달라서 그래요."

"종착지가 다르다 이거구먼?"

"맞아요."

옥순이 고개를 주억이다 문득 생각난 듯 물었다.

"참, 미래로 여행하는 건 언제로 갈지 어떻게 정하누. 날짜를 말하면 되는가?"

"미래에는 왜 가시는데요?"

"하나밖에 없는 우리 손녀 보살펴 주려고 그러지."

손녀 생각에 벌써 기분이 좋은지 옥순이 입술을 길게 늘였다. 그리고 태민에게 가까이 와 보라고 하더니 귓속말을 소곤거렸다.

"내가 글은 잘 못 읽어도 눈치는 있거든. 교육받을 때 보니께 미래는 못 바꾼다는 말이 없던데, 맞는 거유?"

뭐라고 답할지 고민하던 그가 옥순의 명찰에 잠시 눈길을 두고는 솔직하게 말했다.

"미래는 아직 일어나지 않은 일이라 어느 정도 바꿀 수 있어요. 그게 어떤 결과를 가져올지는 모르지만."

그러자 옥순이 덥석 그의 손을 붙잡으며 말했다.

"총각, 난 살 만큼 살았으니까 이제 아무 미련도 없다오. 그치만 우리 손녀는 잘 살아야 하지 않겠소. 부모도 없는 그 불쌍한 것이 못 지내면 내가 하늘에서도 눈을 못 감아."

"무슨 마음이신지는 아는데, 저라고 다른 사람의 삶을 마음대로 할 수 있는 건 아니에요."

"아유, 딱 한 번만 도와줘요. 이 늙은이가 이렇게 부탁하잖우. 큰 것도 아녀. 이상한 놈팡이 같은 자식들만 안 만나게 해 주면 돼."

태민을 꼭 잡은 옥순의 손이 차가웠다. 그녀의 간절한 눈빛에 태민의 동공이 흔들렸다. 하지만 인위적으로 미래를 바꾼다 해도 좋은 결과로 이어지는 경우는 드물었다. 예견된 불행을 피하면 생각지도 못한 일이 터지곤 했다. 어떤 여행자는 막무가내로 남은 가족이 부자가 되거나 크게 성공하게 해 달라고 했지만, 그런 터무니없는 부탁을 들어주는 균형자는 없었다. 균형자로 조금만 활동해 보면, 돈이 많고 성공한다 해도 그게 결코 행복으로 이어지지 않는다는 걸 알게 되기 때문이다.

다만 지금처럼 마지막 여행에서 이런 사소한 부탁을 들어주는 건 균형자의 재량이었다.

"어르신, 마지막이니까 도와 드릴게요. 하지만 이게 손녀분에게 좋은 선택이라고 장담은 못 합니다."

"아이구, 고마워요. 정말 고마워, 총각."

옥순이 두 손을 맞대고 태민에게 고개를 숙였다. 그가 태블릿에서 새로운 메뉴를 실행시킨 뒤, 비밀번호를 입력하고 지문 인증까지 하자 손녀의 사진이 날짜별로 떴다.

"쭉 넘겨 보고 언제로 가실지 정해 보세요."

어색한 동작으로 옥순이 화면을 넘기자, 사진 여러 장이 빠르게 지나갔다. 손녀가 밥을 먹고, 일하고, 누군가와 다투는 모습도 보였다. 뒤로 갈수록 옥순의 표정이 어두워졌다. 입술을 꾹 문 그녀가 앞으로 돌아와서 한 날짜를 골랐다.

"그래, 이때가 좋겠구먼."

옥순이 선택한 날짜는 지금보다 2주 뒤였다. 그녀가 사진 한 장을 보며 말했다.

"이놈을 못 만나게 하려면… 옳지, 여기를 못 가게 하면 되겠구먼. 그것도 안 되면 이때 이렇게 해서…."

태민은 옥순이 해 달라는 대로 프로그램에 내용을 입력했다. 규칙을 중요하게 생각하는 그였지만, 빨간 명찰을 단 여행자를 만나면 이렇게 마음이 약해질 때가 있었다. 입력을 마친 그가 손목을 들어 남은 시간을 확인했다. 항상 미래를 여행하는 일은 이상하게 시간이 빨리 가는 것 같았다.

"다 됐어요. 어르신, 이제 여행이 1시간 정도밖에 안 남았어요."

"그려? 그럼 우리 손녀 지금 잘 있는지 봅시다."

태민과 옥순은 강남의 어느 큰 빌딩 뒤로 갔다. 옥순이 찾아갔을 때는 어둑한 뒷골목에서 어떤 남자가 손녀에게 발길질을 하고 있었다.

"네가 연락을 끊으면 내가 못 찾을 줄 알았어? 이 씨발년아!"

남자가 아플 만한 곳을 골라 차며 비열하게 웃었다. 입술이 터진 손녀가 신음을 흘리며 배를 움켜쥐자, 옥순의 눈이 번뜩였다.

"이런 천벌을 받을 놈! 어디 감히 우리 손녀를, 에잇!"

옥순이 팔을 휘젓자 손이 닿지도 않았는데 남자가 바닥으로 고꾸라졌다. 그가 넘어진 사이, 손녀가 재빨리 일어나 큰길로 도망쳤다. 옥순은 홀로 대로변을 걷는 손녀의 뒷모습을 눈에 담으며 한숨을 지었다.

"어휴, 저놈 자식, 화면에서 볼 때부터 인상이 더럽더니. 이거 봐요. 저런 나쁜 놈들만 계속 만나니 내가 편히 눈을 감을 수가 있어야지…."

"어르신, 시간 다 됐습니다. 그만 가시죠."

여행 본부로 돌아와서 광장으로 가니 길이 두 갈래로 있었다. 길게 이어진 두 개의 평면 에스컬레이터는 완전히 반대 방향을 향하고 있었고, 양쪽 끝에는 천장까지 높게 뚫린 높은 문이 있었다. 환한 빛 때문에 문밖에 뭐가 있는지는 보이지 않았다.

대부분의 여행자가 파란색 길로 향했지만, 옥순은 안내 직원을 따라 빨간색 불이 들어온 에스컬레이터 위에 발을 올렸다.

"안녕히 가세요, 어르신."

태민이 멀어지는 노인을 향해 정중하게 허리를 굽히며 마지막

인사를 했다.

$$\bigcirc$$

장례를 마친 후 돌아온 지민은 다행히 기운을 차린 듯 보였다. 구내식당에서 점심을 먹던 그녀가 며칠 전 꿈속에서 할머니를 만났다고 했다.

"할머니가 그러더라고요. 이제 좋은 놈 만나서 결혼도 하고, 행복하게 살라고. 증손주 태어나면 그때 보러 오겠대요. 깨고 나니까 안 아픈 할머니 얼굴이 오랜만이라서 뒤늦게 눈물이 나더라고요."

행복한 표정으로 웃는 지민의 눈가가 젖어 들자, 하진이 애틋하게 보며 말했다.

"그래, 할머니께서 항상 지켜보고 계실 거야. 힘내."

하지만 아까부터 다른 게 자꾸 눈에 들어왔다. 지금은 많이 아물었지만, 휴가를 마치고 막 출근했을 때만 해도 지민의 입가가 찢어져 붓고 피가 맺혀 있었다. 무슨 일인지 차마 물어보지는 못하고 걱정만 하고 있는데, 시선을 의식했는지 지민이 입술을 만지며 말했다.

"한 달 정도 만났는데, 헤어졌어요."

"전 남친이 그런 거라고?"

하진의 눈이 커지며 놀란 얼굴로 묻자, 지민이 씁쓸하게 고개를 숙였다.

"원래 그만 만나려고 했었는데, 할머니 돌아가시고 경황이 없어서 연락을 못 했더니 장례식장까지 찾아왔어요. 며칠 뒤에 만났을 때는 다짜고짜 때리더라고요. 그날로 헤어졌어요."

"…지금은 괜찮은 거지?"

같은 부서에서 친하게 지내며 정이 든 것도 있지만, 지민은 왠지 동생 같은 느낌이 들어서 다른 사람보다 마음이 쓰였다. 씩씩하게 고개를 끄덕인 지민이, 하진에게 지난번 공사 중이던 쇼핑몰이 오픈했다며 같이 가자고 했다.

"나 오늘 야근 당첨."

내일 본사 임원이 방문하는 날이라 준비할 것투성인데, 유중현 부장이 갑자기 오후에 반차를 쓰겠다며 일을 다 떠넘겼다.

"어휴, 유 부장 볼수록 쓰레기예요. 맨날 인증 서류 틀린 것도 언니가 찾고 일이란 일은 다 하는데."

지민이 공중에 대고 주먹질을 하자, 하진이 식당 안을 살피며 목소리를 낮췄다.

"쉿, 누가 보겠다. 회사에서 그런 얘기는 속으로만 해."

"이거라도 보고 정신 차리면 좋잖아요."

"어딜 가든 이런 사람 꼭 한 명씩 있잖아. 사실 나도 짜증 나는데 이젠 그러려니 해. 화내면 괜히 나만 스트레스받고, 어차피 일은 일대로 하고 있더라고."

지민이 눈동자를 위로 올리며 말했다.

"우리 파트는 한 명이 아니잖아요. 내가 뭐 도와줄 건 없어요?"

"오랜만에 출근해서 며칠 바빴을 텐데 오늘은 일찍 들어가서 쉬어. 필요하면 얘기할게."

하진이 부드럽게 웃으며 지민의 어깨를 토닥였다.

재영과 현승이 팀에 합류한 지도 2주가 지났다. 곱슬머리에 작은 키의 재영과 마르고 키가 큰 현승이 같이 있으면 묘한 불균형에 자꾸 눈길이 갔다. 현승은 첫날부터 휴대폰으로 사무실 사진을 찍어 대다 태민에게 한 소리를 들었고, 그와 동갑이라던 재영은 외모로 보나 분위기로 보나 태민보다도 나이가 들어 보여 노안이라는 별명이 붙었다.

첫날부터 재영은 뭐에 쫓기기라도 하는 것처럼 초조해 보였다. 연락이 오는 곳도 없는데, 수시로 휴대폰 화면을 들여다봤다. 하지만 염려했던 것과는 다르게 업무를 잘 처리해 나갔다. 속도나 정확성만 따진다면 전임자인 영한이 훨씬 나았지만, 재영에게는 그가 갖고 있지 않은 무언가가 있었다.

어느 날 태민의 집무실을 찾은 재영이 조심스럽게 물었다.

"저… 본부장님, 리스트에 올라왔던 사람과 미팅을 한 번 더 해도 되나요?"

"같은 사람이 또 리스트에 올라왔으면 당연히 해야죠."

"그건 아닌데요⋯."

서류를 결재하던 태민이 시선을 들어 이유를 묻자, 재영이 머뭇거리며 답했다.

"도와주고 싶어서요."

"아는 사람이에요?"

"아뇨. 지난번에 처음 미팅으로 만났는데, 안돼 보여서⋯."

재영이 말한 남자는 올해 처음으로 미팅 리스트에 오른 사람이었다. 재영은 다른 균형자들과는 다르게 미팅하기 전에 그 사람이 왜 리스트에 올랐는지부터 궁금해했다.

「정 궁금하면 여기서 찾아보세요. 단, 미팅 대상만 확인 가능합니다.」

끈질기게 묻는 그에게 태민은 시스템에서 미팅 대상의 세부 정보를 확인하는 법을 알려 줬다. 그때부터 그는 미팅 전에 꼭 대상자 정보를 꼼꼼히 확인하고 나갔다. 그래서 이 남자의 사정도 모두 알게 된 것이었다.

작년부터 시작된 세 건의 서광구 연쇄 살인 사건은 주민들을 공포에 떨게 했다. 지난주에 네 번째 연쇄 살인이 일어났고, 피해자는 남자의 하나밖에 없는 딸이었다. 딸은 그에게 자랑이자 삶의 이유였다. 그녀는 오랜 투병 끝에 떠난 엄마 대신 집을 살뜰히 챙기고, 알코올 의존증이 있는 아빠를 보살폈다. 형편이 어려워 용돈 한번 제대로 주지 못했지만, 아르바이트까지 하면서 당당히 명

문대 장학생으로 합격했다. 남자는 아직도 합격 통보를 받고 울먹이던 딸아이의 얼굴을 잊지 못했다.

"이게 다 아빠 덕분이야. 고마워요."

아무것도 해 준 것 없는 딸에게 이런 말을 듣는 그의 마음은 미어졌지만, 그게 그렇게 고맙고 예쁠 수가 없었다.

하지만 비가 퍼붓듯 쏟아지던 어느 날, 딸의 대학 생활은 채 두 달도 되지 않고 허무하게 끝나 버렸다.

ㅡ 서광 경찰서 강력계입니다. 따님이 어제 한유대 기숙사 뒷산에서….

대리운전 중에 전화를 받은 남자는 그 말을 믿을 수 없었다. 천사 같은 그 아이에게 절대 있어서는 안 되는 일이었다. 그날부터 매일을 죽지 못해 살았다. 제정신으로는 견딜 수 없어서, 술을 퍼마신 뒤 지나가는 아무에게나 소리 지르고 욕을 했다.

재영이 미팅을 하러 갔을 때도 남자는 취한 채 길바닥에 앉아 있었다.

"씨발… 더럽게 불공평한 세상. 열심히 살면 뭐 해. 아무 의미 없지…."

새벽이라 기온이 뚝 떨어졌다. 눈을 감은 채로 전봇대에 기대 있는 남자의 어깨를 재영이 흔들었다.

"아저씨, 여기서 잠들면 큰일 나요. 정신 차려 보세요. 산 사람은 살아야죠."

"뭔데 참견이야…. 산 사람? 씨발, 나 죽었어. 죽은 사람이라고."

인사불성이 된 남자를 일으키려고 하자, 그가 재영의 팔을 뿌리치며 벌컥 화를 냈다.

"당신이 무슨 상관이냐고. 나도 죽을 거라니까!"

남자의 갈라진 목소리가 어둠 속을 가득 울렸다.

"따님은 다른 곳에서 잘 지내고 있대요…."

그 말에 남자가 눈에 힘을 주고 재영을 살펴봤다. 악에 받친 눈동자가 붉게 젖어 들었다.

"그리고 아버지가 세상에서 제일 자랑스럽다고 했어요."

"우리 민희가… 그랬다고?"

자신의 상황을 다 아는 듯한 말에 남자가 눈을 끔뻑거렸다. 재영이 천천히 고개를 주억이며 말했다.

"아저씨가 잘 지내셔야, 따님도 편히 지내죠."

그렇게 남자를 다독여 집으로 들여보내고 오긴 했는데, 마음이 편치 않다고 했다. 재영이 말하는 남자를 태민도 기억하고 있었다. 그날은 미팅 방법을 알려 주려고 그도 함께 간 날이었다. 조용히 남자의 집 대문을 닫고 나오는 재영에게 태민이 말했었다.

「수고했어요. 첫 미팅인데 이 정도면 잘했어요.」

「잘한 거 맞나요? 저 아저씨 걱정되네요….」

「어쩔 수 없어요. 나머지는 저 사람 몫이니까.」

꽤 오래 활동했지만, 이렇게까지 신경 쓰는 균형자를 본 적이 없었다. 다른 이들에게는 없는 한 가지, 재영에게는 진심이 있었다. 그래서 태민은 리스트에 오르지 않은 사람을 다시 만날 필요는 없지만, 절대 안 되는 일도 아니라는 답을 내놓았다.

"그럼 혹시 꿈으로 미팅하는 방법을 알려 주실 수 있을까요?"

재영의 요청에 태민이 손으로 머리카락을 넘기며 말했다.

"하, 참 손 많이 가는 균형자가 들어왔네."

대답은 그렇게 했지만, 태민은 틈나는 대로 그에게 미팅 방법을 세세히 알려 줬다.

며칠 후, 재영이 다시 찾아갔을 때도 남자는 술에 절어 방바닥에 널브러져 있었다. 스르르 남자의 눈이 감기자 재영이 얼른 미팅 준비를 했다.

눈을 떠 보니 남자는 어린 딸과 함께 아내의 병실에 앉아 있었다. 밤새 간호하느라 잠을 못 잔 그가 침대 끄트머리에 엎드렸다. 얕은 잠이 들려고 하는데, 아내와 딸의 대화가 그의 귀를 간질였다.

"우리 민희는 커서 어떤 사람이랑 결혼하고 싶어?"

"난 아빠 같은 사람!"

아이의 귀여운 대답에 아내의 시원한 웃음소리가 들렸다.

"왜?"

"아빠가 세상에서 제일 멋지니까!"

"맞아. 아빠는 참 멋진 사람이야….."

잠이 더 깊이 들려는지 두 사람의 목소리가 점점 작아졌다.

"응, 그래서 나 아빠를 꼭 다시 만나고 싶어."

"만날 수 있지. 우리가 기다리면 아빠도 시간을 잘 보내고 오실 거야. 기다릴 수 있지?"

"응! 아빠, 천천히 와도 돼. 천천히….'"

말을 하며 누군가의 손이 그의 어깨에 닿는 게 느껴졌다. 부드럽고 따뜻한 손이었다. 엎드려 있던 그의 눈에서 뜨거운 눈물이 흘러내렸다.

볼을 타고 흐른 눈물이 차갑게 식으며 정신이 들었다. 꿈이었나. 어깨에 손을 올리니 아직도 따뜻한 체온이 느껴지는 것 같았다. 바닥에 떨어진 낡은 가족사진을 보니 당장이라도 만나고 싶은 얼굴들에 울컥 눈물이 솟았다.

그때, 꿈에서 딸이 남긴 말이 생각났다.

「*아빠, 천천히 와도 돼. 천천히….*」

"천천히….'"

똑바로 누워서 천장을 올려다본 그가 가만히 사진을 품으며 중얼거렸다.

"민희야, 아빠가 늦더라도 꼭 갈게. 그때까지 엄마랑 잘 있어 줘. 사랑하는 우리 딸."

🕐

5월의 끝자락, 사무실에서 정산 작업을 하던 현승이 투덜댔다.

"왜 여긴 환영회 같은 것도 안 해? 우리 들어온 지 일주일짼데."

"형님, 우리 회식 안 해요? 현승이 입이 출입문까지 튀어나왔네요."

재영이 푸근하게 웃으며 태민에게 물었다.

"안 그래도 상의할 것도 있고 모이려고 했어. 오늘 끝나고 보자."

대답하며 태민은 며칠 전 관리부에서 온 '확인 필요' 메일을 떠올렸다. 지난 2월에 온 메일은 단순 계산 오류로 수습했었는데, 비슷한 메일이 또 왔다. 이제 같은 팀이니 재영과 현승도 알아야 할 사항이었다.

왜 또 오류가 생긴 거지? 태민은 같이 활동했던 팀원들을 차례로 떠올렸다. 영한은 균형자 임기가 만료됐고, 재영은 어리숙하면 어리숙했지 뭘 조작할 만큼 영민한 타입이 아니었다. 그의 시계에서 자주 인증 오류가 나긴 했지만, 그게 정산까지 영향을 미칠 것 같진 않았다. 그렇다고 현승에게 문제가 있을 리도 없었다. 정산부를 통틀어 가장 욕심 없는 사람을 꼽으라면 현승일 테니.

그때 일일 정산 마감을 알리는 안내 방송이 흘러나왔다.

"일일 정산이 5분 남았습니다. 파트별 최종 입력을 마무리해 주시길 바랍니다."

정산을 마친 태민의 팀은 곧장 회사 근처 술집으로 향했다.

"늦었지만 재영, 현승 환영한다."

잔을 받아 든 재영과 현승이 한 번에 술을 들이켰다. 태민이 일은 어떠냐고 물었더니 재영은 균형자가 되길 잘했다며 뿌듯해했고, 현승은 할 만하다고 간단히 답하고는 자신이 궁금해하던 걸 질문했다.

"대체 시간이 어떻게 회수되는 거예요? 아직도 이해가 잘 안 가요."

"시계 부품 중에 유일하게 템푸스에서만 만들 수 있는 게 하나 있어. 아날로그시계는 그걸 통해서 시간이 회수되고, 전자시계나 휴대폰 시계는 별도의 통신 기술을 이용해."

"정산하다가 틀리면요?"

현승이 방금 나온 볶은 김치를 두부 위에 올리며 물었다.

"단순 계산 실수는 일주일 내로 정정하면 돼. 그게 아니면 상황이 복잡해지고."

"균형자에서 잘리거나, 더 심한 경우도 있대."

재영이 끼어들며 겁을 주고는 1차로 프로그램이 다 계산해 주니 걱정하지 말라며 현승의 등을 툭 두드렸다. 지켜보던 태민이 새로운 술병을 따며 넌지시 말했다.

"그래서 말인데, 며칠 전에 메일이 하나 왔어. 우리 팀 정산 오류가 났다고."

"예? 뭐가 틀렸대요?"

되묻는 재영의 낯빛이 조금 어두워졌다.

"회수한 시간이랑 보관소로 이동한 시간 양이 다르다는데, 자세한 건 확인 중이야."

아직 정확한 원인을 알 수 없어서 태민이 말을 아꼈다. 아까부터 현승은 술집 안을 돌아다니며 사진을 찍느라 정신이 팔려 있었다.

새벽 2시가 되자 태민도 슬슬 술기운이 올라왔다. 이미 취한 재영이 앞자리에서 고개를 숙인 채 중얼거렸다.

"미안해. 내가 지켜 줬….."

태민은 늘 사람 좋게 웃는 재영의 얼굴에서 처음으로 슬픈 표정이 스치는 걸 봤다.

"재영이 취했다. 그만 들어가자."

"제가 데려다주고 갈게요. 먼저 들어가세요."

현승이 벌떡 일어나니, 태민이 괜찮다며 재영을 일으켜 세웠다.

"나랑 집 가까워. 고생했다. 조심히 들어가."

"저 본부장님, 사실 어제….."

태민을 불러 세운 현승이 이내 아니라며 인사를 남기곤 택시에 올라탔다.

잠시 후 대리 기사가 도착하자 태민은 재영을 차에 태웠다. 본가가 멀다던 그가 급하게 구한 방이, 알고 보니 태민의 옆집이어서 둘은 같은 층 이웃이 됐다.

곯아떨어진 재영을 그의 집에 눕히고 나온 뒤, 태민도 곧장 씻고 몸을 눕혔다. 방음이 잘되지 않아 마치 바로 옆에서 재영이 코를 고는 것 같았다.

　빛의 속도로 지나간 주말, 몸은 찌뿌듯했지만 왠지 기분이 좋았다. 화창한 날씨가 하진의 마음을 보송하게 말려 주는 것 같았다. 평소보다 20분 일찍 도착한 사무실에는 지민만 나와 있었다. 하진이 그녀의 책상에 놓인 꽃을 보고 물었다.

　"오, 이거 뭐야?"

　"헤헤, 남친이 보냈나 봐요."

　꽃다발을 들어 향을 맡은 지민이 양손으로 얼굴을 감싸며 몸을 꼬았다.

　"벌써 남친 생긴 거야? 지민이 능력자네."

　"지난번에 오픈했다던 쇼핑몰 있잖아요. 거기 서점에서 만났거든요. 인연이었나 봐요."

　행복해하는 그녀의 모습에 하진도 덩달아 흐뭇해졌다.

　"근데 꽃은 웬 거야? 기념일?"

　"어제 저, 생일이었거든요. 오빠가 이사한다고 생일도 제대로 못 챙겨 줘서 미안하대요."

　"그래? 축하해. 진작 말해 주지. 오늘 점심에 맛있는 거 먹으러 가자. 내가 살게."

　"좋아요, 히히. 언닌 남자 친구 안 사귀어요?"

　지민이 꽃다발을 책상 한쪽에 소중히 올려놓으며 물었다.

　"글쎄, 아직 그럴 여유가 없나 봐. 관심도 없고."

덤덤한 답변에 지민은 지난번에 어느 검사원이 하진에게 관심이 있다고 했다면서 주절주절 말을 이었다. 그때 하진의 휴대폰에 진동이 울렸다.

[굿모닝. 오늘 저녁에 약속 있어?]

현승이었다. 지난번 우연히 마주친 뒤로 둘은 가끔 밥을 먹거나 커피를 마셨다. 하진이 그에게 답장을 보내며 사무실을 나왔다. 복도 반대편에서 걸어오는 여자와 살짝 눈이 마주쳤다. 처음 보는 사람 같은데 짧은 커트 머리에 빨간 립스틱이 꽤 강렬한 인상을 풍겼다. 하진이 화장실에 들어갈 때까지도 또각거리는 굽 소리가 이어져 싸한 느낌에 돌아봤더니, 여자가 하진의 사무실로 들어가고 있었다.

"손님인가?"

얼마 후 하진이 돌아왔을 때, 사무실은 난장판이 되어 있었다. 빨간 입술의 여자가 지민의 머리채를 쥐고 악을 쓰고 있었다.

"나쁜 년. 너 내가 모르고 있을 줄 알았지?"

　지민이 여자의 손을 뜯어내려 안간힘을 쓰고 있었지만, 하진과 눈이 마주친 직원들은 아무도 여자를 말리지 않고 시선을 피하기 바빴다.

　"아아, 이거 놔요! 아줌마 누군데 이래!"

　"뭐, 아줌마? 이년 너 그이한테 얼마 뜯었어?"

　지민의 말에 여자가 도끼눈을 뜬 채 소리를 빽 질렀다.

　"무슨 말을 하는 거야. 놓으라니까요! 아!"

　판단할 겨를도 없이 하진이 달려가서 여자의 손을 붙들었다.

　"오해가 있는 것 같은데 이거 놓고 말씀하세요. 놓으시라고요!"

　얼마나 우악스럽게 머리채를 쥐고 있는지, 하진이 힘을 써도 여자의 손이 떨어지질 않았다. 겨우 여자를 떼 놓은 하진이 지민의 앞을 막아섰다.

"도대체 무슨 일이에요?"

"후….."

여자는 가쁜 숨을 고르며 이성을 찾는 것 같더니, 지민의 책상 위에 놓인 꽃다발을 보고 눈빛이 돌변했다.

"이거 그이가 준 거지. 내가 평생 꽃 한 송이를 못 받아 봤는데!"

꽃다발을 바닥에 패대기치고 지민에게 달려들려는 여자의 양 팔을 하진이 붙잡았다.

"이거 놔. 이거 안 놔! 너 내가 누군지 알아?"

여자가 하진을 밀치고 다시 지민에게 달려드는데 사무실 문이 벌컥 열렸다.

"여보!"

인사팀의 편영호 팀장이었다. 그를 본 여자가 오히려 잘됐다며 이제 삼자대면을 해 보자고 소리쳤다. 하진이 뒤를 돌아보니 겁에 질린 지민이 머리를 감싸고 주저앉아 있었다.

편 팀장이 겨우 아내를 데리고 나가며 상황이 일단락됐다. 하진이 지민을 따로 직원 휴게실로 데려가자, 그녀가 엉킨 머리카락을 풀며 울먹였다.

"언니, 나 편 팀장이라는 사람 제대로 보는 거 면접 때 말고 오늘이 두 번째예요…."

그와 밥 한번 먹은 적 없다는 그녀의 말에 하진이 입술을 깨물었다. 한참 망설이던 하진이 입을 열었다.

"사실 지난주인가 화장실에 있는데 어떤 직원 둘이 들어오면서 얘기하더라고. 네가 편 팀장 내연녀고, 둘이 만나는 걸 목격한 사람이 꽤 있다고⋯."

그래서 그가 스펙이 부족한 지민을 특별히 합격시켜 준 거라는 얘기까진 차마 하지 못했다.

"미안해. 내가 너무 늦게 얘기했지⋯."

헛소문이라 시간이 지나면 잠잠해질 줄 알았는데 이런 사달이 날 줄은 몰랐다.

"이거 쪽팔려서 남친한테 말도 못 해요. 아, 억울해."

펑펑 우는 지민의 등을 토닥이던 하진은 지난 회식을 떠올렸다. 서로 못 잡아먹어서 안달이던 유 씨들이 한 테이블에 앉아서 소곤거리던 장면을. 이번 일이 그들과 관련이 있을 거란 심증은 있었지만, 물증이 없었다. 하진은 일단 지민이 휴가를 쓰게 하고 집으로 보냈다. 저라도 아까 같은 상황에 지켜보고만 있던 사람들과 일하고 싶진 않을 것 같았다.

사무실로 돌아가니 유 씨들이 하진의 눈치를 살폈다. 마음 같아서는 그녀도 집에 가고 싶었지만, 내일까지 처리해야 할 일이 쌓여 있었다. 굳은 표정으로 모니터를 보는데 아까 본 직원들의 얼굴이 자꾸 떠올랐다. 그들은 지민에게 말없이 경멸의 눈빛을 보내고 있었다.

괜찮으려나…. 하진은 퇴근하며 지민에게 메시지를 남겼다. 어깨가 축 처져서 꽃잎이 다 떨어진 꽃다발을 들고 가던 뒷모습이 떠올라, 마음이 퍽 심란했다.

🕐

"하진아, 여기!"

분식점에 들어서니 먼저 도착한 현승이 손을 흔들었다. 하진이 그를 향해 애써 웃어 보였다. 갑자기 약속을 취소하자니 미안해서 일단 나왔는데, 역시 마음이 편치 않았다. 현승이 찐 맛집을 찾았다며 음식을 입에 욱여넣는데도 하진은 멍하니 물컵만 내려다보고 있었다.

"안 먹어? 맛있는데."

"어, 먹어야지."

하진은 낮에 있었던 일을 잊으려고 일부러 현승에게 여러 가지를 물었다.

"매일 밤 10시에 출근한다고? 오빠 새로 들어간 데가 무슨 회사라고 했지?"

그녀의 질문에 입술을 달싹이던 현승이 잠시 후에 대답했다.

"시계 제조업체."

"그렇구나. 전공 살린 거야? 마케팅?"

"아니…. 관리?"

"생산 관리? 잘됐다."

한 달 다니고 그만둔 이전 회사보다 훨씬 낫다며 얼버무린 현승이 하진에게 요즘 회사 생활은 어떤지 물었다.

"일은 재미없고, 사람들도… 그냥 그래. 별로인 사람도 많고."

말을 하며 비겁한 건지 나쁜 건지 알 수 없는 부서 사람들을 떠올렸다.

"그래? 어쩌냐. 이직해야 하는 거 아냐?"

"그러게. 예전엔 괜찮았던 진상들도 요즘은 더 정떨어지고 못 봐 주겠어. 이직도 쉽지 않네. 오빠네 회사는 사람 안 뽑는대?"

현승이 이따가 출근하면 물어보겠다며 진지하게 답하자, 하진이 농담이라며 쿡 웃었다.

"오빠 사진 찍는 거 좋아했잖아. 요즘도 찍어?"

"그럼, 사진이 곧 내 일상이지."

현승이 허세 가득한 표정으로 휴대폰 사진첩을 열어 하진에게 내밀었다. 최근 사진에 분식집 구석구석이 분위기 있게 담겨 있었다.

웃고 떠들다 보니 시간이 금방 지났다. 이렇게 스스럼없이 보내는 시간이 얼마 만인지. 학생 때는 그냥 좋으면 친구가 됐는데, 사회생활을 하고부터 그게 참 어려워졌다. 하진은 그를 만날 때마다 아무것도 재고 따지지 않아도 되는 이 편한 관계에서 어쩐지 위로를 받는 기분이었다.

"다음 주에도 볼 수 있으면 보자. 조심히 가."

"그래, 오늘 즐거웠어. 오빠도 출근 잘하고."

집으로 온 하진이 현승에게 잘 도착했다고 메시지를 보내니, 바로 답장이 왔다.

[난 이제 출근. 그 우체국 생전 처음 가 본 건데 널 만나다니, 아무리 생각해도 신기하다. 잘 자.]

편한 옷으로 갈아입고 씻으려는데, 초인종 소리가 났다. 인터폰 화면을 보니 처음 보는 남자가 서 있었다. 하진이 안전 고리를 채운 채 문을 조금 열었더니, 그가 문틈으로 종이 가방을 건네며 말했다.

"안녕하세요. 위층 302호에 이사 왔는데, 떡 대신 빵을 좀 사 왔어요."

"감사합니다. 잘 먹을게요."

"오고 가며 인사해요. 잘 부탁해요."

하진과 비슷한 또래로 보이는 남자는 웃는 눈매가 시원한 게 제법 호감이 갔다. 이틀 전인가, 빌라 앞에 이삿짐 트럭이 다녀가더니 그때 이사를 온 모양이다. 옛날엔 한동네에 살면 서로 모르는 게 없었다는데, 요즘은 같은 건물에 누가 사는지, 심지어 옆집 사람이 누군지도 모르고 살 때도 많았다. 이 빌라에 산 지도 3년이 다 되어 가지만, 이사 왔다고 인사를 하러 온 건 그가 처음이었다.

다음 날, 하진이 걱정한 것과는 달리 지민은 씩씩한 모습으로 출근했다. 아침 회의 때도 평소 같은 모습으로 잡담을 늘어놨다.

"간만에 휴가 내니까 좋더라고요. 쇼핑하고 남자 친구도 만나고⋯."

지민이 남자 친구 얘기를 하는 대목에서 부서 사람들이 눈짓을 주고받았다. 유중현 부장은 대놓고 미심쩍은 티를 냈다.

"편 팀장도 어제 휴가라고 하지 않았나?"

숨 막히는 회의가 끝나고, 자리로 돌아오니 지민이 하진에게 립스틱을 들어 보였다.

"짠."

"뭐야?"

"오빠가 생일 선물이라고 줬어요."

그러고 보니 어제 생일 기념으로 맛있는 걸 사 주려고 했는데, 갑자기 편 팀장 아내가 난동을 부리는 바람에 까맣게 잊고 있었다. 그때 하진이 처음부터 같이 있었더라면 그렇게 머리카락이 뜯기게 두지 않았을 텐데. 괜히 마음이 따끔거렸다.

"오빠가 완벽주의가 있거든요. 이거 글자 위치가 삐뚤어져서, 새로 주문해서 받은 거래요."

지민이 다른 사람들도 들으라는 듯이 큰 목소리로 얘기했다. 그녀가 가리킨 곳을 보니 립스틱 위에 'SJM♡'라고 이니셜이 새겨져 있었다.

"남친 센스 있다. 우리 잠깐 커피 한잔할까?"

하진이 일어서며 지민을 탕비실로 불렀다.

잠시 후 지민에게 커피를 건네며 괜찮냐고 묻자, 방금까지 활짝 웃고 있던 그녀의 얼굴이 일그러지며 금방이라도 넘칠 듯 눈물이 고였다.

"사실 안 괜찮아요. 아침에 사무실 문 앞에 섰는데 심장이 막 뛰는 거 있죠…."

"당연해. 나 같아도 그랬을 거야."

하진이 작게 한숨을 쉬며 지민의 등을 두드렸다.

"어젠 내가 뭘 잘못했나 자책했어요. 근데 아무리 생각해도 그런 오해받을 만한 짓을 한 적이 없더라고요. 꼭 찾으려고요. 누가 그런 헛소문을 지어낸 건지."

인사팀에 같이 가 보자는 하진의 제안에 지민은 인사팀 편영호 팀장에게 오피스 와이프가 있는 건 맞는 것 같은데, 제대로 조사를 해 줄지 모르겠다며 자조적으로 웃었다.

그날 오후, 하진과 지민은 작은 회의실에서 진술서를 써서 인사팀을 찾았다. 지민의 등장에 편 팀장이 난처한 표정을 지었다. 그가 지난번 일은 미안했다고 얼른 조사해 보겠다며 둘을 돌려보냈지만, 며칠이 지나도록 아무 소식이 없었다. 지민과 함께 다닐 때면 뒤에서 사람들이 수군거리는 소리가 하진에게도 들렸다.

그 일이 있고 2주가 더 지나자, 지민은 점점 말라 가는 식물처럼 생기를 잃었다.

아침부터 운이 좋은 날이 있다. 지하철역 계단을 내려갔더니 딱 열차가 들어오고, 열차 칸에는 마침 빈자리가 있고, 커피를 사러 갔더니 줄이 길지 않은. 하진에게는 오늘이 몇 안 되는 그런 날이다. 기분 좋게 회사에 도착해서 엘리베이터를 기다리는데, 휴대폰에 부재중 전화가 찍혀 있었다.

[부재중 전화 2통_엄마]

그냥 엄마에게 걸려 온 전화였으면 참 반가웠을 텐데. 부재중 전화가 그것도 연달아 두 통이 남겨져 있으니 왠지 모를 불안감이 엄습했다. 사람이 없는 쪽으로 나와서 전화를 걸었지만, 방금까지 연락했던 엄마는 전화를 받지 않았다.

[엄마, 무슨 일 있어? 이거 보면 전화 줘요.]

출근 시간까지 여유가 있어서 1층 라운지에서 연락을 기다리다 동생 하성에게도 전화를 걸어 봤지만 받지 않았다.

'괜찮겠지. 아무 일 없을 거야.' 하진은 손톱 주변에 있는 거스러미를 뜯으며 불안한 마음을 다독였다. 그때 막 출근하던 조영아 대리가 그녀를 보고 반갑게 다가왔다.

"어머, 하진! 오랜만. 이사하고 우리 사무실 한 번도 안 왔지?"

"대리님, 안녕하세요. 사무실이 5층이었죠? 정신이 없어서 가보지도 못했네요. 어때요?"

"너무 좋아. 책상도 커지고, 쾌적 그 자체."

"나중에 한번 갈게요."

재현도 있는 그곳에 절대 제 발로 갈 리는 없다. 인사치레를 나눈 하진의 시선은 휴대폰에 고정되어 있었다. 바로 올라갈 줄 알았던 조 대리가 아예 하진의 옆에 앉으며 말했다.

"참, 얘기 들었어?"

"무슨 얘기요?"

비밀 얘기라도 되는 듯 그녀가 소리를 낮추며 고개를 붙였다.

"정 과장님 곧 결혼한대."

순간 묵직한 걸로 머리를 얻어맞은 듯 멍해졌다.

"…정재현 과장님이요? 누구랑요?"

"왜, 오래 만났다가 파혼했다던 여자 있잖아. 둘이 재결합했나 봐. 비밀이다?"

조영아 대리가 입술 위에 엄지손가락과 집게손가락을 붙여 지퍼를 닫는 시늉을 했다. 전혀 예상하지 못한 일이라 어떻게 반응해야 할지 생각이 나지 않았다.

"과장님 맨날 아련한 눈빛 하고 있더니, 역시 못 잊은 거였어. 아, 나 아침에 회의 있는데. 갈게. 좋은 하루!"

엘리베이터를 향해 종종걸음으로 뛰어가는 그녀를 보며 하진이 마른 입술을 물었다. 다시 만나는 것도 아니고 결혼이라니. 거짓말. 거짓말일 거야.

멍한 얼굴을 한 채 하진이 사무실로 올라왔다. 말도 안 돼. 정말 나쁘다, 정재현. 이건 아니잖아. 채 내뱉지 못한 많은 말들을 속으로 삼켰다.

 그의 결혼 소식을 들은 이후 줄곧 초점 없는 눈으로 기계처럼 일했다. 한 번씩 휴대폰을 들여다봤지만, 아직 집에서 온 연락은 없었다. 중간에 한 번, 휴대폰이 울려서 벌떡 일어나 전화를 받았지만, 엄마가 아니라 보영이었다.

 - 찐, 이게 무슨 말이야? 결혼이라니?

 하진이 아침에 남긴 메시지를 보고 전화를 한 것이었다.

 "곧 결혼한대. 같은 부서이기도 하고, 조 대리님이 남 얘기 좋아하긴 하지만 없는 얘기 지어낸 적은 없거든."

 - 대박이다. 갑자기 결혼이라니. 잠깐, 끊지 말아 봐.

 한동안 부스럭거리던 보영이 역시 뭐가 나왔다며 목소리를 냈다. 뭐냐고 묻긴 했지만 다음 대답을 듣기가 두려웠다.

 - 지금 메시지로 보냈어.

 그녀가 보낸 링크를 열었더니, 은별의 SNS 게시물에 '#결혼준비'라는 해시태그와 함께 초음파 사진이 떠 있었다.

 [조금 일찍 찾아온 선물♡]

 "…"

 - 이거 봐. 어쩐지 의심스럽더라니…. 너 괜찮아?

 보영의 물음에 하진이 크게 숨을 내쉬며 말했다.

 "응, 기분은 더러운데, 오히려 현실 파악이 제대로 되네. 누군 저렇게 잘 사는데 나만 왜 이러고 있나 싶고."

 - 이별이 그렇지, 뭐. 깔끔하고 상큼한 이별이 어디 있냐? 다 더럽고

찝찝한 거지. 잘못하면 추잡하고 지질해지기까지 하는 거고. 헤어지면 원래 그래.

하진은 어떻게 전화를 끊었는지도 모른 채 자리로 돌아왔다. 눈은 모니터를 향하고 있었지만, 머릿속은 온통 한 생각뿐이었다. 나쁜 자식, 환승 이별도 모자라서 양다리였다 이거지? 대체 언제부터? 하진의 거친 숨이 이내 한숨으로 변했다. 이게 다 무슨 소용인가. 어차피 그는 제자리로 돌아갔는데. 나만 바보였지….

"하진!"

그때 유예빈 과장의 날 선 목소리가 귀에 꽂혔다.

"네?"

"안 들려? 전화 안 받고 뭐 해!"

정신을 차려 보니 유중현 부장 자리에 전화가 울리고 있었다. 자리도 자주 비우는 양반이 벨 소리는 행진곡으로 설정해 놔서, 전화만 오면 온 사무실이 수선스러웠다. '왜 나한테 짜증을….' 하진이 얼른 전화를 받아 막 자리로 온 유 부장에게 돌려 줬더니, 미안한 기색 하나 없이 쩌렁쩌렁한 목소리로 전화를 받았다.

"여어, 팀장님, 어쩐 일로 전화를 다 주셨대?"

하진은 집중하자며 마음을 다잡았다. 새로운 메일이 도착했다는 알림에 메일함을 여니, 지난달 입사 지원했던 회사에서 온 메일이 보였다.

[보내 주신 이력서를 면밀히 검토하였으나, 안타깝게도 이번 기회에는….]

그래도 조금은 기대했었는데 실망감을 떨치기 어려웠다. 두 달 전만 해도 이력서를 넣는 곳마다 면접을 보러 오라고 하더니, 이젠 지원하는 족족 떨어졌다. 이렇게 된 이상 이제 이직이 목표가 돼 버렸다. 하진은 너무 서두르지 말자고 마음을 다스렸다.

"짠."

지민이 은행 다녀오는 길에 사 왔다며 슬며시 초콜릿을 건넸다. 고맙다고 입만 벌려 말하는데 엄마한테 전화가 왔다. 하진은 휴대폰을 들고 곧장 복도로 뛰쳐나갔다.

"여보세요?"

— 하진아⋯.

첫마디에 심장이 덜컹 내려앉았다. 목소리만 들어도 알 수 있었다. 뭔가 안 좋은 일이 생겼다는 걸.

"왜 그래, 엄마. 무슨 일이에요?"

— 하성이, 하성이가⋯.

며칠 설사를 하던 하성은 고열이 나고 오한까지 오면서 몸 상태가 급격히 나빠졌고, 새벽에 응급실로 실려 왔다고 했다.

"제가 지금 갈게요. 어디 병원이에요?"

손에 힘이 풀려서 휴대폰을 꽉 쥐었다. 엄마는 지금 와도 할 수 있는 게 없다며 하진을 말렸다.

— 곧 검사 결과 나온다니까 다시 연락할게. 나 있으니까 괜찮아.

사무실로 돌아가는데 자꾸만 눈물이 났다. 기분 좋은 일이나 행운 같은 건 알아볼 수도 없게 잠깐만 얼굴을 비추고 지나가면서, 이런 슬픈 일, 감당하기 버거운 불행은 꼭 한꺼번에 몰려와 주변을 온통 뒤엎어 놓는다. 그리고 정신을 차릴 수도 없을 만큼 힘들고 아프게 한 뒤에야 아주 느리게 사라진다.

어렸을 때 하성은 소아암으로 병원에서 많은 시간을 보냈다. 가는 팔에 꽂힌 수많은 관을 볼 때마다 하진은 목이 막혔다. 낮에는 동생과 함께 웃고, 밤에는 방에서 숨죽여 울던 엄마를 따라 울었다. 그래도 세 가족이 씩씩하게 이겨 낸 날들이었다. 이후로 완치 판정을 받아 이제 조금은 안심하고 있었는데….

"후…."

아침에는 온 우주가 완벽한 출근을 돕는 것 같더니, 이렇게 금방 부서질 기분이었나 싶어 허탈했다.

겨우 업무를 마무리하고 집에 도착할 때쯤, 엄마의 연락을 받았다. 다행히 재발은 아니고, 하성이도 안정을 찾았다고. 가슴을 쓸어내리며 다행이라는 생각이 들었지만, 가라앉은 기분은 좀처럼 나아지질 않았다. 하진은 불도 켜지 않은 거실에서 무릎을 끌어안고는 이마를 묻었다.

그때 휴대폰 액정이 빛나며 메시지가 하나 떴다.

[하진아 퇴근했어? 저녁 같이 먹을래?]

현승이었다. 하지만 오늘은 누구도 만나고 싶지 않았다.

[미안, 오늘 선약이 있어서.]

긴장이 풀려서일까. 아침에 들었던 재현의 결혼 소식이 자꾸 생각났다. 할 수만 있다면 머릿속을 모두 깨끗하게 비워 내고 싶었다. 아무 생각도 나지 않도록 온 기억을 모조리 다.

…정말 결혼한다고? 보영이 보내 준 링크를 다시 열어 본 하진이 자리를 털고 일어났다. 오늘은 맨정신으로 자기가 어려울 것 같았다. 혼자 소주라도 마실 생각에 집을 나와 근처 포장마차를 찾았더니, '휴가'라고 적힌 종이가 눈에 들어왔다. 그냥 들어가려다 나온 게 아까워서 몇 걸음 더 걸었다. 15분 정도 더 가니 길모퉁이에 빨간 천막이 보였다.

"어서 와. 몇 명?"

하진은 혼자라고 말하고는 구석진 자리에서 소주 한 병과 간단한 안주 하나를 시켰다. 소주부터 잔에 따라 마시는데, 대각선 테이블에 앉은 남자의 손목시계가 눈에 들어왔다. 저 시계를 어디서 봤더라. 요즘 유행하는 건가? 하진이 다시 빈 잔을 채우는데 누가 큰 목소리를 내며 천막 안으로 들어섰다.

"늦어서 죄송해요. 여기 찾느라 한참 헤맸네."

무심코 고개를 들었다가 그와 눈이 마주친 하진의 얼굴이 싹 굳었다. 웃음을 입에 문 현승이 다가와서 얄궂은 표정으로 물었다.

"김하진, 너 약속 있다더니 뭐냐?"

"아… 파투 나서 그냥 간단히 저녁 먹으러 나왔어."

괜히 선약 있다고 거짓말을 해서는. 어색하게 웃는 하진의 얼굴이 달아올랐다. 현승은 우연히 마주친 게 너무 반가웠는지, 하진에게는 묻지도 않고 일행에게 합석을 해도 괜찮은지 물었다.

"그럼, 당연히 괜찮지. 어서 오시라고 해!"

테이블에 있던 곱슬머리의 남자가 유쾌하게 말했다. 하필 이런 날 모르는 사람들과 왁자지껄 술을 마시고 싶진 않았는데 난감했다. 현승은 참 착하지만, 대학 때부터 변함없이 눈치가 없었다. 자신의 기분이 어떤지도 모르고 잔과 그릇을 손수 옮겨서 자리를 만드는 그를 보고, 하진도 체념한 듯 일어났다.

"이분은 송태민 본부장님. 우리 팀장님이시기도 하고. 여긴 나랑 동갑, 같은 팀 김재영."

현승이 빈자리로 하진을 안내하며 일행을 소개했다.

"실례하겠습니다. 현승 오빠 대학 후배 김하진이라… 어?"

인사하며 자리에 앉으려던 하진이 동작을 멈췄다. 맞은편에서 휴대폰을 보는 팀장이라는 사람을 어디선가 본 것 같았다. 옆에서 환하게 웃는 김재영 씨도 왠지 낯이 익었다.

"왜?"

현승이 묻자 하진이 앞에 앉은 태민을 빤히 쳐다봤다. 머리를 쓸어 넘기는 그를 보니 곧바로 누군지 기억이 났다. 수첩남!

"또 뵙네요."

"그러게요. 현승이 후배였어요?"

태민이 별 표정 변화 없이 답했다.

"저는 그쪽도 지난번에 뵌 것 같은데요."

하진이 이번에는 옆에 앉은 재영을 향해 눈을 흘겼다. 그는 뭐에 놀랐는지 입을 벌리고 멍하게 있었다. 현승이 세 사람을 번갈아 쳐다보며 말했다.

"둘 다 하진이를 알아요? 신기하네."

"저쪽은 지하철에서 부딪혔었고, 이쪽은 그때 바뀐 수첩 갖다 주신 분. 맞죠?"

하진이 재영과 태민을 차례로 가리키며 설명하자, 그제야 재영이 눈을 찡긋하며 말했다.

"아, 그분이었구나! 그땐 제가 정신이 없었어요. 늦었지만 죄송했어요."

"근데 왜 수첩 교환할 때는 다른 분이 나오신 거예요?"

"그때도 내가 바빴지. 하하."

멋쩍어하는 재영 대신 태민이 상황을 설명했다. 그때 재영은 출근 전이었고, 집도 멀어서 본인이 대신 나갔었다고. 나란히 보니 둘은 인상이 정반대였다. 태민의 군더더기 없는 차림새가 날카롭고 도시적인 느낌을 준다면, 재영의 곱슬머리와 둥근 이목구비는 정 많고 따뜻한 분위기를 풍겼다. 둘을 잠시 본 하진이 고개를 주억거리며 말했다.

"어쩐지 지하철역에서 봤을 때보다 키가 크다고 생각했어요."

"에이, 이래 봬도 내 키가 2m 쪼금 안 되는데 섭섭하게 말씀하시네. 아무튼 이렇게 다 만난 거 보니 인연인가 본데, 한잔하죠?"

재영이 천진하게 웃으며 하진에게 잔을 건넸다. 볼이 벌그레해서 벌써 술을 몇 잔 한 줄 알았더니, 그는 출근해야 한다며 사이다를 마시고 있었다. 그의 무해한 웃음을 보고 있으니 마음속에 먹구름같이 끼었던 나쁜 일들이 걷히는 것 같았다.

얼결에 모인 자리였지만 이런저런 얘기를 나누다 보니, 어느새 하진도 편하게 웃으며 대화에 끼고 있었다.

"아, 하필 이럴 때."

음식을 추가로 주문한 재영이 손목시계를 보더니, 한숨을 푹 쉬었다.

"왜?"

"출, 장, 명, 령."

재영이 한 글자씩 떼어 말하며 미간을 구기자 현승이 테이블 위에 있던 차 키를 챙겨 줬다.

"잘 다녀와."

"치사하게 나 없이 술 마시기 없기."

"곧 출근하는데 술은 무슨."

태민이 건조하게 답했다. 그의 옆에서 재영이 일어나며 눈을 반달로 접어 하진에게 인사했다.

"다음에 또 봐요, 하진 씨."

재영이 가고 태민과 현승은 새로 나온 음식을 술 없이 먹었고, 하진만 반주를 곁들였다.

"출근 시간이 꽤 늦네요."

"야간 근무가 있어서요."

하진의 조심스러운 물음에 태민이 간단하게 답했다.

"그렇구나. 밤에도 생산 라인이 돌아가나 봐요?"

그 말에 태민이 설명을 구하는 눈으로 현승을 쳐다봤지만, 그는 어깨만 으쓱할 뿐이었다. 하진이 마주 앉은 태민을 쳐다보며 물었다.

"저, 시계 회사에서 근무하신다고 하니까 궁금한 게 있어요. 오빠는 출근한 지 얼마 안 됐고, 왠지 팀장님이 잘 아실 것 같아서요."

"뭔데요?"

"저, 하진아, 팀장님이 아니라 본부장님인데…."

현승이 조심스럽게 일러 주자, 태민은 회사도 아닌데 괜찮다며 편하게 부르라고 했다. 하진이 의자를 바짝 당겨 앉으며 물었다.

"집에 뻐꾸기시계가 하나 있거든요? 고장 난 것도 아닌데 분침이 한 번씩 확 움직여요."

태민이 눈을 가늘게 뜨며 물었다.

"A/S 맡겨 봤어요?"

"네, 워낙 오래된 시계라 고장 났나 싶어 금은방에 맡겼는데, 이상이 없다고 하더라고요. 그렇게 바늘이 확 지나갔으면 다른 시계랑은 시간이 안 맞아야 하잖아요? 확인해 보면 또 맞아요. 이상하죠?"

"그렇네요. 기회 될 때 한번 봐 드릴게요."

태민이 말을 하며 하진과 눈을 맞추자, 현승이 두 사람을 흥미로운 듯 쳐다봤다.

출근할 시간이 다가와서 셋은 슬슬 자리를 정리했다. 태민이 먼저 인사를 건넸다.

"반가웠어요. 조심히 들어가세요."

"네, 안녕히 가세요."

"들어가, 하진아. 연락할게!"

하진은 큰길로 나가는 둘의 뒷모습을 물끄러미 쳐다봤다. 말수는 적지만 보이지 않게 배려해 주던 태민, 눈치는 없어도 천성이 착한 현승, 나쁜 의도 같은 건 찾을 수 없는 맑은 눈의 재영까지. 모두 편안하고 좋은 에너지를 주는 사람들이었다.

🕐

일행과 헤어지고 재영은 올림픽 공원 안에 있는 대기소를 찾았다. 요즘은 일이 제법 익숙해져서 바쁜 태민을 대신해 미팅도 하고, 출장도 자주 다녔다. 출발 시간보다 20분 정도 일찍 도착한 그가 여행자 정보를 확인했다.

- **여행자**: 임형규, 29세, 남

- **출장자**: 김재영

- **기간**: 6.23. (5시간)

- **지역**: 서울

스물아홉이면 현승과 동갑이라는 생각에 재영이 입술을 앙다

물었다. 한창 재미있고 새로운 것도 많이 할 나이인데. 여행 시간이 짧은 걸 보니, 그가 인생을 열심히 살았을 거란 짐작이 갔다. 균형자로 활동하면서 매번 놀라는 건, 죽음과 나이는 별 상관이 없다는 것이었다. 여기만 봐도 생각보다 젊은 사람들이 많았다.

"임형규 씨, 계십니까. 임형규 씨."

아무도 대답이 없었다. 어쩔 수 없이 대기소 안을 한 바퀴 돌았더니, 뒤쪽 구석에서 한 남자가 몸을 한껏 움츠린 채 바닥에 앉아 있었다.

"임형규 씨?

"…."

가끔 이런 경우가 있다. 자신의 죽음을 받아들이지 못하는 여행자. 사망 직후에 여행이 있는 경우는 더 심했다. 어떤 사람은 여행을 거부하기도 했다. 재영은 그가 상황을 받아들이도록 옆에서 기다려 주었다. 한참 뒤에 그가 천천히 고개를 들어 입을 열었다.

"…저 죽은 거죠? 정말 죽은 건가요?"

핏줄이 터진 형규의 눈이 퉁퉁 부어 있었다. 저 남자는 지난밤부터 얼마나 울었을까.

"네, 보통 3일 후에 여행이 잡히긴 하는데, 이렇게 바로 잡힐 때도 있어요…."

자세히 설명하지 않았지만, 형규의 얼굴은 이미 그 이유를 아는 것 같았다.

"죽어 버렸는데 여행 같은 게 무슨 의미가 있죠?"

"혹시 보고 싶었던 사람 없어요?"

재영의 물음에 그가 조용히 고개를 저었다.

"없어요. 죽은 사람은 볼 수 없잖아요…."

형규는 여행을 떠날 마음이 없어 보였다. 그는 다리 사이로 고개를 파묻은 채 한참이나 미동조차 없이 있었다. 보통 이쯤 되면 여행을 취소하기도 하지만, 재영은 포기하지 않았다.

"누가 죽었나요? 죽은 사람도 볼 수 있어요."

천천히 고개를 든 형규의 텅 빈 시선이 허공을 향했다.

여러 번의 휴학 끝에 드디어 졸업했을 때, 형규의 나이는 스물 아홉이었다. 늦은 나이에 취업 준비를 했지만, 지난 3월, 오래 준비했던 공채에 최종 합격할 수 있었다.

태어나자마자 영아원에서 자란 형규에게는 혜진이 유일한 가족이자 여자 친구였다. 그녀는 형규가 보육원으로 옮기게 되면서 만난 동생이었다. 둘은 가장 힘들 때 서로에게 버팀목이 되어 주었다. 둘 다 성인이 되면서 지낼 곳이 없어지자, 혜진은 대학을 포기하고 회사에 들어갔다. 일해서 모은 돈으로 반지하 월세를 얻고 생활비를 대며 그를 뒷바라지했다.

[최종 합격!]

형규의 합격 소식에 누구보다도 기뻐한 사람은 혜진이었다. 하지만 기쁨도 잠시, 6주간의 긴 연수가 있었다. 처음 2주는 합숙 연수라 거의 볼 수도 없었다. 연수 중간에 처음으로 집에 들른 날, 그의 첫 출근을 앞두고 혜진은 월급을 쪼개어 정장 한 벌과 넥타이, 구두를 사서 기다렸다. 혜진의 선물에 형규는 울먹이며 주머니에서 작은 상자를 꺼냈다.

"결혼하자, 혜진아. 열심히 일해서 더 좋은 반지 사 줄게."

해도 잘 들지 않는 반지하 단칸방이었지만, 두 사람에겐 희망이 그려지는 날들이었다.

출근한 지 2주 정도가 지났을 때, 형규는 처음으로 일찍 퇴근해서 집에 가고 있었다.

[오빠, 언제쯤 도착해? 얼른 보고 싶어.]

[가고 있어. 나도 보고 싶다.]

그날따라 더 막히는 것 같은 버스 안에서 형규는 마음이 급해졌다. 일찍 출발했는데도 7시가 훌쩍 넘어 있었다.

[뭐 먹고 싶어? 떡볶이 사 갈까?]

어젯밤 떡볶이가 먹고 싶다던 혜진의 말이 생각나 물었지만, 답이 없었다. 형규는 집 근처 분식집에서 그녀가 좋아하는 순대까지 포장하고는 곧장 전화를 걸었다. 한참 신호만 가고 응답이 없었다. 불쑥 며칠 전에 그녀가 했던 말이 뇌리를 스쳤다.

「오빠 없으니까 밤에 혼자 있기 무서워. 자꾸 누가 문 앞에 있는 것 같고.」

갑자기 두려운 생각이 들었다. 검은 봉지를 꼭 쥔 형규가 미친 듯이 내달렸다. 집 앞에 다다랐을 때, 막 대문을 나서는 남자와 눈이 마주쳤다. 보자마자 알았다. 이놈이다. 그 순간 남자가 냅다 뛰기 시작했다. 형규가 쫓아가면서 남자의 한쪽 팔을 세게 움켜쥐었지만, 남자는 강하게 팔을 뿌리쳤다. 잽싸게 도망가는 남자 뒤에서 속력을 높인 형규가 몸을 날렸다. 넘어진 남자 위에 올라탄 형규는 거칠게 멱살을 쥐며 소리쳤다.

"너 이 새끼, 누구야."

"당신 뭔데 갑자기 이래?"

시치미를 떼는 남자의 한쪽 입꼬리가 비뚜름하게 올라갔다. 움켜쥔 손에 힘을 준 형규의 목소리가 잘게 떨렸다.

"똑바로 말해. 너 혜진이한테 무슨 일 생겼으면 가만 안…."

"아, 그년 이름이 혜진이었지? 나 같으면 지금 여기 안 있고 빨리 가 볼 텐데."

말을 끊은 남자가 새빨개진 얼굴로 웃었다. 형규의 눈동자가 심하게 흔들리는 걸 보고 그가 작게 덧붙였다.

"아직 살아 있을 수도 있잖아."

여유롭게 눈을 굴리며 이가 다 보이도록 활짝 웃는 남자를 보니 몸에 힘이 풀렸다. 소름 돋는 미소였다. 공포가 몰려왔다. 혜진이가 없으면 나는, 나는….

"너… 내가 꼭 찾아내서 죽인다."

형규가 비틀거리며 일어나 바닥에 누워 있는 남자를 힘껏 걷어

차자 그가 몸을 구기며 콜록콜록 기침을 토해 냈다. 그러면서도 그의 얼굴엔 비릿한 웃음이 가시지 않았다. 형규는 남자를 뒤로하고 집을 향해 전속력으로 내달았다.

00:08.

왜 슬픈 예감은 항상 틀리지 않는 걸까. 형규는 길바닥에 쏟아진 음식을 뛰어넘어 마당을 가로질렀다. 열린 현관문을 밀었더니 방바닥에 이불을 덮고 있는 혜진이 보였다. 그냥 보면 곤히 잠을 자는 것 같았다. 형규가 천천히 그녀에게 다가갔다.

"안 돼. 제발⋯. 혜진아⋯."

덜덜 떨리는 손으로 그녀의 얼굴을 쓸었다. 아직 볼이 따뜻했지만, 숨결이 느껴지지 않았다. 형규가 턱을 꽉 물며 이불을 걷어 보니 목과 양 손목에 멍 자국이 있었다.

"나 왔어, 혜진아. 맨날 12시 넘어서 오다가 오늘 드디어 일찍 왔어. 일어나 봐. 제발."

형규가 축 늘어진 혜진을 끌어안고 흐느끼다 토하듯 울음을 뱉어냈다. 그의 짐승 같은 울음소리가 집 안을 울렸다.

시간이 얼마나 지났을까. 주변이 어두컴컴해졌다. 머리는 당장 경찰에 신고해서 그놈을 찾아야 한다고 했지만, 기력이 하나도 없었다. 형규가 안고 있던 혜진을 편하게 눕힌 후, 젖은 눈으로 내려다봤다. 그녀의 헝클어진 머리카락을 넘겨 주는데, 뒤에서 목소리가 들렸다.

"까꿍."

발소리를 죽이고 나타난 남자는 형규가 고개를 돌리기도 전에 뒤에서 줄로 목을 졸랐다.

여기까지 형규의 얘기를 들은 재영이 주먹을 꽉 쥐었다. 지난번 딸을 잃었다며 울부짖던 남자가 떠올랐다. 이번에도 그놈 짓일까. 죽일 놈…. 재영이 형규 옆에 앉으며 말했다.

"형규 씨, 이대로면 여행이 취소돼 버려요. 뭐라도 해 봐요, 우리. 제가 도와드릴게요."

"뭘 할까요. 우리 혜진이 살려 내라고 할까요? 아니면 그 자식 죽여 버릴 수도 있어요?"

분노를 쏟아 내는 형규의 목에 힘줄이 불거졌다. 재영이 어렵게 말을 꺼냈다.

"…앞으로 이런 일이 더 일어나지 않게 도움을 줄 수 있진 않을까요?"

"내가 왜요? 걷지도 못할 때 부모한테 버림받고, 거지 같은 인생 겨우 버티며 살았는데. 세상이 나한테 해 준 게 뭐가 있다고."

할 말이 없어서 앞만 보고 있던 재영이 무심코 돌아보니, 그의 명찰이 파란색이었다.

"형규 씨, 이게 끝이 아니에요. 여기서는 억울하게 죽었지만, 또 다른 삶이 있거든요."

아무런 반응도 없었지만 조금 더 설득해 보기로 했다.

"믿기지 않겠지만 정말이에요. 내가 시간을 귀하게 쓰면 다른 곳에 있는 내가 더 잘 살게 되어 있어요. 그러니까 이건 형규 씨를 위한 일이에요. 어쩌면 거기서 혜진 씨를 다시 만날 수도 있고요."

잠자코 듣고 있던 형규가 어금니를 악물었다. 잠시 후 그가 양손으로 얼굴을 감싼 채 물었다.

"뭘 하면 되나요."

대기소에서 시간을 많이 지체한 탓에 이제 형규에게는 3시간 정도가 남아 있었다. 아무 정보도 모르는 범인을 찾는 건 한계가 있다고 재영이 말하자, 형규가 입을 열었다.

"제가 그놈 팔에 상처를 냈어요."

"그럼 수사가 어떻게 되고 있는지 가 볼까요? …괜찮겠어요?"

"네."

대답하는 그의 눈빛이 결연했다.

집으로 가보니 현관문에 폴리스 라인이 붙어 있었다. 라인 아래로 몸을 숙이려는 그에게 재영이 그냥 지나가면 된다고 말하며 라인을 통과했다. 안으로 들어가니 흰 천으로 덮여 있는 혜진과 형규가 보였다. 여경 한 명이 분주하게 사진을 찍고 있었고, 다른 경찰들은 단서가 될 만한 걸 찾고 있었다.

착잡한 표정으로 그 모습을 보고 있는 재영에게 형규가 물었다.

"혹시 메모 같은 것도 남길 수 있나요?"

"그럼요."

형규는 주방으로 가서 메모지와 펜을 들었다. 경찰들이 잠시 다른 곳에 간 틈을 타 누워 있는 본인 바지에 메모를 끼워 넣었다. 주변을 의식하는 형규를 보고 재영이 말했다.

"저 사람들은 우리가 안 보여요. 편하게 해도 됩니다."

"그렇죠. 이게 제가 할 수 있는 유일한 일인 것 같네요…."

"잘 생각했어요. 마지막으로 하고 싶은 거 없어요? 아직 시간이 조금 남았는데."

형규가 슬픈 눈으로 혜진을 내려다봤다. 흰 천 아래로 삐져나온 손에서 가는 은반지가 희미하게 빛났다. 굳은 얼굴로 집을 나서던 그가 재영을 돌아보며 물었다.

"아까 들었던 것 같은데… 제 다른 삶을 볼 수 있을까요?"

재영이 고민스러운 얼굴로 수염이 덜 깎인 턱을 문질렀다.

"솔직하게 말할게요. 다른 삶은 여기 말고 다른 구역에 있는데, 여행자는 구역을 이동할 수가 없어요."

형규가 이해했다는 듯 고개를 주억이며 아쉬운 숨을 내쉬었다.

"그래도 방법이 있는지 한번 알아볼게요!"

대기소로 돌아온 두 사람은 간이 회의실로 들어갔다. 태민과 통화 후에 한참 태블릿을 조작하던 재영이 드디어 찾던 걸 발견하곤 안도했다. 그가 손목에 차고 있던 시계를 풀어서 세워 놓자, 시계 화면에서 곧은 빛이 나오며 빈 벽에 빔을 쏜 듯 화면이 나타났다.

화면 속의 형규와 혜진은 마트에 있었다. 얼굴은 같은데 머리 스타일이나 풍기는 느낌이 미묘하게 달라서, 지금보다 5년은 더 나이가 들어 보였다. 자세히 보니 카트에 탄 남자아이가 보였다. 장난기 가득한 표정을 한 아이는 입에 과자 부스러기를 묻히고 있었다.

"움마, 마마마마."

"그래, 우리 아가. 아빠도 해 봐. 아, 빠."

활짝 웃는 혜진을 보고 아이가 바바바바 소리를 냈다. 그 모습에 화면 속 두 사람이 마주 보고 큰 소리로 웃었다.

"오빠, 우리 찬이 너무 예쁘다, 그치?"

"응, 우리 자기 닮아서."

카트를 밀던 형규의 손 위에 혜진이 손을 겹쳐 왔다.

"에이, 오빠 닮았지. 봐 봐, 눈이랑 코가 완전 똑같잖아."

"바바, 바! 바!"

회의실에 있던 형규와 재영도 입을 오물거리는 아이의 얼굴을 찬찬히 살폈다. 똘망똘망한 눈동자, 동그란 코, 작은 입술, 곱슬곱슬한 머리칼. 모든 게 사랑스러운 아이였다. 화면 속에서 걸음을 멈추고 아이를 빤히 보는 형규에게 혜진이 흐뭇한 미소를 지으며 말했다.

"사랑해."

"나도 사랑해. 사랑해, 혜진아…."

재영의 옆에서 형규가 화면을 향해 사랑한다고 답하고 있었다. 그의 눈에서 뜨거운 눈물이 흘렀다. 그때 갑자기 화면이 툭 꺼졌다.

"아… 시간이 다 됐나 보네요."

목멘 소리와 함께 재영이 얼른 고개를 돌려 눈물을 훔쳤다.

잠시 후, 터미널에서 길게 이어진 평면 에스컬레이터에 오른 형규가 한결 밝아진 표정으로 재영에게 고개를 숙였다.

"고맙습니다, 정말 고맙습니다…."

"아픈 기억은 잊고, 다른 구역에서는 행복하게만 사세요."

재영이 배웅하며 인사를 건네자, 그가 손을 흔들며 외쳤다.

"우리 혜진이는 아직 여행 전이라고 하셨죠? 잘 부탁드려요. 너무 마음 아프지 않게요."

그의 말에 재영이 따뜻한 눈빛을 보내며 고개를 끄덕였다.

한편 형규의 집을 조사하던 경찰들은 현장을 정리하고 있었다.

"이만 철수하시죠. 확인할 곳은 다 본 것 같은데."

"이 자식, 어떻게 매번 증거 하나 안 남기고 말끔하게 처리하는 거지?"

동료의 말에 한숨 쉬며 동조하던 여자가 멈칫했다.

"그래도 이번에는 시신 훼손 안 한 게 어디예요. 어? 잠깐만요. 저게 아까도 있었나요?"

여자가 가리킨 곳을 보니, 형규의 바지 주머니에 노란 종이가 끼워져 있었다. 여자가 장갑을 낀 손으로 조심스럽게 종이를 꺼내 펼쳤다.

[제가 범인 팔에 손톱으로 상처를 냈습니다. 제 손톱에 범인 DNA가 남아 있는지 봐 주세요.]

"이게 어떻게 여기 있지?"

"피해자가 죽기 전에 남긴 게 아닐까요? 다잉 메시지같이."

이렇다 할 단서를 못 찾아서 맥이 빠져 있던 경찰들이 다급히 움직였다.

"검시 의뢰부터 보내자. 벌써 6명째야. 이 새끼 더 미쳐 날뛰기 전에 잡아야 해. 서둘러!"

🕐

"오, 마이… 왜 이리 더워? 앞으로 일찍 출근한 사람이 에어컨 좀 틀어 놔."

유중현 부장이 손부채질하며 요란스럽게 출근을 알렸다. 그의 말대로 아침부터 사무실이 후텁지근하긴 했다. 낮 최고 기온이 정점을 찍더니, 한여름 더위가 지속됐다. 하진이 슬며시 일어나 에어컨을 틀었다.

[하진아, 점심 약속 있어? 일 때문에 근처 지나는데 같이 밥 먹을까?]

이번 주는 웬일로 연락이 없나 했더니, 11시에 맞춰 재영에게 서 메시지가 왔다. 포장마차에서 우연히 만난 뒤로 넷은 때때로 시간을 같이 보냈다. 날씨가 너무 더우니 시원한 맥주를 마셔야 한다며 현승이 자주 모임을 만든 덕분이었다. 태민은 다 같이 모 이는 날이면 빠지지 않고 나타났고, 재영은 모임 외에도 일주일에 한 번은 점심마다 하진을 따로 불러냈다.

[좋아요. 12시에 볼까요?]

[응, 후문으로 갈게.]

그는 항상 요란한 디자인의 기능성 셔츠 차림에 덜덜거리는 트 럭을 몰고 나타났다. 처음엔 그런가 보다 했지만, 점차 의문이 들 었다. 아무리 회사가 가깝다고 해도 출근도 밤에 하는 사람이 어 떻게 점심시간마다 하진의 회사 앞을 지날 수가 있는 건지. 그는 같이 밥을 먹을 때면 한 번씩 하진을 물끄러미 쳐다보기도 했다.

"예전부터 궁금했는데, 그 스마트워치 뭐예요? 다들 같은 시계 를 차고 있던데."

냉면 집에서 식사하던 하진이 재영에게 물었다.

"회사에서 준 거야. 일할 때 꼭 필요해서 항상 하고 다녀."

"좋은 회사네요. 시계도 주고."

갖고 싶으면 나중에 하나 구해 주겠다며 재영이 너스레를 떨었다.

식당을 나와서 회사로 돌아가는 길, 차에서 잔잔한 노래가 흘러나왔다.

"이 노래 좋다. 제목이 뭐예요?"

"〈You're my home〉. 듣고 있으면 고향 생각이 나는 노래야. 난 여기, 고향이라고 할 곳도 딱히 없는데 그냥 좋더라고."

회사 앞에 차를 세운 재영이 하진에게 열쇠고리를 내밀었다. 고리에는 장난감같이 생긴 작은 잭나이프가 달려 있었다.

"이거 선물."

"웬 거예요?"

"오락실 지나가다가 뽑았는데 난 필요 없어서. 너 써."

"이걸 어디에 쓰지, 나 차 키도 없는데."

하진이 고리를 받아 들며 키득거리자 재영이 진지한 표정으로 말했다.

"내가 군대 이후로 제일 열심히 총 쏴서 받은 거라고. 비상 키에라도 꼭 달아 놔."

뿌듯해하는 표정의 재영을 보고 하진이 웃으며 차에서 내렸다.

"알겠어요. 고마워요. 점심 잘 먹었어요. 다음엔 꼭 제가 살게요."

"잘 들어가고. 남은 시간도 파이팅 하도록!"

오늘도 재영은 나서서 밥을 사고, 미련 가득한 눈으로 하진을 들여보냈다.

"오늘 목요일인데, 한잔해야지?"

사무실에 들어가니 유중현 부장이 기다렸다는 듯 말을 던졌다. 하진이 못 들은 척하며 아까 받은 열쇠 고리를 가방 안쪽에 소중히 넣었다. 쓸데는 없어도 생각해 준 마음이 고마웠다.

"뭐가 좋을까? 갈비? 양꼬치?"

아무도 대답이 없자, 유 부장이 아예 하진을 지목했다.

"하진 씨, 대표님이 요즘 업무 처리가 깔끔하다고 칭찬하시던데. 오늘 메뉴 좀 정해 봐."

"네, 괜찮은 데 있는지 찾아볼게요."

일 잘하는 거랑 메뉴 고르는 게 도대체 무슨 상관인지 묻고 싶었지만, 어차피 답은 정해져 있으니 괜히 힘 빼지 말자 싶었다. 하진이 고개를 설레설레하며 정수기에서 물을 받는데, 지민이 쪼르르 오더니 볼멘소리로 투덜댔다.

"언니, 그저께도 마셨는데 오늘은 안 된다고 해 줘야죠! 나 오늘 남자 친구 만나기로 했는데. 내 소중한 저녁 시간을 회식으로 보내야 한다니, 끔찍하다."

"미안해. 저 사람이 회식 얘기 꺼내 놓고 다른 날로 미루는 거 봤어? 그냥 포기하자."

하진이 콧등을 찡그리며 속삭이자 지민이 고개를 번쩍 들었다.

"어우, 또 똑같은 얘기 백 번씩 할 텐데. 벌써부터 토 나와요. 웩. 차라리 다른 팀이라도 부를까요? 제품 인증 사업부 어때요?"

제품 인증 사업부라면 재현이 속해 있는 파트였다. 절대 안 될 말이다.

"됐어. 오늘은 1차에서 적당히 둘러대고 일찍 일어나자."

하진이 다정하게 지민의 어깨에 팔을 두르고 자리로 돌아왔다. 그래도 요즘은 다시 지민이 쾌활한 모습으로 돌아온 것 같아 마음이 놓였다.

유 부장의 성화에 칼같이 퇴근하고 간 고깃집은 바깥부터 손님들로 가득 찼다. 억지로 온 곳이었지만, 야자수로 둘러싸인 테이블에 앉으니 휴양지에 온 것 같은 기분이 들었다. 요즘 야외 테이블이 인기라던 사장님 말이 정확했다.

간단히 저녁 식사만 하고 일어나려던 하진의 생각은 오산이었다. 3차까지 이어진 술자리가 끝나고, 길가로 나온 유 부장이 노래방으로 연결된 계단을 무작정 올랐다. 다들 어쩔 수 없이 따라나서는데 어쩐 일인지 유예빈 과장도 끝까지 자리를 지켰다.

"여어, 박 과장이 한 곡 더 해."

마이크가 이리저리 옮겨 다니는 사이를 틈 타, 하진은 밖으로 나와 보영에게 전화를 걸었다. 보영 역시 오늘도 아침부터 진상 가득한 하루였다며 넋두리를 늘어났다. 그녀가 일하는 서비스 센터에는 매일 전화로 갑질하는 고객들이 넘쳐났다. 오늘은 어느 고객이 무상 수리 기간이 한참 지난 제품을 무료로 고쳐 달라고 1시간 동안 불평을 쏟아 냈다고 한다.

- 자기 뜻대로 안 되니까 마지막에는 나한테 악담을 퍼붓더라. 그렇게 무능력하니 전화나 받고 앉아 있다면서.

"그런 인간들은 대체 왜 그렇게 살까."

- 딴 데서 받은 스트레스 우리한테 푸는 거지. 더러운 세상! 우리, 회
  사 때려치우고 같이 백수나 할까.

오늘따라 착 가라앉은 보영의 목소리에 마음이 쓰였다.

"그럼 뭐 먹고 살려고."

- 모아 둔 거 쓰다가 돈 떨어지면 그때 또 일하지, 뭐. 직장 생활 10년
  을 했는데 아직도 변변한 집 한 칸이 없다. 그동안 나 뭐 했지?

"뭐 하긴, 열심히 살았지."

말을 하며 하진이 쓴웃음을 지었다. 중학교 때, 보영의 아버지
가 하던 사업이 망하면서 잘살던 집이 풍비박산 났다. 그 뒤로 주
식에 빠진 아버지는 빚만 남기고 스스로 목숨을 끊었다. 보영도
고등학교를 졸업하자마자 직장을 구하고 온 가족이 쉴 새 없이
일했지만, 사채를 갚는 건 밑 빠진 항아리에 물 붓기였다.

"뽀영, 퇴사하자는 거 진심 아니지?"

항상 쾌활하던 그녀가 풀이 죽어 있으니 어쩐지 화가 나는 기
분이었다.

- 반 정도는 진심이야.

"세상에 왜 이렇게 못된 인간들이 많을까."

- 그러니까. 불공평한 세상. 가만 보면 그런 인간들이 더 잘 산다니
  까, 열받게.

한참 보영의 하소연을 들어 주고 돌아갔더니, 한창 올랐던 흥
은 간데없고 분위기가 싸늘했다. 하진이 주변을 살피며 조용히 의

자에 앉는데, 이를 악문 지민이 유중현 부장에게 따져 물었다.

"그래서 부장님이 그 소문 지어낸 거였어요?"

"아냐, 난 하도 유 과장이 얘길 하길래…."

"어머, 유중현 부장님, 여기서 왜 날 끌어들여요?"

"아니, 당신이 봤다며!"

유예빈 과장이 발끈하자, 유 부장은 핏대까지 세우며 언성을 높였다.

"내가 언제 그랬어요. 본 사람이 있다는 거였지."

"그거나 그거나."

듣자 하니 유예빈 과장이 일부러 지민의 소문을 유중현 부장에게 흘렸고, 그가 열심히 소문을 퍼뜨린 것 같았다. 둘을 보는 지민의 몸이 부들부들 떨렸다.

"제가 아무리 마음에 안 들어도 같은 팀이잖아요. 어떻게 이럴 수가 있어요…."

지민은 눈에서 굵은 눈물방울이 툭 떨어지자 얼른 눈가를 훔쳤다. 애써 괜찮은 척했지만, 출근하는 것부터가 고역이었을 테다. 그런데 그게 매일 얼굴 보는 인간들이 만든 소문이었다니. 하진도 온몸에 소름이 돋고 구역질이 났다.

"노, 노우, 오해하지 말라고. 없는 소문 만들어 낸 게 아니라, 유 과장이…."

"내가 부장님만 알고 있으라 했지 동네방네 소문내랬어요?"

진흙탕 싸움이 따로 없었다. 끝까지 서로 탓만 하는 두 사람 사이에 있는 지민을 하진이 잡아끌었다. 말없이 계단을 다 내려오고 나서 하진이 입을 열었다.

"지민아, 왜 거기서 그 인간들이 하는 얘길 다 듣고 있어."

"억울해서요. 도대체 무슨 생각으로 그런 짓을 했는지 알고 싶어서요."

"…."

부서 사람들에게 실망한 건 하진도 마찬가지였다. 매일 티격태격하고 이기적이지만, 이렇게까지 더럽게 행동할 줄은 몰랐다.

"집에 가자."

하진은 택시를 타고 지민의 집 앞까지 함께 갔다. 차 안에서 내내 조용하던 지민은 차에서 내리자마자 무너졌다. 길바닥에 주저 앉은 그녀가 손바닥으로 얼굴을 감싸며 흐느꼈다.

"흑, 이런 회사 다니기 싫다. 월세도 내야 하고 학자금 대출도 남았는데. 흐윽…."

겨우 참았던 울음을 꺼이꺼이 토해 내는 그녀를 하진이 가만히 안았다.

"사람들 너무 나쁘다…. 그치?"

하진은 조용한 벤치로 가서 지민이 진정될 때까지 기다려 줬다. 지민의 얼굴은 눈 화장이 번져 엉망이 되어 있었다. 습기 가득한 공기까지 얼굴에 들러붙어 불쾌한 밤이었다.

지민을 들여보내고 집까지 뚜벅뚜벅 걸었다. 하진이 밤하늘을 보다가 답답한 마음에 혼잣말을 내뱉었다.

"저런 인간들은 회삿돈으로 술 마시고, 놀면서 월급 받고. 보영이나 지민이 같은 사람들은 새빠지게 일하면서 더러운 일까지 겪어야 하는 건가."

복수해 주고 싶다고 생각하며 한숨을 푹 쉬는데, 뒤에서 주정하는 소리가 들렸다.

"야아, 그분이 그렇게 허술한 분이 아냐. 네가 미친년처럼 날뛰지 않아도 다 자기가 한 대로 돌려받아. 괜히 나서지 말고 너부터 챙겨."

하진이 돌아보니 술에 취한 중년 남자가 흔들거리며 걸어왔다. 뭐야, 저 아저씨 뭘 알고 하는 소린가? 멈칫해서 보는데, 뭐라 웅얼거리던 남자가 비틀거리며 하진을 지나갔다.

막상 집에 오니 그런 상황에서 아무 말도 못 하고 지민만 빼낸 스스로가 한심했다. 어른이 돼서 왜 그렇게밖에 못 하냐고 한 마디라도 던져 줄걸. 하지만 늘 마음만 이렇지 정작 용기는 없었다. 지질하다, 김하진. 지질해.

"나쁜 사람들인 거 알면서. 왜 거기서 바보같이 그러고 있어…"

화장이 다 번져서 눈가가 까매지도록 울던 지민을 떠올리며 하진이 속상해했다.

다음 날, 지민은 아무 연락 없이 나오지 않았다. 아마 마음이 힘들겠지. 하진이 괜찮냐며 남긴 메시지에 점심시간이 가까워져서야 몸이 아프다는 답이 왔다. 하진은 걱정하지 말고 푹 쉬라고 한 뒤, 그녀를 대신해 휴가계를 올렸다.

지난밤, 이번 일을 어떻게 할지 고민하다 잠을 설쳤다. 사건의 내막을 알게 됐으니 모른 척할 수는 없었다. 유 씨들이 펄펄 뛸 게 뻔해서 잠시 망설여졌으나, 마음을 정한 하진은 조용히 사무실을 빠져나왔다.

"어서 와, 하진 씨. 들어가서 얘기하자고."

하진이 인사팀 문을 열고 들어가자, 편 팀장이 기다렸다는 듯이 그녀를 맞았다. 그를 따라 사무실 옆에 딸린 회의실로 가서 어제 있었던 일을 얘기했다.

"당사자가 워낙 힘들어서, 아무래도 같은 부서에서 일하긴 힘들 것 같아서요."

"안 그래도 하진 씨 보자고 하려던 참이었어. 사실 우리도 알고 있었거든."

얘기를 묵묵히 듣던 편 팀장이 다 이해한다는 표정으로 고개를 주억였다. 이미 다 알고 있다는 그의 말에 하진의 눈이 커졌다. 그가 눈치를 보다 말을 이었다.

"하진 씨도 잘 알겠지만, 이런 사소한 일로 오래 한솥밥 먹은 직원들한테 뭐라 하는 것도 꼴이 우습잖아. 같은 부서 식구끼리 누구 잘못인지 따지기도 그렇고…."

두서없이 설명하던 그가 마지막에는 원만하게 풀었으면 한다고 했다. 그냥 덮고 가자는 뜻이었다.

"곧 승진 발표가 있어서, 요즘 우리 부서가 워낙 바쁘기도 하고 말이야."

그래도 그냥 넘어가는 건 아닌 것 같다는 하진의 말을 끊고 편 팀장이 승진 얘기를 툭 꺼냈다. 그가 의아해하는 하진의 얼굴을 살피며 약삭빠르게 눈을 굴렸다.

"휴우… 피곤하다."

마음이 무거워서 그런지 집으로 향하는 걸음이 질질 끌렸다.

「우리 하진 씨도 이제 승진할 때 됐잖아? 이번에 올라가자. 좋은 게 좋은 거지.」

승진하면 월급이 얼마나 오르려나. 편 팀장 말을 들으며 그런 생각을 잠깐 하는 자신이 너무 싫었다. 이 인간들 얼굴을 언제까지 봐야 하지. 보영이 말대로 같이 회사나 때려치울까.

마음 같아서는 당장 회사를 그만두고 몇 달이라도 편하게 쉬고 싶었지만, 동생 하성을 생각하면 갑자기 큰 병원비가 들지도 모르는데 대책도 없이 덜컥 그만둘 수는 없었다.

"뭐 먹지. 하, 다 귀찮다."

냉장고에서 저녁거리를 찾던 하진은 지민을 떠올렸다. 아프다 더니 밥은 제대로 챙겨 먹었을까. 하진은 냉장고 문을 닫고는 죽을 주문해서 그길로 지민의 집을 찾았다.

지민이 알려 준 호수 앞에서 벨을 누르니 부쩍 수척한 얼굴의 그녀가 잠옷 차림으로 문을 열었다. 원룸 안에 가구라고는 프레임 없는 매트리스와 작은 초록색 테이블 하나가 전부였다. 하진이 포장해 온 죽을 테이블 위에 꺼내 놓으며 말했다.

"몸은 좀 괜찮아? 기운 내서 다음 주에는 출근해. 네가 피할 일 아니야. 나도 도울게."

말하는 하진의 목소리가 단단했다. 지민의 얼굴을 보니 확실하게 결심이 섰다. 작은 욕심 때문에 귀한 인연을 놓지 말자고.

"고마워요, 언니…."

"똥 밟았다고 생각하자. 기분 나쁘고 더럽지. 그치만 모르고 밟은 게 잘못은 아니잖아. 내가 힘이 없어서 미안해. 그래도 요즘은 직장 내 괴롭힘 금지법도 있고, 방법이 있을 거야."

지민이 핼쑥한 얼굴을 천천히 위아래로 움직였다.

"…저 정규직 전환 힘들겠죠?"

정규직 전환. 사실 하진도 가장 마음에 걸렸던 부분이었다. 원래대로라면 지민은 수습 직원 중에서도 일을 잘하는 편이라 다음 달에 있을 정규직 전환도 문제없었다.

"하긴 이런 회사에서 정규직이 돼 봤자 그게 무슨 소용이겠어요…."

말을 더하며 지민이 자조적으로 웃었다.

"다니기 싫어서 그만두는 건 네 마음이지만, 이번 일 때문에 정규직 전환을 안 해 준다면 그것도 문제지.”

　말은 그렇게 했지만, 절대 그럴 리가 없다고 확답을 주진 못했다. 딱 봐도 회사에 그럴 인간들이 차고 넘쳤으니까. 죽을 떠먹는 지민을 보며 하진이 망설이다 입을 열었다.

　“실은 요즘 나 이직 준비 중이야. 너무 힘들 것 같으면 다른 회사 알아보자. 넌 일도 잘하고 성격도 좋으니까 어디 가서든 잘할 거야.”

　하진의 말에 지민이 눈을 끔뻑거렸다.

　“왜요? 언닌 사람들이 다 좋아하고 일도 제일 잘하는데.”

　“그냥. 배울 것도 별로 없고 더 나은 곳이 있지 않을까 해서….”

　차마 재현의 얘기까지는 할 수 없어서 빙 둘러 답했더니, 지민이 눈치껏 알아들었는지 더 묻지 않았다.

　“아무튼 너 잘못한 거 없으니까 그냥 놔 버리지 마. 알았지?”

　힘없이 고개를 끄덕이는 그녀의 어깨를 하진이 부드럽게 쓸었다.

　“조심히 가요, 언니.”

　“응, 월요일에 꼭 보는 거다?”

　“알겠어요.”

　하진을 배웅해 주고 왔더니 어쩐지 집이 더 휑하게 느껴져서 지민은 휴대폰을 들었다.

　[오빠, 언제 끝나?]

[왜?]

언제나 창훈은 지민이 연락하면 일하는 중에도 바로 답이 왔다.

[나 너무 우울해. 보고 싶어.]

우울하다는 말에 당장 가겠다던 그는 정말 퇴근하자마자 그녀의 집에 들렀다.

"여보오."

현관에 들어선 창훈을 보고, 지민이 온종일 주인을 기다리던 강아지처럼 쪼르르 다가갔다. 창훈이 말없이 지민을 안아 주었다. 그가 안아 줄 때면 세상을 다 가진 듯 마음이 벅찼다. 폭 안겨 있는 지민을 그가 다정한 눈으로 내려다봤다.

"무슨 일 있었어? 어젠 회식한다고 바람맞히더니. 우울하대서 퇴근하자마자 달려왔어."

그가 지민의 몸을 돌려 뒤에서 안은 채 방 안으로 걸어갔다.

"그냥…. 오빠 괜찮아? 에어컨도 없어서 더울 텐데. 남방 벗을래?"

지민이 제 어깨에 두른 그의 팔을 매만지며 말했다. 창훈은 한여름인데도 긴팔을 입고 있었다. 그가 검은색 남방을 벗자 옷을 받아 주던 지민이 팔에 난 상처를 보고 놀라 물었다.

"왜 이래? 일하다가 다쳤어?"

"응, 창고 정리하다 약간. 괜찮아."

창훈이 얼른 손으로 상처를 가렸다. 지민이 아팠겠다며 주방 수납장에서 약통을 꺼내 와 연고를 발라 주었다. 제법 깊게 파인

상처를 보니 저절로 인상이 찌푸려졌다.

둘은 저녁으로 칼국수를 시켜 먹고, 함께 예능 프로그램을 봤다. 그가 있으니 이제야 숨이 트이는 것 같았다.

지민이 화장실에 다녀온 사이, 창훈이 굳은 표정으로 TV 앞에 서 있었다. 그의 뒤로 화면에선 속보가 한 줄 지나가고 있었다.

[[속보] 서광구 연쇄 살인 사건 용의자 DNA 확보]

"왜 그래, 오빠?"

지민을 본 창훈은 금세 표정을 풀고는 리모컨으로 TV 전원을 껐다.

"어쩌지? 서점에서 급하게 연락이 와서. 마감 알바가 갑자기 출근을 안 했다네."

"힝, 바로 가 봐야 해?"

지민이 시계를 보며 아쉬워하자 창훈도 눈썹을 내리며 말했다.

"미안해. 대신 내일 데이트하자."

창훈은 흰 반소매 티셔츠 위에 남방을 걸치고는 급하게 현관문을 나섰다.

그가 나간 지 얼마 안 되었을 때, 어디선가 진동이 울렸다. 테이블 위에 둔 지민의 휴대폰이 아니었다. 소리를 따라가 보니 이불 사이에서 창훈의 휴대폰 알람이 울리고 있었다.

"어? 오빠 휴대폰 두고 갔네. 서점에서 연락 오면 어쩌지?"

처음에는 서점 번호만 찾아서 그가 휴대폰을 두고 갔다고 알려 줄 생각이었다. 하지만 오늘 통화 목록에는 지민의 번호밖에 없었고, 다른 날 통화한 번호는 대부분 저장이 되어 있지 않았다. 목록을 보던 지민이 눈살을 찌푸렸다. 다정다감한 그가 제 번호를 '11'로 저장해 놨기 때문이다. 그 사실이 실망스러우면서 한편으론 의아했다.

"11이 무슨 의미지? 내가 열한 번째 여자라도 된다는 건가."

지민이 뾰로통한 표정을 지으며 휴대폰을 내려놨다. 하지만 이내 그녀의 손에는 창훈의 휴대폰이 다시 들려 있었다. 평소 같으면 볼 리가 절대 없을 텐데, 오늘따라 호기심이 일었다. 한편으로는 그가 엉뚱한 곳에서 휴대폰을 찾을까 걱정이 되기도 했다.

혜진 씨라고 했던가. 지민은 예전에 창훈이 말했던 동료 이름을 기억해 냈다. 하지만 연락처에 저장된 몇 없는 번호는 모두 숫자로만 이름이 지정되어 있었다. 메시지도 들어가 봤지만, 알 수 없는 문자 메시지 하나가 전부였다. 수신 번호도 외국 번호처럼 자릿수가 이상했다.

[8 완료]

"어떻게 된 거지? 분명 급한 연락이 왔다고 했는데…."

그만 보고 그가 오면 돌려줘야겠다고 생각하던 지민은 홀린 듯 사진첩을 열었다. 둘이 찍은 사진은 하나도 없었다. 창훈이 사진 찍는 걸 싫어해서 아주 가끔 지민의 휴대폰으로 사진을 남기는 게 전부였기 때문이다. 사진첩 첫 번째 폴더에는 카페 테이블, 책꽂이, 지하로 내려가는 계단 따위의 사물이나 풍경이 담겨 있었다.

"오빠한테 이런 감성 사진 찍는 취미가 있었네?"

픽 웃으며 다음 폴더를 열었더니 증명사진이 여러 장 나왔다. 사진 속 인물들은 성별, 연령대가 다양했다. 다음 폴더에는 낯선 사람들의 사진이 수십 장 담겨 있었다. 사진마다 인물이 다른 곳을 응시하거나 초점이 맞지 않았다.

"이 사진들은 다 뭐지?"

마지막 폴더를 열자마자 놀란 지민이 휴대폰을 떨어뜨렸다. 피를 흘리며 누워 있는 사람이 사진 속에 있었다. 지민이 몸을 숙여 덜덜 떨리는 손으로 휴대폰을 주우려던 순간, 뒤에서 인기척이 느껴졌다.

"봤어?"

낮게 가라앉은 목소리였다. 겁에 질린 지민이 뻣뻣하게 굳은 고개를 돌렸더니, 언제 온 건지 창훈이 서늘한 미소를 지으며 서 있었다.

"다 봤구나. 왜 안 하던 짓을 하고 그래, 지민아."

한 걸음씩 다가오는 그를 피해 지민이 본능적으로 뒷걸음질했다.

지민은 약속을 지키지 않았다. 10시가 지나서도 비어 있는 자리를 보고 하진이 작게 한숨을 쉬었다. 결국 그만두기로 한 건가.

그녀는 하진의 연락에도 아무 답이 없었다. 더 기가 차는 건, 누구도 지민에 대해 묻지 않는다는 것이었다. 그녀가 부서 일을 꼼꼼하게 챙길 때는 이런 직원이 들어와서 좋다며 칭찬 일색이던 사람들마저도. 아무 잘못도 없는 사람이 이렇게 도망치듯 회사를 그만둬야 한다는 현실에 마음이 쓰렸다. 자기는 잘못이 없다며 뻔뻔하게 우기는 유 씨들보다 아무 일도 없었다는 듯 외면하는 사람들이 하진은 더 싫었다.

"자자, 우리 여름휴가 정하자고. 인사팀에서 연말까지 휴가 안 남게 최소 일주일씩은 몰아서 쓰라네. 이번엔 어느 바다를 보고 올까나아."

　아침 회의 때부터 유중현 부장이 신나서 탁상 달력을 꺼내 들었다. 다른 일은 몰라도 회식, 휴가, 워크숍에 있어서는 가장 행동이 빠른 그였다. 일정을 보려고 휴대폰에서 공유 캘린더를 켰더니, 눈치 빠른 직원들이 벌써 휴가 입력을 다 해 놓은 상태였다. 대부분이 7월 말부터 휴가를 정해 놔서 다음 주만 날짜가 비어 있었다.

　하진은 올해도 연차가 거의 그대로 남아 있었다. 예전 같았으면 짧게 휴가를 다녀오고 일부터 챙겼을 텐데, 지나고 나니 그렇게 미련하게 일해도 남는 건 없었다.

　"저는 일정 겹치지 않게 모레부터 다음 주까지 쉴게요."

　하진이 먼저 얘기하자, 눈치 보고 있던 직원들이 반색하며 원하는 일정을 내놓았다.

　다음 날 오후, 회의에 다녀왔더니 사무실이 소란했다. 자리마다 삼삼오오 모여 있는 사람들을 보고 하진이 어리둥절한 표정을 짓는데, 조영아 대리의 메시지가 모니터에 떴다.

　[하진, 지금 거기도 난리 났지?]

　[무슨 일 있었어요?]

　[갑자기 승진 발표가 나서.]

　게시판을 열어 보니 정말 승진 알림 공고가 떠 있었다. 하진이 속한 검사 행정 파트에서 승진자는 그녀가 유일했다. 조 대리의 말대로 평소보다 한 달이나 앞당겨진 발표에 승진 인원수도 너무 적었다. 그냥 발표가 났더라면 그동안 일을 도맡아서 한 보람이 있다고 뿌듯했을 텐데, 승진하고도 찜찜한 기분을 지울 수가 없었다.

「우리 하진 씨도 이제 승진할 때 됐잖아?」

다시 인사팀에 가서 징계 위원회에 관해 물었던 게 원인일지도 모른다. 우는 놈 떡 하나 더 준다고, 승진시켜 줬으니 조용히 있으라는 무언의 압박인 건가. 유 씨들은 몹시 언짢은 얼굴을 하고 축하한다는 빈말도 없었다.

"아니, 앞에서 끌어 주는 사람은 보지도 못하고. 지저스, 대체 인사팀은 뭘 하는 거야."

유중현 부장이 구시렁대며 자리를 뜨자, 유예빈 과장도 신경질을 냈다.

"참 나, 지가 싼 똥 내가 맨날 치웠는데 웬 김칫국이야, 저 양반은. 저런 인간도 부장인데 내가 아직 과장인 게 말이 돼?"

지민에 대한 걱정은 하나도 안 하던 사람들이 제 승진에는 예민하게 구는 게 거북했다. 잠깐 얘기나 하자는 조 대리의 메시지에 하진은 슬그머니 사무실을 나왔다.

막 옥상에 도착한 하진에게 조영아 대리가 자판기 커피를 건넸다. 그녀는 이번 승진에 사람들 반응이 놀랍다며 혀를 끌끌 찼다.

"그러니까요. 유 부장님은 일도 별로 안 하길래 승진 같은 건 욕심도 없는 줄 알았더니 아니었어요. 얼마나 펄펄 뛰던지."

"진짜 양심 없다. 월급루팡이 월급 받는 것만 해도 감사해야지. 마녀도 난리 났지?"

"화가 잔뜩 났죠."

마녀의 대학 후배인 조 대리가 말 안 해도 알 것 같다며 고개를 저었다.

"사람들이 다들 착각에 빠져 산다잖아. 그 인간들, 아마 자기가 제일 힘들고 고생한다고 생각할 걸."

그때 하진의 휴대폰이 울렸다. 지난번 발표했던 기획안 최종본이 어딨냐는 유 부장의 전화였다. 하진이 바로 들어가겠다며 전화를 끊자 조 대리가 피식 웃으며 말했다.

"이거 봐. 자기 없으면 일 하나 제대로 처리 못 하면서 저런다, 인간들."

어색하게 웃은 하진이 이마를 문지르며 말했다.

"먼저 가 볼게요. 커피 잘 마셨어요, 대리님."

"승진 축하해. 우리 조만간 축하 파티하자."

하진의 승진 소식에 현승과 태민, 재영이 함께 있는 단체 채팅방이 시끄러웠다.

[축하, 축하! 우리 김 주임님, 장하다. 대단해.]

[승진 축하해.]

[오올~ 우리 하진이가 벌써 주임님이 되셨네? 축하해, 한턱내!]

축하하는 스타일도 참 달라서, 이름을 안 봐도 누가 보낸 건지 알 수 있었다. 하진이 여름휴가를 냈다고 하니 현승이 퇴근하고 보자며 바로 전화를 했다. 다 같이 모이려면 일찍 만나도 새벽

1시였지만, 몇 번 모임을 하다 보니 이제 하진도 그 시간이 익숙해졌다.

"난 어차피 휴가니까 괜찮은데 안 피곤하겠어? 다음 날 또 출근이냐?"

– 우리야 낮에 자면 되지. 고기 먹으러 가자, 고기.

신이 난 현승이 이런 날은 무조건 봐야 한다며 우겼지만, 오늘 보영이 집에 오기로 한 터라 하진은 모임을 내일로 미뤘다. 일찍 퇴근하면 지민에게 가 보려고 했는데, 잔뜩 쌓인 일을 처리하고 나니 간신히 9시에 퇴근할 수 있었다. 터덜터덜 빌라 계단을 오르는데, 하진보다 먼저 도착한 보영이 현관 앞에서 기다리고 있었다.

"어, 뽀영! 너도 야근이라고 하지 않았어?"

"이 언니가 너 축하해 주려고 미친 듯이 끝내고 왔지."

보영이 술병이 든 비닐봉지를 흔들며 눈을 접었다.

"더운데 안에 들어가 있지. 어떻게 빨리 나왔어?"

"안 그래도 윤 실장이 아주 사무실 벗어날 때까지 눈으로 욕하더라."

생각만 해도 진저리 난다는 듯 보영이 세차게 머리를 흔들었다.

"짠! 우리 찐이의 승진을 축하하며."

보영이 맨얼굴로 활짝 웃으며 종이컵을 들었다.

"고마워."

소파 테이블을 두고 나란히 앉은 둘이 종이컵을 부딪쳤다. 보영과의 시간은 언제나 좋았다. 가끔 애매한 사이와 만나면, 볼 때는 유쾌해도 돌아오는 길에 꼭 마음이 허전했다. 더 잘나가는 친구를 보고 마음이 뒤틀릴 때도 있었다. 하지만 보영에게는 그렇지 않았다. 그녀가 잘되면 제 일처럼 기뻤고, 힘든 일이 생기면 같이 마음이 아팠다. 그런데도 이번 승진은 열심히 해서 된 게 아닌 것 같다고 솔직하게 말하기가 어려웠다.

하진이 백팩에서 묵직한 노트북을 꺼내는 보영을 보며 말했다.

"와, 그게 아직도 작동해? 그건 무기다, 무기."

"이게 뭐 어때서. 완전 멀쩡하거든? 이 언니가 너랑 같이 볼 영화를 잔뜩 골라났다고."

화면이 큰 TV보다 노트북으로 보는 게 더 좋다며 보영이 10년 전에 개봉했던 어느 음악영화를 틀었다. 보영이 사 온 만두로 저녁을 때우고 영화 한 편을 봤더니 어느덧 12시가 넘어 있었다. 하진이 크게 하품하며 감자칩을 입에 넣었다. 보영이 옆에서 맥주 캔을 따며 말했다.

"나는 아무리 봐도 체육이 단연 1등이야."

"난 한문. 지금 생각해도 그 만우절은 레전드인 듯."

고등학교 때 특이했던 선생 얘기를 하며 낄낄대는데, 위층에서 쿵 하는 소리가 들렸다. 하진이 사는 건물은 방음이 잘되지 않아 소리가 더 크게 들리는 듯했다.

"어머나, 저 위에는 어느 님이 살길래 이 야밤에 이렇게 쿵쿵거

린다니?"

"요전에 우리 또래 남자가 이사 왔다고 인사 오긴 했는데, 이후로 별로 마주친 적이 없어서 잘 몰라."

"젊은 남자가 인사를 하고 갔다고? 잘생겼어? 키는? 쌍꺼풀은 있고?"

초롱초롱한 눈빛으로 얼굴을 들이미는 보영을 하진이 웃으며 밀어냈다.

"어우, 너 당분간 누구 만날 생각 없다며. 관심 꺼. 얼굴은 괜찮은데 네 스타일 아님."

"그건 내가 봐야 알지. 네가 내 스타일일 거라고 했던 남자들 다 별로였던 거 알지?"

하진이 그동안 소개했던 대학 선배 몇 명을 떠올리곤 킥킥대며 바로 수긍했다.

"소개팅남은? 아예 연락도 안 와?"

금방 시무룩해지는 보영의 표정을 보니, 대답을 안 들어도 알 만 했다.

"넌 좋은 사람이니까, 꼭 괜찮은 사람 만날 거야."

"또 시끄럽게 하면 내가 내 스타일인지 아닌지 올라갔다 와 볼게. 캬아, 오늘 맥주 맛 좋다. 인생을 한 번만 살기엔 멋진 남자가 너무 많잖아? 오호호."

등을 쓸어내리는 하진의 손이 무색하게 보영이 눈을 빛냈다.

"세상 다 떠나갈 정도로 한탄할 땐 언제고. 그만 씻고 자자."

하진이 테이블 위에 과자 봉지를 정리하며 말하자 보영이 대꾸했다.

"너 늙었나 봐. 아직 1시도 안 됐는데?"

"아까부터 눈 풀린 건 너거든?"

그 말에 보영이 벙글 웃더니 자리에서 일어났다.

"맞아. 체력이 예전 같지 않아. 자자."

다음 날, 이른 아침부터 쿵쾅거리는 소리에 보영이 먼저 잠에서 깼다.

"어우, 이 시간에 싸움이라도 하나. 저놈 또 아침부터 난리네? 아무래도 올라가서 내 스타일인지 보고 혼쭐을 내 줘야겠어."

잠이 덜 깬 하진이 눈을 감은 채로 그녀를 말렸다.

"놔둬. 윗집 아닐 수도 있잖아. 더 자자. 어제 부랴부랴 일 끝내고 왔더니 너무 피곤해."

"그 유 씨들은 휴가 가는 사람한테까지 일 떠넘기고 정말 한결같다. 넌 더 자. 난 이 남자가 쌍꺼풀이 있는지 확인해야겠으니까."

현관문을 나선 보영은 금방 돌아오더니 쥐새끼 한 마리도 없었다며 툴툴댔다.

"근데 너 립스틱 잃어버렸냐? 계단에서 주웠는데 여기 놓고 갈 테니까 봐 봐. 나 약속 있어서 간다. 윗집 남자는 다음에 꼭 보여 주고."

하진이 베개에 얼굴을 파묻은 채로 보영에게 손을 흔들었다.

툉퉁 부은 얼굴로 느직이 일어난 하진은 이른 점심을 먹고 지민의 집으로 향했다. 어제부터 아무 연락이 없으니 걱정이 됐다. 하지만 집 앞에서 초인종을 몇 번 눌러 봐도 아무 기척이 없었다. 어떻게 할지 고민하고 있는데, 옆집에서 여자가 고개를 내밀었다. 굵게 말린 파마머리에 진한 화장을 한 여자는 40대 후반 정도로 보였다.

"그 집 사는 아가씨 찾아?"

"네, 회사 동료인데 연락이 안 돼서요."

하진을 위아래로 훑어본 여자가 문밖으로 나오자 진한 향수 냄새가 코를 찔렀다.

"요전에 우리 미미 산책시키는데, 남자 친구가 업고 나가던데?"

아파서 쓰러지기라도 한 건가 싶어 걱정이 앞서는데, 여자가 웃으며 말을 이었다.

"내가 119라도 불러 줄까 하고 봤거든. 남자가 웃으면서 아가씨한테 뭐라 말을 하더라고. 그렇게 다정한 남자는 처음 봐서 기억이 나. 우리 집 개자식은 내 비상금까지 훔쳐서 튀었는데."

여자가 쌍욕을 퍼부으니, 품에 있던 강아지가 지민의 현관문을 향해 맹렬히 짖어댔다.

"아이구, 얘가 원래 참 순한데 저 집 남친만 보면 그렇게 짖더라고. 아무튼 그 이후로 둘 다 못 봤어. 어디 여행을 갔는지."

부르르 떠는 강아지를 다독이며 여자가 말했다.

"알려 주셔서 감사해요."

하진이 고개를 꾸벅하고는 원룸 건물을 나왔다. 걱정이 되긴
했지만, 일단 지민의 연락을 기다려 보기로 했다.

🕐

이른 아침부터 창훈은 책상 앞에 앉아 콧노래를 불렀다. 책상
위에 흩어진 사진과 서류들을 정리하며, '9, 10 완료'라고 메시지
를 적어 보냈다. 이렇게 일이 깔끔하게 끝나는 순간은 참 짜릿하
지만, 침대 위에 축 늘어진 지민을 보니 얼굴이 구겨졌다.

"씨발, 귀찮게 됐네. 쟤는 죽일 생각 없었는데."

이렇게 된 이상 흔적 없이 지민을 처리하고 나머지 계획을 실
행해야 했다. 원룸은 내놓자마자 들어오겠다는 사람이 나타나서,
입주 청소까지 예약해 놨으니 문제가 될 건 없어 보였다. 처리할
서류를 챙기던 창훈은 언뜻 어젯밤 지민을 업고 올라오면서 계단
에서 무언가 구르는 소리가 났던 게 떠올랐다. 공교롭게 1층에서
인기척이 나서 급하게 집 안으로 들어왔는데, 예상보다 일찍 깨어
난 지민을 상대하느라 깜빡하고 확인을 못 했다.

그가 곧장 나와서 내려가는 계단을 샅샅이 뒤졌지만, 바닥에
떨어진 물건은 없었다. 일주일에 두 번씩 오는 청소 아주머니가
그제 다녀갔으니 청소하는 날도 아니었다. 혹시 계단에 지민의 물

건이라도 떨어졌다면, 괜히 지난번처럼 단서를 남길 수도 있어서
짜증이 치밀었다. 용의자의 DNA를 찾았다던 경찰은 수사에 활
력이 붙어 완벽했던 그의 계획이 틀어지게 하고 있었다.

잠시 후, CCTV도 확인할 겸 경비실을 찾은 창훈은 경비 아저
씨와 한참 실랑이를 벌였다.

"에이 참, 이거 이렇게 막 보여 주고 하는 게 아니래도?"

"여자 친구가 아끼던 걸 잃어버렸대요. 도와주세요, 반장님."

아저씨가 계속 떨떠름한 표정을 짓자, 창훈이 속으로 욕을 삼
키며 지갑에서 오만 원짜리를 꺼냈다. 반으로 접은 지폐를 그의
상의 주머니에 넣어 주자, 그제야 그가 못 이기는 척 영상을 보
여 줬다. 2층과 3층 사이 계단이 찍힌 영상은 새벽엔 거의 인적이
없었다. 그러다 오늘 아침 일찍 분홍색 모자를 쓴 사람이 올라오
는 게 보였다. 분홍 모자는 3층까지 와서 복도를 두리번거리더니,
2층으로 내려가다가 뭔가를 주워 갔다.

"갑자기 CCTV가 고장 나서 새벽에 고쳤거든. 녹화된 영상은
이게 전부인 것 같은데?"

"감사합니다, 반장님. 이거 드세요."

창훈이 비타민 음료를 책상 위에 두고는 싱긋 웃으며 경비실을
나왔다.

"젠장, 남은 일정이 빡빡한데. 저 분홍색 모자를 어디서 봤더라."

그때, 주말 아침에 종종 저 모자를 쓰고 동네를 뛰던 2층 여자
가 생각났다.

"3층은 왜 올라온 거지? 뭘 봤나? 씨발, 저년은 매번 방해를 하네. 똥파리 같은 년."

계단을 오르는 그의 인상이 험악하게 구겨졌다. 집으로 돌아온 창훈이 거실에서 손에 집히는 대로 물건을 던지며 악을 써 댔다.

🕐

구역별 정산 현황을 보고 있던 태민은 '긴급 메일'이 도착했다는 알람에 태블릿을 열었다.

[⟨경고⟩ 정산 오류 알림

A-541팀의 월간 정산 기록과 시간 보관소 데이터가 맞지 않습니다. 회수된 시간의 총량과 이동량이 일치하지 않으니…. 오류가 지속되면 팀 활동이 중단되며 감사부에서….]

이제는 아예 '경고'라는 제목으로 메일이 왔다. 생각에 잠긴 태민을 재영이 불렀다.

"형님, 마무리하고 가시죠? 하진이도 곧 출발한대요."

"잠깐만. 정산 확인 좀 하고."

고개를 돌려보니 벽면 시계의 숫자가 모두 00:00로 세팅되어 있었고, 스크린 화면에 일일 정산량이 떴다. 구역별 회수량, 환산량, 이동량까지 이상이 없었다. 이렇게 거듭 확인하는데도 데이터가 안 맞는다면 도대체 뭐가 문제일까. 몇 년 동안 한 번도 없던 일이 왜 이렇게 자주 생기는 건지. 태민이 망설이다 최종 확인 버튼을 눌렀다.

"5, 4, 3, 2, 1. 일일 정산 완료되었습니다. 수고하셨습니다."

"가자!"

일일 정산 완료라는 글자가 전광판마다 뜨자마자 재영과 현승이 벌떡 몸을 일으켰다. 오늘 모임 후에 처음 메일을 받았던 2월부터 제대로 데이터를 확인해 봐야겠다고 생각하며 태민도 정산부 사무실을 나섰다.

낮잠을 늘어지게 잔 하진은 밤이 되어서도 쌩쌩했다. 이제 출발한다는 현승의 연락에 하진도 집을 나왔다. 오늘은 아침부터 날이 흐리더니 가는 길에 안개비가 날렸다. 하진이 얇은 카디건의 단추를 채우며 발걸음을 재촉했다.

"어서 와. 오늘도 모이는구나?"

포장마차 안으로 들어갔더니 주인아주머니가 웃으며 그녀를 반겼다. 어쩌다 보니 여기가 넷의 공식 모임 장소가 되었다. 먼저 도착한 하진은 항상 앉는 테이블로 가서 자리마다 젓가락과 그릇을 놓았다. 물병을 가지러 가다가 의자 위에 둔 가방이 넘어지면서 립스틱이 바닥으로 굴러떨어졌다. 보영이 계단에서 주웠다던 것이었다.

[SJM♡]

각인을 보니 아무래도 지민이 선물로 받았다던 립스틱 같았다. 만나면 물어보려고 했는데, 지민과의 대화 창을 켜 보니 여전히 메시지 여러 개가 읽히지도 않은 채로 남아 있었다.

[지민아, 우리 집 계단에서 립스틱을 하나 주웠는데, 왠지 네 거 같아
서. 이니셜도 똑같아. 네가 다녀갈 일도 없을 텐데, 신기하지? 편할
때 연락해 줘. 밥이라도 먹자.]

회사 얘기는 하지 않았다. 어차피 그만둘 사람 때문에 시끄럽
게 만들지 말자던 인사팀 편 팀장의 말이나, 승진 소식을 전할 만
큼 하진은 낯이 두껍지 못했다.

"어이쿠, 늘어서 죄송합니다. 김 주임님이 먼저 와 계셨네요."

막 도착한 현승이 하진의 앞으로 와서 머리가 바닥에 닿도록
허리를 굽혔다.

"왜 그래, 오빠. 누가 보면 임원이라도 된 줄 알겠어."

"와, 그땐 내가 절이라도 해야 하나?"

기분 좋은 그의 농담에 하진이 눈을 휘며 웃었다. 같이 온 태민
과 재영도 흐뭇한 얼굴로 의자를 당겨 앉았다. 하진의 잔에 먼저
술을 채운 재영이 말했다.

"우리 김하진 주임님의 승진을 축하하며 짠하시죠."

재영이 함박웃음을 지으며 잔을 들자 다들 경쾌한 소리를 내며
잔을 맞댔다.

"축하해. 고생했어."

"축하해!"

"다들 고마워요."

찜찜한 승진이긴 하지만, 부서 사람들에게도 못 받은 진심 어

린 축하를 받으니 기뻤다. 늦게라도 이렇게 좋은 사람들을 알게된 건 참 감사한 일이었다. 하지만 좋았던 기분은 지민이 생각이 나면서 점점 가라앉았다.

"개새끼들, 어린애 하나 두고 정말 못됐네."

"애들도 아니고 그 나이 먹고 유치하게 소문을 지어내냐."

최근 있었던 일을 들은 재영은 욕부터 뱉었고, 현승도 흥분하며 잔을 내려놨다.

"그래서 편 팀장 오피스 와이프는 누구래?"

"글쎄…."

현승의 호기심 어린 눈을 피한 하진이 씁쓸하게 소주를 따랐다. 얼마 없는 술이 병에서 조르르 나오다 멈추자, 빈 병을 탈탈 털고는 하진이 술을 한 병 더 시켰다.

"나 입 다물고 있으라고 급하게 승진시킨 것 같아. 그래서 승진하고도 찜찜해."

그때 테이블 위에 올려놨던 휴대폰 액정에 불이 들어왔다.

"어, 지민이다."

시작부터 술을 연거푸 마신 탓에 벌써 발음이 꼬였다. 하진이 눈을 크게 떠서 메시지를 확인하더니 가방에서 립스틱을 꺼냈다.

"뭐 해?"

갑자기 사진을 찍는 그녀를 보고 현승이 물었다.

"우리 집 계단에 립스틱이 떨어져 있었는데, 보니까 이 동생 거 같더라고. 계속 연락이 없었는데 이제 답이 왔어."

말을 하며 웃던 하진의 입매가 굳었다. 왈가닥하던 지민은 차분해져 있었고, 대화도 별로 이어지지 않았다. 모레쯤 들른다는 짤막한 메시지에는 늘 쓰던 우스꽝스러운 이모티콘 역시 없었다. 그래도 사무실에서 제일 마음이 통하던 사람이었는데. 마음이 썼다.

잠시 후 우당탕 요란한 소리에 돌아보니, 다정하게 팔짱을 낀 커플이 옆 테이블에 앉았다. 이미 거나하게 취한 두 사람은 나란히 의자를 붙여 앉고는 음식이 나온지도 모르고 서로 얼굴만 쳐다보고 있었다. 그 모습을 보니 재현 생각이 나서, 하진이 비뚤게 턱을 괴고 물었다.

"남자들은 보통 헤어지고 나서 얼마가 지나면 새로운 사람을 만날 수 있어요?"

"얘 또 그 과장님 얘기한다."

현승이 익숙한 레퍼토리라는 듯 고개를 돌렸다.

"글쎄, 사람마다 다르긴 하지만 난 아무래도….."

"아니, 양심도 없지. 어떻게 그렇게 빨리 다시 만날 수가 있냐고요. 사람이….."

재영의 말이 끝나기도 전에 하진이 혀가 꼬인 말투로 끼어들었다. 한숨을 깊게 쉰 그녀가 고개를 푹 숙인 채로 중얼거리다 몸을 앞으로 내밀며 말했다.

"뭐 재밌는 얘기해 드릴까요? 요즘 제 시간이 자꾸 없어져요."

조용히 있던 태민이 쳐다봤더니 그녀가 반쯤 풀린 눈으로 말을 이었다.

"내가 포기했다고 생각하나 본데, 아니야. 쭉 지켜보고 있었거든요? 근데 계속 훔쳐 가. 어떤 자식이지? 내 시간을 자꾸 가져가는 게?"

순간 태민과 재영, 현승이 동시에 눈빛을 주고받았다.

"어, 그 눈빛 뭐야. 다 알고 있는 거예요? 내 시간 훔쳐 가는 놈이 누군지? 알려 줘요. 안 그래도 부족한데 벼룩의 간을 떼 가지 내 시간을 훔쳐 가다니. 그 도둑놈도, 정재현도 다 나쁜 새끼들이야, 이씨."

잔에 술이 넘치도록 붓는 하진을 보고 재영이 병을 빼 들었다.

"하진아, 너 취했다. 그만 들어갈래? 데려다줄게."

하진이 집게손가락을 입에 갖다 대며 눈썹을 찡그렸다.

"쉿, 오빠, 나 중요한 말 하잖아요. 잘 들어 봐요. 오빠는 시간 없어진 적 없어요? 난 있어. 많아. 막 시간이 20분씩 확 지나가 버리고 그런다니까요?"

묵묵히 보고 있던 태민이 미심쩍은 표정으로 물었다.

"요즘도 계속 그래?"

"그렇다니까요? 맨정신으로 똑똑히 봤어요, 딸꾹."

하진이 테이블 아래로 한숨을 푸우 뱉었다가 뭔가 생각났다는 듯 다시 고개를 쳐들었다.

"그때! 우리 수첩 바꾸기로 했던 날 있잖아요. 생각해 보니까 그때도 훔쳐 갔어. 이 자식이 아주 상습범이야."

"에이, 하진아, 시간 도둑이 어딨어. 훔칠 게 없어서 시간을 훔치겠냐. 일어나. 가자."

부축하려는 재영의 팔을 뿌리치며 하진이 하소연했다.

"오늘 나오기 전에도 시간이 남아서 보고 있었는데 또 그랬다니까요… 시계가….'

"하진이가 말하는 게 우리인가? 너 혹시 요즘에 시간 막 쓰고 그래? 가끔 죽는 꿈도….'

이번엔 얼굴이 발갛게 달아오른 현승이 불쑥 말을 뱉었다.

"이 자식이 취했나, 뭐라는 거야."

"맞잖아. 시간이 회수되는 걸 하진이가 본 거지. 근데 그거 일반인들은 못 본다고 하지 않았어요? 어떻게 봤지?"

재영이 얼른 현승의 입을 틀어막았지만, 손을 떼어 내고는 그가 말을 이었다. 둘이 옥신각신하는 사이, 하진이 급하게 몸을 숙였다.

"우웨에엑."

"야, 김하진! 괜찮아?"

🕐

"으…."

다음 날 하진은 머리를 부여잡으며 눈을 떴다. 낯선 천장이 보여 고개를 돌렸더니 처음 보는 침대에 누워 있었다. 마침 노크 소리와 함께 재영이 물컵을 들고 들어왔다.

"잘 잤어? 속 안 좋을 텐데 마셔."

"여기 어디예요?"

몸을 일으킨 하진이 기운 없이 물었다. 목소리가 완전히 잠겨 있었다.

"태민 형님네. 어제 너희 집 앞까지 갔는데, 죽어도 몇 호인지 안 알려 줘서 여기로 왔어."

그의 설명에 하진이 당황스러운 표정으로 어제 일을 떠올렸다.

"걱정 말어. 우리 형님이 열심히 바닥 청소한 거 말고는 아무 일도 없었어."

"…청소요?"

재영은 별 대답 없이 더 쉬라며 눈을 찡긋하고 나갔다. 어제의 기억이 조각조각 떠오르자, 하진은 눈을 질끈 감아 버렸다. 회사 얘기에 이별 얘기를 하다 토를 했던가? 그러고 보니 어제 입었던 카디건이 보이지 않았다. 세수하고 나왔더니 이번에는 현승이 방문을 열었다.

"일어났네? 해장하러 가자."

다 같이 태민의 차를 타고 근처 국밥집으로 나왔다. 차에서 내리며 그와 눈이 마주치자 민망함이 몰려왔다.

"…제가 어제 진상 많이 부렸죠? 죄송해요….."

"괜찮아."

그는 별 표정이 없어서, 정말 괜찮은 건지 알 수가 없었다.

"주문하신 돼지국밥 나왔습니다."

뒤틀렸던 속에 뜨거운 국물이 들어가니 속이 편안해졌다.

"와, 여기 국밥 최고네요."

후후 불며 뜨거운 국물을 떠먹는 하진을 보고 태민이 옅게 웃으며 물었다.

"속은 괜찮아?"

"어제 다 쏟아 내서 그런지 생각보다는…."

"옷은 널어 뒀는데 안 갖고 왔네. 다음에 줄게."

"네… 감사해요."

민망해진 하진이 입꼬리를 올려 억지로 웃어 보였다.

국밥을 마시듯 흡입한 재영과 현승은 자판기 커피를 마시고 있겠다며 먼저 일어났다. 태민도 식사를 마쳤지만, 아직 먹고 있는 하진을 기다렸다.

잠시 후, 태민이 계산하고 나왔더니 차 앞에 하진이 혼자 있었다.

"다들 어디 갔어?"

"모르겠어요. 전화해 볼까요?"

현승에게 전화를 걸던 하진은 바닥에서 울리는 그의 휴대폰을 발견했다. 얼마 전 새로 바꿨다며 자랑하던 검은색 아이폰이었다.

"어? 현승 오빠 휴대폰 떨어트렸나 본데요."

"가자. 나중에 만나면 되니까."

태민이 식당 입구에 있는 남자에게 시선을 고정한 채 말했다. 위아래로 검은 정장을 입은 저 남자는, 그가 기억하기로 아까 식당에 들어갈 때도 그곳에 서 있었다.

"안 기다리고, 그냥 가요?"

"응, 어서 타."

"전 조금만 걸어가면 집이라 그냥 여기서 갈게요."

하지만 태민은 하진의 손목을 잡고는 곧장 조수석 문을 열었다.

"차 타고 가. 애들 없어진 게 이상해."

차를 출발시켰더니 아까부터 검은 세단 한 대가 계속 뒤를 쫓아오는 게 예사롭지 않은 느낌이 들었다. 태민이 동네를 배회하다가 갑자기 속력을 높여 큰 도로로 나오자, 하진이 다급하게 말했다.

"어? 우리 집은 이쪽이 아닌데요?"

"알아. 잘 들어. 지금 우리 쫓기고 있는 것 같아."

방금 그에게 들은 단어들이 입력되지 않는지 하진이 되물었다.

"쫓겨요? 갑자기 왜요?"

"모르겠어. 우선 안전한 곳으로 가자. 설명은 나중에 해 줄게."

도로 위를 15분 넘게 달렸더니 어느새 뒤쫓아 오던 차가 세 대로 늘었다. 백미러를 주시하던 태민이 가까이 있던 건물 주차장으로 돌진하자, 차 한 대가 바짝 붙으며 따라 들어왔다. 지하 3층까지 속도를 높여 내려간 그가 급히 커브를 틀었다. 타이어에서 시끄러운 마찰음이 났다. 쿵 소리에 돌아보니 따라오던 차가 나가려던 차와 부딪쳐서 못 움직이고 있었다. 그사이 태민은 재빠르게 차를 돌려서 다시 건물을 빠져나왔다.

"너 운전면허 있어?"

대답이 없어서 고개를 돌려보니, 하진이 양손으로 어시스트 그립을 꼭 붙잡고 있었다.

"뭐라고요?"

"면허 있냐고."

"네, 작년에 땄어요."

"그럼 내가 신호 주면 이쪽으로 넘어와."

태민이 사이드미러로 쫓아오는 차량의 위치를 확인하며 말했다.

"저한테 운전하라는 거예요? 저 장롱 면허라고요. 엄마 차로 동네 몇 번 돌아본 게 다예요. 못 해요, 못 해."

하진이 여전히 그립을 꽉 잡은 채로 고개를 빠르게 저었다. 차분한 태민에 비해 그녀의 목소리는 한껏 상기되어 있었다.

"어쩔 수 없어. 브레이크랑 액셀이 어디 있는진 알지?"

"브레이크가 오른쪽이던가…."

중얼거리는 하진을 태민이 놀란 눈으로 돌아봤다.

"농담이지?"

"오른쪽 아니에요? 왼쪽인가?"

"왼쪽이 어딨어. 가운데야, 가운데. 일단 이쪽으로 옮겨 와 봐."

그가 시간이 없다며 하진을 재촉했다. 긴 직선 도로가 나오자 자리를 바꾸기 위해 운전석 간격을 최대로 넓혔다.

"아니, 어디에 멈춰야 자리를 바꾸죠!"

"내가 핸들 잡고 있으니까, 일단 앞으로 넘어와."

그 말에 하진이 주춤하며 건너오자, 태민이 크루즈 컨트롤을 작동시키고 발을 뗐다. 하진이 의자에 걸터앉아서 핸들을 어설프게 잡자, 태민이 한 손으로 핸들을 잡은 채 콘솔 박스를 넘었다. 그리고 그녀에게 맞게 운전석 위치 당겨 주고는 뒤에서 천으로 덮여 있던 검은 스포츠 가방을 꺼냈다.

"자, 이제 액셀 꽉 밟아."

"나 차 긁어도 몰라요? 아니 사고가 날 수도…."

"괜찮아. 쭉 가기만 하면 돼. 속도 올려. 길은 내가 알려 줄게."

하진이 액셀을 밟자, 몸이 뒤로 넘어가며 속도계 바늘이 빠르게 치솟았다. 그녀가 모는 기블리가 한쪽 차선에 바짝 붙어서 다른 차들을 스칠 듯 지나갔다.

"근데 지금 이 상황이 다 뭐예요?"

"안전한 데에 가서 설명해 줄게. 저 앞에서 우회전. 쭉 가다가 터널 나오면 지나자마자 바로 좌회전. 더 밟아, 더."

"뭐부터 하라고요? 저 길치예요."

"지금, 우회전."

급커브를 돌면서 가드레일에 차체가 긁혔다. 투박한 쇳소리에 하진이 멈칫하자, 태민이 손을 얹어 핸들을 풀어 주었다. 손끝이 하얘지도록 핸들을 쥐고 있는 그녀의 손이 차가웠다. 그나마 다행인 건 도로에 차가 몇 대 없다는 것이었다.

탕탕. 탕. 뒤에서 총성이 나자, 하진이 발작하듯 몸을 움츠렸다.

"이, 이거 지금 총소리예요?"

하진이 고개도 못 돌리고 물었다. 아까보다 고조된 목소리가 심하게 떨리고 있었다.

"괜찮으니까 진정하고, 운전에 집중해."

태민이 거울을 보니, 뒤에서 쫓아오던 차에서 총을 쏘기 시작했다. 관리부 차는 아닌 것 같은데. 땀에 젖은 하진의 손이 미끄러지면서 차가 흔들리자, 태민이 한 손으로 핸들을 잡아 줬다. 조수석 창문을 열었더니 총성이 훨씬 더 크게 들렸다.

"이거 꿈 아니죠? 지금 한국에서 누가 총을 쏘고 있는 거예요? 다들 뭐 범죄 조직 이런 데서 일하고 있던 건가? 그래서 맨날 밤에 출근한 거였어!"

"그런 거 아냐. 속도 올려."

침착하게 말한 그가 따라오는 차바퀴를 겨냥해서 방아쇠를 당겼다. 탕탕. 두 번째 총알이 명중하면서 빠르게 달리던 한 대가 방풍벽에 처박혔다.

"저 아직 고속도로도 못 타 봤다고요. 지금도 무서워 죽겠어요."

태민이 힐끔 쳐다보니 속도계 바늘이 120을 넘어가고 있었다.

"잘하고 있어. 앞에 짧은 터널 보이지? 저기 지나면 바로 좌회전이야. 신호받을 시간 없으니까 맞은편에 파란 차 지나가면 바로 틀어."

"바로요? 빨간불인데요?"

하진이 놀란 토끼 눈을 하고 태민에게 외쳤다.

"기다릴 시간 없다니까?"

터널을 지나자마자 좌회전했더니 차가 크게 기울었다. 반대편에서 오던 파란색 차가 놀라서 시끄럽게 경적을 울려 댔다.

"저 차 지나가면 가랬지 그냥 막 가래?"

"시간 없다면서요. 내가 초본데 그 타이밍을 어떻게 맞춰요!"

하진이 하얗게 질린 얼굴로 새된 소리를 내자, 태민이 손으로 머리를 넘기며 중얼거렸다.

"총 맞아 죽기 전에 차에 치여 죽겠네."

"죽어요? 거봐, 지금 위험한 상황인 거죠? 아니 그럼 본인이 운전하시든가요!"

"그럼 네가 총 쏠래? 총 잡을 줄은 알고?"

"운전도 겨우 하는데 그런 걸 할 줄 알겠어요?"

두 사람이 실랑이하는 사이, 남은 차 한 대가 쫓아와 차체를 바짝 붙여 왔다. 태민이 능숙하게 총을 한 발 더 쏘자, 따라오던 검은 세단의 속도가 줄며 거리가 벌어졌다.

"언제까지 이렇게 가야 해요?"

"다 왔어. 이제 우측에 노란 울타리 나오면 우회전해. 거기까지만 가면 돼. 밟아."

하진이 중얼거리며 태민이 했던 말을 되뇌었다.

"노란 울타리에서 우회전. 노란 울타리, 우회전⋯."

계속 날아드는 총알에 하진의 어깨가 절로 움찔거렸다. 이미 뒷유리에는 온통 금이 갔고, 오른쪽 사이드미러도 박살이 났다. 마지막 한 대가 끈질기게 둘을 쫓고 있었다. 그때, 달리던 도로 멀리에 그가 말했던 노란 울타리가 나왔다. 하진이 고개를 길게 빼고 옥수수밭이 뻗은 길을 내다보며 물었다.

"여기 빠지는 길이 없는데 어디서 우회전을 하라는 거예요? 그냥 계속 밭인데요?"

"흰색 우편함 같은 거 보이지? 거기서 그냥 들어가."

"울타리를 뚫으라고요? 나 차 망가져도 몰라요. 팀장님이 하라고 했어요!"

"이미 망가졌어. 들어가, 지금!"

하진이 우편함 근처에서 눈을 질끈 감으며 옥수수밭을 향해 핸들을 틀었다.

00:10.

울타리를 지나면서 엄청난 충돌이 있을 줄 알았는데, 생각보다 잠잠했다. 당황해서 미처 브레이크를 밟지도 못한 차가 자동으로 멈춰 있었다.

"이제 됐어."

태민의 말에 하진이 눈을 떠 보니, 옥수수밭은 온데간데없고 사방이 온통 하얀 공간이 보였다. 아직도 핸들을 꽉 쥐고 있는 그녀의 손을 태민이 내려 주자, 하진이 겨우 정신을 차리고 물었다.

"후우…. 여긴 어디고 이게 다 무슨 일이에요?"

"여기는 우리 팀이 중간 지대로 쓰던 곳이야. 이제 안전하니까 안심하고, 설명은 천천히 해 줄게."

다리가 후들거려서 일어나지 못하는 하진에게 잠시 쉬고 있으라 말하고는 태민이 차에서 내렸다. 창문으로 내다보니 그는 한쪽에 있는 작은 테이블에서 뭔가를 적는 것 같았다.

차에서 내린 하진은 중간 지대라는 곳을 둘러봤다. 언뜻 보면 차고지같이 생긴 이곳은 금속 재질의 흰색 벽이 이음선 하나 없이 하나의 판으로 연결되어 있었다. 안에 있는 물건은 모두 흰색이었다. 간이 냉장고와 작은 테이블, 그 위에 놓인 버튼이 많은 무선 전화기, 두 칸짜리 작은 서랍. 양쪽 벽에는 큰 자동문이 있었는데 둘 다 굳게 닫혀 있었다.

"좀 괜찮아?"

하진이 가까이 다가가자 태민이 고개를 들며 물었다. 아까 그가 진정 효과가 있다며 준 알약을 삼켰더니 마음이 좀 차분해졌지만, 여전히 정신은 멍했다.

"네…. 무슨 일인진 모르겠지만 이게 현실이든 꿈이든 무서운 건 마찬가지네요."

"앉아 봐. 설명해 줄게."

하진은 태민과 마주 앉아서 시간이 회수되는 것과 균형자에 대한 설명을 들었다. 시선을 테이블 위에 고정한 채 그의 말을 듣던 하진이 배신감에 찬 얼굴을 들었다.

"와, 셋이서 이걸 지금까지 숨긴 거예요?"

"업무 기밀이라 말할 수가 없었어."

"제가 찾던 도둑놈이 가까이 있었네요?"

"도둑놈 아니고 균형자라니까. 아니면 놈 자라도 빼던가. 우리 나름 의미 있는 일을 하는데 도둑놈은 어감이 안 좋네."

태민이 코로 크게 숨을 내쉬자, 하진이 알았다며 양손을 들어 보였다.

"지난번에 템푸스 찾아보니까 시계 회사던데, 그것도 거짓말이 에요?"

"시계 제조업체 맞아. 그 안에 일반 직원들은 모르는 정산부가 있는 거고."

그의 말에 하진이 따지듯 물었다.

"아니, 근데 내 시간은 왜 뺏어 가요? 안 그래도 부족한데."

"원래 무의미하게 쓰이는 시간만 회수되는 거고, 그것도 그렇게 볼 수가 없는데 이상해. 우리가 지금 쫓기는 이유랑 다 연관이 있는 것 같아."

"…."

계속 따지고 들던 하진이 갑자기 입을 다물자 태민이 걱정스러운 듯 물었다.

"왜? 머리 아파?"

"아뇨. 요즘 왜 이런 일들만 생기는지 싶어서요. 영화에서나 보던 총격전을 겪질 않나."

"이건 너 때문에 생긴 일 아냐. 회사 일도 그렇고."

냉정한 사람인 줄 알았는데. 따뜻한 시선을 보내는 그에게 하진이 눈을 맞추며 말했다.

"고마워요, 팀장님. 참, 재영 오빠는요? 연락 없어요?"

"응, 전화도 안 받네. 근데 왜 재영이는 오빠고 나한테는 팀장님이래?"

"흐음, 오빠라고 하기엔 나이 차이가 좀 있잖아요?"

하진이 미간을 좁히고 진지하게 대답하자 그가 어이없다는 듯 웃으며 대꾸했다.

"얼굴만 보면 재영이가 더 형 같은데?"

"그러면 뭐라고 불러야 하죠? 아저씨? 좋네요, 아저씨."

"뭐?"

"농담이에요, 농담. 제가 보기보다 낯을 가려서 그래요."

"그런 사람이 재영이한테는 바로 오빠라고 했으면서."

눈썹을 치켜올리고 구시렁거리는 그를 보고 하진이 품 웃음을 터뜨렸다. 일어나서 벽을 손바닥으로 두드렸더니, 꽤 묵직한 소리가 울렸다.

하진이 몸을 빙 돌려 천천히 공간을 살폈다. 울타리를 통과할 때 눈을 감는 바람에 제대로 보진 못했지만, 아무리 생각해도 갑자기 이런 넓은 공간이 나타난 게 신기했다.

"분명 노란 울타리랑 옥수수밭밖에 안 보였는데 어떻게 여기로 온 거죠?"

"하얀 우체통이 있던 곳에 여기로 통하는 문이 있어. 일반인은 그게 안 보이니까 갑자기 온 것처럼 보이는 거지."

"중간 지대는 뭐 하는 곳이에요?"

"쉽게 말하면 다른 구역으로 통하는 곳인데, 작년에 새로운 지대가 만들어져서 여긴 더 이상 사용하지 않아."

그 말에 하진이 궁금한 눈으로 물었다.

"다른 구역 어디요? 부산? 제주도?"

"아니, 다른 세계. 지금 이 세상과 비슷하지만, 완전히 다른 곳."

"정말요? 진짜 다른 세계가 있다고요?"

하진이 의자에 앉으며 놀랍다는 듯 태민을 곧게 올려다봤다.

"응, 7개나 있어."

"와, 저도 가 볼 수 있어요?"

"아니, 일반인은 구역 간 이동이 금지돼 있어서 균형자들만 가능해."

기대에 부풀었던 그녀의 입에서 피이 바람 빠지는 소리가 났다.

"그럼 그 구역에는 누가 살아요?"

"너랑 똑같은 사람이 있기도 하고, 다른 사람이 있을 수도 있지."

"제가 있다고요? 김하진이요? 저 다른 구역에서는 어때요? 행복한가요?"

그녀가 호기심 어린 눈으로 연달아 질문을 던지자 그가 피식 웃으며 답했다.

"난 신이 아니고 균형자거든? 나도 몰라."

"만나 보고 싶다. 다른 하진이는 어떻게 사나."

온통 의문스러운 것투성이였는데, 그의 설명을 들으니 그간의 일들이 조금은 이해가 갔다.

"못 만나. 균형자만 이동할 수 있다니까. 못 들어 봤어? 도플갱어를 만나면 죽는다고."

"그거야 들어봤죠. 영화도 있었잖아요."

"그래서 죽는 거야. 다른 구역으로 가면 안 되는데 규칙을 어겨서."

"아…. 그리고 보니 그때 주웠던 종이에도 시간이랑 균형자 얘기가 있었던 것 같은데."

하진이 재영의 수첩에 끼워져 있던 종이를 떠올리며 말했다.

"그건 균형자 교육 자료 중 일부인데, 시간의 기본 원칙이 적혀 있던 거야. 저거."

태민이 손으로 가리킨 곳을 보니 2단 서랍 위에 작은 책자가 있었다.

"읽어 봐도 돼요?"

그가 고개를 끄덕이자 하진이 잽싸게 가서 책자를 펼쳤다.

✔ **시간의 기본 원칙**

✔ **기본 원칙1** (시간의 속성)

0. 1년은 365일, 1일은 24시간으로 구성된다. 단, 각 생명이 어떻게 시간을 사용하는지에 따라 1일의 총시간이 재구성된다.

0. 한 생명에게 주어지는 총시간은 200년이다.

0. 주어진 시간은 여러 개 구역에서 동시에 사용하거나 순차적으로 나누어 쓸 수 있다.

0. 한 생명에게 주어진 시간을 모두 사용하면 나머지 구역의 생명도 끝난다.

0. 주관자와 균형자만 구역 간 이동이 가능하고, 시간을 조정할 수 있다.

✔ **기본 원칙2** (시간의 회수)

0. 하루 중 무의미하게 쓰이는 시간은 균형자를 통해 회수된다.

0. 회수된 시간은 일 단위로 정산되어 0시를 기점으로 시간 보관소로 옮겨진다.

0. 하루에 회수되는 시간은 최대 6시간(24시간의 25%)을 넘길 수 없다.

0. 시간이 과다하게 회수되는 사람은 균형자를 만나 각성될 기회를 얻는다.

0. 시간 보관소로 옮겨진 시간은 2,000:1의 비율로 남겨진다.

0. 남겨진 시간은 동일한 구역에서 죽은 직후에 최대 3일간 사용할 수 있다.

- Tempus Corp.

두 번째 페이지를 읽고 있을 때 태민이 그녀를 불렀다.

"여기서 이렇게 오래 머문 적이 없어서 먹을 게 별로 없네."

그렇게 말하며 생수 한 병과 에너지바를 하진에게 건넸다. 하진이 에너지바의 포장을 뜯어 한 입 베어 물며 물었다.

"주관자는 누구예요?"

"전 구역의 시간을 총괄하는 존재. 나도 만나 본 적은 없어."

휴대폰을 꺼내 보니 시간이 13:15에서 멈춰 있었다.

"지금 몇 시예요? 휴대폰이 먹통이네요."

"여기는 중간 지대라 일반 통신이 안 통해. 지금은 4시 28분."

손목을 들어 시간을 확인하는 태민에게 시선을 고정한 채 하진이 물었다.

"아저씨는 왜 시간 도둑이 됐어요?"

"와, 진짜 아저씨라고 부르기로 한 거야? 글쎄, 잊어버렸나 봐. 활동한 지는 6년 정도 됐는데 처음에 어떻게 균형자가 됐는지 기억이 잘 안 나."

대답하는 그의 눈빛이 왠지 슬퍼 보여서 하진이 슬며시 질문을 바꿨다.

"근데 매일 시간을 뺏어 가는데 어떻게 사람들이 몰라요? 저처럼 눈치채는 사람도 있죠?"

그가 단호하게 고개를 저었다.

"모르는 게 정상이야. 시계에 있는 시스템을 통해서 자동으로 회수가 되는 거니까."

"그래도 어떻게 모를 수가 있지? 시간이 갑자기 훅 지나가면 이상할 텐데."

"인간의 착각이 균형자들을 도와주지. 시간이 그만큼 지났다고 여기는 거야. 이런 말 자주 하잖아. '벌써 시간이 이렇게 됐네.'"

"언제 시간을 가져가는데요?"

"정해져 있는 건 아니고, 피크 타임은 있지. 하루 중에 가장 의미 없이 시간을 보내는 오후 2시나 밤 10시 전후. 졸고, 멍 때리고, 휴대폰만 보고 그럴 때 꽤 많은 시간이 한꺼번에 회수돼."

하진은 하루가 통째로 피크 타임일 수도 있는 유한잔을 떠올렸다. 어쩌면 시간 도둑 사이에서는 그가 VIP일지도 모르겠다며 피식 웃고는 질문을 이어 갔다.

"그래도 줬다가 뺏는 게 더 나쁜 건데, 왜 시간을 가져가요?"

"의미 없게 쓰일 시간을 보관해 뒀다가 필요할 때 돌려주는 거라고 하면 설명이 되려나."

하진은 그래도 이해가 안 가서 고개를 갸웃거렸다.

"내가 쓴 시간이 의미가 없는지를 누가 판단하죠? 의미 있다고 우기면 그만 아니에요?"

"시스템이 자동으로 판단해. 제대로 쓴 시간은 회수되지 않아."

"제대로 쓴 시간이라, 어렵다. 더 열심히 일해야 하는 건가."

"바쁘게 일한다고 의미 있는 시간은 아냐. 널 위해 쓰는 시간인지가 중요한 거지."

하진이 그래도 잘 모르겠다는 뜻으로 어깨를 으쓱했다.

"그럼 인생을 대충 사는 사람이 돌려받을 시간이 제일 많은 거예요? 그건 불공평한데요?"

"아니, 아주 공평해. 아무리 많은 시간을 보관해도 다시 쓸 수 있는 시간은 정해져 있거든. 최대 3일. 한도가 정해진 적금 통장 같은 거야. 아무리 많이 부어도 최대 시간은 같아."

에이치인스펙션에는 그 적금 우수 고객이 아주 많겠다고 생각하며 하진이 물었다.

"그럼 못 쓰고 남은 시간은요?"

"버려져."

"그냥 버려진다고요? 아깝다. 그래도 엄청나게 모아서 기껏 3일만 주는 건 너무하지 않아요? 그 시간을 어디에 쓰는데요?"

"아주 중요할 때 절묘하게 쓰지. 다른 생명을 구하거나 운명을 바꿔 주기도 하는 그런 순간에."

허공을 응시하는 그는 정말 어느 때를 떠올리는 것 같았다. 그 모습을 보던 하진은 그의 얼굴이 친근해서 자기도 모르게 손을 뻗을 뻔했다. 이 기분은 뭐지? 이상해.

"이렇게 보고 있으니까 왜 아저씨 낯이 익죠? 우리 전에 마주친 적이 또 있나요?"

"시간이 많이 회수되면 가끔 균형자를 만나게 되거든. 우린 그걸 미팅이라고 부르는데, 넌 올해 자주 리스트에 올라서 나랑도 몇 번 보긴 했지."

"진짜요?"

그가 시한부 꿈 얘기를 해 주자, 하진은 그때 자기가 얼마나 울었는지 아냐며 억울해 하면서도, 덕분에 이별 후유증에서 벗어날 수 있었다고 순순히 인정했다.

　"학대받는 꿈도 미팅이에요?"

　"아니, 꿈이라도 미팅 대상에게 해를 가하진 않아."

　하진의 꿈 얘기를 들은 태민이 수첩에 간단히 메모를 남기며 답했다.

　"그때도 완전 끔찍했는데. 그럼 죽음은 뭐예요? 생명 도둑 같은 게 따로 있는 건가?"

　"그건 지금 구역에서 더 이상 남은 시간이 없는 거야. 하지만 다른 구역에서는 살아 있기도 해. 나머지 구역에서도 시간이 없으면, 그땐 완전히 죽는 거지. 진정한 죽음."

　'죽음'이라는 단어가 주는 무게감에 하진은 잠시 말이 없었다.

　"아."

　그때 태민이 인상을 찡그리며 이마를 짚었다.

　"괜찮아요?"

　"응, 나도 예전에 널 본 것 같아서."

　하진은 그가 혼잣말처럼 작게 뱉은 말에 고개를 갸웃하고는 질문을 던졌다.

　"다른 구역에 내가 있어 봤자 서로 알지도 못하고 만나지도 못하는데 무슨 소용이에요?"

　"한 생명에게 주어진 시간을 나눠 사는 거라서, 다른 삶을 살긴 하지만 결국 서로 연결되어 있는 거야. 그걸 모를 뿐이지."

"반대로 여기서는 불행해도, 다른 구역에서는 행복할 수도 있겠네요?"

"그렇지. 이쪽 삶을 어떻게 사느냐에 따라 다른 구역의 삶이 영향을 받기도 하고."

하진이 얕은 한숨을 쉬며 말했다.

"우리 하성이, 다른 곳에서는 건강했으면 좋겠다."

"하성이?"

"두 살 어린 남동생이에요. 어려서부터 아파서 뭘 마음대로 못 했거든요."

"그랬구나. 네 말대로 다른 구역에서는 건강할 거야. 균형자 일을 하다 보면 가끔 다른 구역에 갈 일이 있는데, 같은 생명이라도 사는 모습이 다 다르더라고."

"다행이다⋯."

하진은 어렸을 때 사고로 돌아가신 아버지도 다른 구역에서는 오래 행복하게 살길 빌었다.

그녀가 물기 어린 눈으로 계속 질문을 던졌다. 귀찮을 만도 한데 태민은 묻는 것들에 자세히 답해 줬다. 그는 같은 생명은 무의식으로 연결되어 있어서 서로 꿈이나 감정을 공유한다거나, 균형자라고 해서 사람들 일에 마음대로 관여할 수 없다는 것, 그리고 자신이 살아온 삶이 알아서 사람들에게 벌이나 상을 주기도 한다는 사실을 알려 줬다.

중간 지대라는 곳은 에어컨이 없는데도 공기가 제법 서늘했는데, 그와 마주 앉은 이 작은 테이블 주변은 따스한 느낌이 들었다.

"어차피 나가면 기억도 못 할 텐데, 질문은 그만하고 네 얘기도 좀 해 봐."

이번에는 태민이 하진 쪽으로 몸을 기울이며 말했다.

"무슨 얘기요?"

"모임 때마다 나쁜 새끼라고 욕하던 사람이나, 뭐든."

"유 부장이요?"

"곧 결혼한다던 사람."

"아, 재현 오빠…."

이름만 얘기했는데도 하진의 얼굴에 씁쓸함이 묻어났다.

"대학생 때는 아르바이트하고 공부하느라 정신없이 지내다가, 회사 들어가고 누굴 제대로 만난 게 처음이었어요. 초반에는 마냥 다 좋았는데, 어느 순간부터 전 여자 친구 때문에 계속 마음을 졸이게 되더라고요."

하진은 목메는 것 같아 물을 한 모금 마시고 다시 입을 열었다.

"결국 헤어지고 나서 기다렸다는 듯이 그 여자한테 갔잖아요. 돌이켜 보니 안 되는 관계인 걸 뻔히 알면서 저 혼자 안 놓으려고 애썼던 것 같아요. 한심하죠?"

"거기까지가 인연이었나 보지. 그 사람도 진심인 순간이 있었을 거야."

"그 사람들은 곧 결혼한다고 행복할 텐데, 저만 바보 같아요."

"포기하는 것도 용기가 필요해. 그만 놔줘, 그런 관계."

하진이 말없이 고개를 위아래로 움직였다. 말은 단호했지만, 진심으로 걱정해 주는 그의 눈빛이 큰 위안이 되었다.

중간 지대에서 꼬박 12시간을 보낸 후, 태민은 수상한 무리가 없는지 몇 번이나 확인하고서 하진을 집에 바래다줬다. 나갈 때도 마찬가지로 갑자기 옥수수밭이 나타나는 것처럼 보였다.

집 앞에 도착했을 때는 자정이 넘어 있었다. 태민이 차 안에서 손목시계를 터치했더니 순간 섬광이 번쩍이며 칠흑같이 어두웠던 주변이 일순간 환해졌다가 다시 돌아왔다.

"뭐예요?"

"아무것도 아냐. 들어가서 좀 자. 무슨 일 있으면 바로 전화하고."

"알겠어요. 조심히 들어가요, 아저씨."

그가 빤히 쳐다보기에 오빠라고 부르려면 시간이 필요하다고 둘러대는데 괜히 얼굴이 화끈거렸다. 조심히 가라며 머리를 쓰다듬는 그의 손길이 부드러웠다.

집에 온 하진은 긴장이 풀려 금세 잠이 들었지만, 밤새 복잡한 꿈에 시달리다 다음 날 점심 즈음에 겨우 일어났다.

생전 겪어 보지 못한 일들을 경험하고 난 뒤의 충격인지 묘하게 정신이 맑았다. 평소에는 생각지도 않던 것들이 한꺼번에 떠올랐다. 작가를 꿈꿨던 것, 소원해진 대학 동기들, 첫 직장에 들어간 일, 재현과 보냈던 시간, 부서 사람들까지. 나는 지금 잘 살고 있는 걸까. 이게 내가 원하는 삶이 맞나? 당장 답이 나오지도 않을 질문들이 머릿속을 가득 메웠다. 질문을 이어 가다 보니 태민의 얼굴이 떠오르면서, 재영과 현승도 생각났다.

"그러고 보니 다들 연락이 된 건가?"

현승이 떨어트린 휴대폰은 하진에게 있었다. 단체 채팅방도 잠잠해서 재영에게 전화를 걸어 봤지만, 자동 응답만 돌아올 뿐이었다. 차가운 물로 세수하고, 휴대폰에서 뉴스를 찾았다. 언론사별로 들어가서 '총격', '총격전' 같은 단어로 검색해 봤지만 특별한 기사는 없었다. 대신 포털 사이트 메인 화면에는 연쇄 살인범에 관한 새로운 기사가 도배돼 있었다.

[[속보] 서광구 연쇄 살인 용의자 DNA, 범죄자 DB에 일치자 없어 수사 다시 원점….]

"서울 도로 한복판에서 총격전이 일어났는데 아무 기사가 없다고? 꿈이 아니었는데."

노트북까지 켜서 인터넷 창을 뒤졌지만 비슷한 제목조차 없었다. 마침 왜 이렇게 연락이 없냐며 보영에게 메시지가 와서, 답을 보냈더니 바로 전화가 걸려 왔다.

"어, 뽀영."

- 신기한 일이 뭔데. 얼른 말해 봐.

"말하자면 길어. 너 또 안 믿을걸?"

- 뭔데 그래. 뭔데.

그때 현관 벨이 울렸다. 끊겼던 벨 소리가 다시 울려서 하진은 서둘러 현관으로 나갔다.

"택배 올 것도 없는데. 누가 왔나 봐. 잠깐만."

- 야 윤 실장 왔다. 나 들어가 봐야 해. 메시지 남겨. 꼭!

전화를 끊으며 생각해 보니 오늘 지민이 오기로 했었는데 까맣게 잊고 있었다. 인터폰 화면에 자수로 'A'가 새겨진 검은 모자가 보였다. 지민이 가끔 머리를 못 감았을 때 쓰고 출근하던 모자였다.

"왔어?"

반갑게 문을 열었더니, 지민이 아닌 윗집 남자가 묵직한 가방을 한쪽 어깨에 메고 서 있었다.

"안녕하세요. 어쩐 일로…."

"누가 오기로 했나 봐요."

그가 현관 안으로 발을 들여놓자, 하진이 본능적으로 뒤로 물러났다.

"누구? 지민이?"

당황한 하진의 얼굴에서 웃음기가 가셨다. 그의 뒤에서 철컥 문이 닫히는 소리에 소름이 등줄기를 타고 올라왔다. 무섭게 굳은 얼굴의 남자가 하진의 옷을 거칠게 거머쥐며 읊조렸다.

"씨발… 내가 너 때문에 얼마나 삽질한 줄 알아?"

"왜, 왜 이러세요…."

벽까지 밀려난 하진이 벗어나려고 발버둥 쳐 봤지만 소용없었다. 생각해 보니 그가 위층에 산다는 것 말고는 아는 게 없었다. 깊은 공포가 온몸으로 퍼져 나갔다.

"누구…."

하진이 간신히 한마디를 내뱉자, 얼굴을 가까이 들이민 남자가 눈알을 사납게 굴렸다.

"나? 당신 이웃이잖아. 아, 지민이 남친이라고 소개해야 하나? 얘기 많이 들었지?"

그가 정말 지민의 남자 친구라고 해도 이렇게까지 행동하는 이유를 알 수 없었다.

"뭘 잘못했는지 모르겠다는 얼굴이네. 역시 너희들은 이게 문제야."

남자가 씩씩거리며 하진의 머리채를 잡아끌었다. 방으로 간 그가 눈을 희번덕거리며 주변을 살펴더니 하진의 가방을 뒤집어 안에 있던 물건들을 모두 쏟아 냈다. 그리고 바닥에 나뒹구는 물건 중 립스틱을 집어 들고는 으박질렀다.

"이거 때문에 내 계획이 얼마나 꼬였는지 알아? 지금쯤 난 다른 구역에 있어야 한다고 이 재수 없는 년아!"

남자가 하진을 바닥으로 내팽개쳤다. 일단 도망쳐야겠다는 생각에 재빨리 방문까지 기었지만 더 빨리 움직인 그가 문 앞에서 버티며 그녀를 내려다봤다.

"뭐 하냐, 너?"

섬뜩한 눈을 마주 보자, 하진의 동공이 심하게 흔들리며 이명까지 들렸다. 몸이 얼어붙어서 꼼짝도 할 수가 없었다.

집으로 가던 길, 태민은 하진과 함께 중간 지대에서 있던 시간을 떠올렸다. 간단히 기억을 지우면 될걸 왜 일일이 설명해 주고 있었는지. 결국 기억도 지우지 않고 왔다는 생각에 실소가 터져 나왔다. 예쁘게 눈을 접어 웃던 그녀의 모습을 생각하던 태민이 인상을 썼다. 또 허리까지 닿는 긴 머리의 여자가 하진의 모습과 겹쳐 떠올랐기 때문이다.

"대체 왜 이러지."

끼익. 태민은 다시 차를 돌려 중간 지대로 향했다. 일단 복잡하게 꼬인 상황을 풀어야 했다. 균형자 시스템에 접속이 되지 않는 걸 보니, 이럴 때 함부로 회사에 가는 건 위험하다는 판단이 섰다. 재영과 현승은 관리부에 붙잡혔을 가능성이 컸다. 잘못하면 이대로 태민까지 균형자 자격을 박탈당하거나, 남은 시간을 빼앗길 수도 있었다. 다른 구역에 시간이 없는 그에게 이곳의 시간을 뺏긴다는 건 완전한 죽음을 의미했다. 그 전에 반드시 어떻게 된 일인지 알아내야 한다.

중간 지대에 도착하자마자 태민은 반대편 입구로 가서 벽면을 터치했다. 스크린에 구역 번호 '2'를 입력한 후 시계를 갖다 대니 문이 열렸다. 바로 이어진 2구역 중간 지대에서 흰색 지프로 갈아타고 늘 가던 해바라기 꽃집으로 향했다.

"어서 오세요."

회색 간판을 지나 허름한 꽃집에 들어서니, 태민을 총각이라 부르며 반겨 주던 아주머니 대신 처음 보는 여자가 서 있었다.

"안녕하세요. 해바라기를 사려고 하는데요."

"몇 송이가 필요하신가요? 색은요?"

"주황색 한 송이요."

여자가 꽃을 찾으러 가는 척하며 태민의 주위를 한 바퀴 돌았다. 예리한 눈으로 그를 주시하고 있다는 게 느껴졌다. 태민은 별 동요 없이 매장 안을 둘러봤다. 여자가 꽃이 가득 꽂혀 있는 통에서 해바라기를 세 송이 꺼내 들고 태민 앞으로 다가왔다.

"마음에 드는 걸로 고르세요."

한 송이를 집자 여자가 그제야 경계하는 표정을 풀었다. '주황색 해바라기 한 송이'는 꽃을 찾는 일반 손님과 다른 구역에서 온 균형자를 구분하는 일종의 암호였다.

여자를 따라 좁은 복도로 들어가니, 새로 단 리넨 커튼 뒤에 매번 보던 철문이 나왔다. 여자가 앞치마 주머니에서 꽃가위를 꺼내 대자, 보안이 해제되며 문이 열렸다. 안은 아저씨가 지내는 작은 방으로 이어졌다.

덥수룩한 수염에 흰 러닝셔츠 차림의 아저씨가 태민을 보고 환히 웃었다. 그는 분재 화분의 가지를 정리하고 있던 모양이었다.

"아저씨, 잘 계셨어요?"

"오랜만이구나. 연락도 없이 무슨 일인 게냐?"

보통 꽃집을 방문할 때는 미리 연락하고 오는 터라 그가 의아한 듯 물었다.

"급하게 상의드릴 게 있어서요."

"우선 앉아라."

신발을 벗고 방으로 올라간 태민은 최근 있었던 일을 그에게 모두 설명했다. 2월에 온 정산 오류 메일을 시작으로 그 뒤로 같은 메일이 또 왔고, 최근에는 경고까지 받은 것. 어제는 식당 앞에서 팀원 두 명이 사라진 뒤 의문의 무리에게 추격당했고, 지금은 균형자 프로그램에도 접속되지 않는다는 얘기까지. 눈을 가늘게 뜨고 듣던 아저씨가 마른침을 삼키며 안경을 고쳐 썼다.

"그래서 아무것도 검색할 수가 없는데, 사람을 알아봐 주실 수 있을까요?"

"그래, 거기에 적고 가면 내 알아보고 바로 연락해 주마."

노트에 세 명의 이름과 고유 번호를 적었다. 김재영, 차현승, 그리고 김하진.

"매번 감사합니다. 근데 아주머니는 어디 가셨어요?"

태민의 물음에 아저씨가 그늘진 얼굴로 천천히 입을 열었다.

"집사람이 좀 아파."

마른세수를 한 그가 고개를 돌려 벽에 난 작은 창을 응시했다.

"죄송합니다. 정신없으실 텐데 이런 부탁까지 드려서…."

"아니다. 다른 사람도 아니고 넌데 당연히 도와야지."

젊었을 때 템푸스의 협력 업체에서 일했다던 그는 지금도 전 구역의 정보망에 접속할 수 있었다. 그래서 도움이 필요할 때 찾아가긴 했지만, 사실 태민은 어떻게 그를 알게 됐는지 기억하지 못했다. 아마 기억을 잃기 전에 만났을 거라고 추측할 뿐이었다.

"정보는 확인해서 보낼 테니 일단 잘 피해 있거라."

"네, 그럼 가 보겠습니다."

다시 가게로 나오니, 젊은 여자가 포장해 둔 해바라기를 태민에게 건넸다.

"여기, 주문하신 해바라기요."

태민이 꽃을 힐긋 보고 값을 치르자, 여자가 장부를 적었다. 태민은 회색빛으로 보이는 이 해바라기가 이번에도 주황색이 아닐 거라고 짐작했다. 다른 구역에서 온 사람은 색을 구별하지 못하니, 아저씨는 타 구역에서 온 균형자를 이렇게 식별한다고 했었다.

가게를 나오니 갑자기 비가 쏟아졌다. 빗줄기가 굵어서 차를 세워 둔 곳까지 가는 잠깐 사이 옷이 다 젖었다. 먹구름이 빠르게 몰려오며 어두운 하늘을 까맣게 덮었다.

🕐

하진이 까무룩 정신을 잃었다 깨어 보니 입에 테이프가 붙어 있고, 손발도 묶여 있었다. 몸을 일으키려고 버둥거리니, 책상에 앉아 있던 남자가 고개를 돌렸다.

"깼어?"

그가 입매를 길게 늘이고는 지민의 립스틱을 흔들었다.

"그러니까 왜 남의 일에 껴들고 지랄이야. 이깟 거 찾아 준다고 설치다가 죽게 생겼잖아."

하진이 그를 노려보자 짐짓 안타까운 표정을 하던 얼굴이 싹 변했다.

"아니다. 넌 어차피 내가 죽이려고 했었지."

낄낄 웃는 남자의 검붉은 눈이 광기를 뿜고 있었다. 이렇게까지 된 이유는 모르겠지만, 위험한 상황에 처했다는 건 분명했다. 하진의 눈가가 파르르 떨려 왔다.

"내가 왜 이러는지 알려 줄까? 네가 나 쳐 놓고 제대로 사과도 안 했잖아. 내가 기껏 맞춰 놓은 책들도 흩트려 놓고."

소리를 죽이며 섬뜩하게 웃던 남자가 타이르는 듯한 목소리로 말했다. 책이라니? 언제 그를 마주친 건지 기억이 나지 않았다. 멍한 표정을 읽었는지 그가 설명을 덧붙였다.

"그러고 실실 웃었지. 너 그때 나 무시했지?"

남자가 불같이 화를 내며 소리를 질렀다.

"너같이 예의 없는 것들은 죽어야지!"

집 앞에서 마주칠 때마다 싱긋 웃던 남자의 미소가 어쩐지 꺼림칙하던 게 이런 이유인가 싶었다. 그를 잘 모를 때는 그저 눈이 꽤 크고 반짝이는 사람이라 생각했는데, 이제 보니 살기가 가득했다.

남자가 다시 기분이 좋아진 듯 콧노래를 흥얼거리며 가방에서 칼을 꺼냈다.

"지난번에 이 말을 깜빡했네. 내가 왜 이사 왔게? 너 죽이려고. 가까이 살면 편하잖아."

하진은 얼굴에서 핏기가 가시는 느낌이 들었다. 남자의 쇳소리 섞인 웃음소리가 끔찍했다.

"어떻게 죽여 줄까? 지민이랑 똑같이?"

'지민'의 이름을 들었더니 두려움으로 가득했던 마음에 분노가 일었다. 나쁜 놈, 지민일 죽였어? 그녀가 테이프로 막힌 입으로 악을 쓰자, 남자가 귀에 손을 대고 듣는 시늉을 했다.

"뭐? 지민이 어딨느냐고? 글쎄, 지금쯤 죽었을 것 같은데."

하진이 계속 소리를 지르자, 남자가 얼굴을 찡그리더니 다가와서 머리채를 잡아 올렸다.

"시끄러워. 여기가 방음이 잘 안 되거든? 지민이는 착하고 예뻐서 죽일 생각이 없었어. 정말이야. 근데 자꾸 참견하잖아. 너도 그렇고 하여튼 주제도 모르고 오지랖들은."

하진이 남자를 경멸하는 눈으로 노려봤다. 일인극이라도 하듯 시시각각 변하는 그를 보고 있자니, 이 상황도 비현실적으로 느껴졌다. 차라리 악몽이었으면….

남자가 조용해진 그녀를 내동댕이치고는 책상으로 돌아갔다. 살인마인 줄도 모르고 좋은 사람을 만났다며 행복해하던 지민을 생각하니 눈물이 나면서, 한편으로는 너무 무서워 숨이 잘 쉬어지지 않았다.

시간이 얼마나 지났을까. 남자가 전화를 받으러 나가면서 하진에게 지켜보고 있다는 의미로 사납게 눈을 굴렸다. 달칵, 문이 닫히는 소리에 하진이 간신히 호흡을 골랐다. 이제 어떻게 해야 하는 거지? 이렇게 죽는 건가…. 경찰에 신고하려고 해도 남자가 하진의 휴대폰을 가져가 버렸고, 손발에 묶인 끈을 자를 만한 도구도 보이지 않았다. 책상 위에나 칼이 있을 텐데, 남자가 언제 돌아올지 몰라 섣불리 움직일 수가 없었다.

"흑…."

꿈이라면 빨리 깨게 해 주세요. 저 제대로 살게요. 제발요. 절망감에 고개를 떨군 순간 침대 밑으로 들어간 열쇠고리가 보였다. 아까 남자가 가방을 쏟을 때 떨어진 듯했다. 재영이 준 고리에는 비상 키와 작은 잭나이프가 달려 있었다. 하진이 몸을 움직여 손을 뻗었지만, 고리는 손에 닿을 듯 닿지 않았다. 조금만 더, 제발…. 드디어 고리에 손가락이 닿았을 때, 남자가 방문을 확 열어젖혔다. 하진은 너무 놀라 속이 울렁거렸지만 내색하지 않았다.

"이제 소리 안 지르는 거 보니까 체념했구나? 잘 생각했어. 네가 할 수 있는 게 뭐가 있겠어. 그동안 오지랖 떨면서 도와준 사람들은 다 어디 갔대?"

남자가 안타까운 표정을 지으며 그녀를 조롱할 때, 등 뒤로 고리를 조금씩 당겨 냈다. 식은땀으로 이마가 젖어 들었다.

"마지막으로 어떻게 죽을지 고르게 해 줄까? 그동안 지민이한테 잘해 줬잖아."

남자가 검은 가방에서 낫과 망치 같은 둔기를 꺼내 바닥 위에 차례로 올렸다. 피가 묻은 렌치 하나가 삐죽 튀어나오자 그가 신경질적으로 열을 맞췄다. 비릿한 피 냄새가 공기 중으로 퍼지자 구역질이 올라왔다.

"자, 골라 봐. 어떤 게 좋겠어? 이거? 아니면 이거? 그래, 이게 타격감이 좋긴 하지."

그가 혼자 묻고 답하더니 가운데에 놓인 쇠망치를 들었다. 남자가 가까이에서 망치를 위협하듯 휘두르자, 하진은 질끈 눈을 감아 버렸다.

"크하하, 이 순간이 제일 신나."

고개를 넘겨 얼굴이 새빨개질 정도로 웃어 젖히던 남자가 갑자기 배를 움켜쥐었다.

"씨발, 타이밍하고는. 화장실 다녀올 테니까 허튼짓하지 말고 있어."

남자는 경고의 의미로 하진의 앞에 망치를 세워 두고 나갔다.

'지금이다.'

그사이를 틈타, 하진은 침대 밑으로 최대한 팔을 뻗었다. 손목에 묶인 노끈이 살을 파고들며 옥죄어 왔다. 몇 번의 시도 끝에 드디어 고리가 손에 완전히 들어왔다. 아…. 신음을 삼키며 고리를 더듬어 칼을 빼냈다. 방문에 시선을 고정한 채 몸을 최대한 뒤로 늘려서 발목에 묶인 끈에 칼날을 비볐다. 작고 무딘 칼로 두꺼운 노끈을 자르려니 생각보다 시간이 걸렸다. 언제 남자가 다시 올지 몰라 긴장한 손바닥이 흥건해졌다.

툭. 마침내 줄이 끊어지는 소리가 났다. 하진은 발목이 보이지 않도록 다리를 접은 채로 손목의 끈도 자르기 시작했다. 하지만 양 손목이 바짝 붙어 있어서 끈에 칼을 갖다 대는 것조차 어려웠다. 갑자기 죽을 생각을 하니 눈앞이 흐려졌다. 사랑하는 사람들의 얼굴이 차례로 떠오르고, 마지막으로 태민이 중간 지대에서 했던 말이 생각났다.

「다른 구역에 가면 색을 구별하지 못해. 거긴 내 삶이 아니니까. 하진아, 주인 없는 삶은 아무 색이 없어. 넌 너의 삶을 살아.」

나 아직 못 한 게 많은데…. 울음이 터져 손에 힘이 잘 들어가지 않았다. 정신 차려야 해. 지금 울고 있을 때가 아니야. 하진이 눈물을 꾹 삼켜 내며 마음을 다잡았다.

다시 손목에 묶인 끈을 끊고 있는데, 화장실 문이 열리며 남자가 성큼성큼 방으로 걸어 들어왔다. 눈앞에 보이는 검은 바짓단에 심장이 땅속까지 곤두박질치는 느낌이었다. 멈칫하는 그녀를 보고 남자가 흥미롭다는 듯 앞을 서성였다. 억지로 눈물을 참았더니 손끝이 간지러웠다.

"이야, 뭔 짓을 하느라 이렇게 땀이 났대?"

"…."

실실거리며 웃는 얼굴이 역겨웠다. 하진은 남자가 뒤를 볼 수 없도록 침대에 등을 바짝 붙였다. 아무 반응이 없으니 약이 올랐는지, 그가 손등으로 하진의 뺨을 후려쳤다. 고개가 훅 돌아가며 얼굴이 화끈거렸지만, 아무 소리도 낼 수 없었다. 무언가에 긁혔는지 눈 아래쪽이 시리더니 욱신거리며 열이 올라왔다.

"뭐 했어? 내가 수작 부리지 말라고 했지? 네년은 그냥 지금 처리해야겠다."

지독한 무력감이 온몸을 뒤덮으며 눈물이 쏟아졌다. 하진은 정신을 차리려고 등 뒤에서 양손을 꽉 말아 쥐었다. 발목에 묶인 끈은 끊어 냈으니 이대로 일어나서 달려들어 볼까. 발끝을 세우며 그를 주시했다. 셋 하면 일어나는 거야. 하나, 둘⋯.

띵동, 띵동. 그때 하진의 집 현관 벨이 울렸다. 당황한 남자가 자세를 낮추며 물었다.

"너 누구 불렀어?"

그녀가 눈물범벅이 된 얼굴을 젓자, 눈을 희번덕대며 남자가 으름장을 놨다.

"조용히 있어. 찍소리 내면 바로 죽는 거야."

띵동, 띵동. 띵동, 띵동, 띵동. 남자가 망치를 고쳐 들고 상황을 살피는 동안에도 다급한 현관 벨 소리가 계속 울렸다.

"우체국입니다. 아무도 안 계신가요?"

밖에서 들리는 우렁찬 음성에 창훈이 안심한 듯 망치를 살며시 바닥에 내려놨다. 인터폰 화면을 보니, 우체국 조끼를 입은 남자가 상자를 들고 서 있었다.

"거기 두고 가세요."

"등기 소포라 직접 수령하고 사인을 해 주셔야 합니다."

창훈이 인터폰에 대고 말하자 목소리가 돌아왔다.

"에이씨, 귀찮게."

얼굴이 보이지 않도록 모자를 눌러쓴 그가 문을 조금 열었더니 사람 좋은 웃음을 지으며 집배원이 말했다.

"죄송합니다. 오늘도 못 받으시면 반송이라. 여기 사인 좀 해 주십시오."

서명하고 상자를 받으려고 했더니, 문틈이 좁아서 받을 수가 없었다. 세로로 넣으면 될 걸 멍청한 집배원이 가로로 상자를 든 채 멀뚱거리고 있었다. 창훈이 턱을 꽉 물고 말했다.

"방향을 돌려서 넣어요."

어리숙하게 생긴 집배원이 이번에는 너비가 넓은 쪽으로 상자를 돌리더니 도저히 들어가질 않는다며 중얼거렸다. 창훈이 낮게 욕지거리를 뱉으며 신경질적으로 문을 열어 젖혔다.

남자는 한참이나 돌아오지 않았다. 조금 전까지 누군가와 말을 주고받는 것 같더니, 밖이 쥐 죽은 듯 조용해졌다. 소리라도 질러야 하나 고민하던 하진은 쥐고 있던 칼날로 반복해서 손목의 끈을 문질렀다. 죽을힘을 다하니 노끈이 조금씩 뜯겨 나가며 드디어 희망이 보이는 것 같았다. 돌아보니 끈이 끊어지기 직전이었다. 됐다, 조금만 더.

그때 우악스럽게 방문이 열리며 검은 바짓단이 저벅저벅 하진의 코앞까지 뛰어 들어왔다. 그녀가 공포에 질린 눈을 올리니 앞에 재영이 서 있었다. 아까 그 남자를 재영으로 착각하는 건가 싶어 하진은 눈을 몇 번이나 감았다 떴다.

"하진아, 괜찮아?"

재영의 목소리가 들리자 참고 있던 눈물이 쏟아졌다. 재영이 얼른 그녀의 입에 붙어 있던 테이프를 떼어 내고, 손목의 끈도 풀어 주었다. 하진이 울먹이며 물었다.

"…오빠가 여긴 어떻게 왔어요?"

"휴… 많이 놀랐지? 더 늦었으면 큰일 날 뻔했네."

"그 사람은요?"

"밖에 묶어 놨어. 나쁜 놈, 저거 연쇄 살인범이더라고. 일단 나가자."

다리에 힘이 풀려 푹 주저앉는 하진을 재영이 얼른 붙잡았다.

"걸을 수 있겠어?"

하진이 천천히 고개를 끄덕였다. 다행이라는 생각이 들면서도, 지민을 떠올리니 울음이 새어 나왔다. 하도 소리를 질러서 다 쉰 목소리로 그녀가 말했다.

"저 사람이 지민이를 죽였나 봐요. 우리 지민이 불쌍해서 어떡해요…. 흐윽."

"우선 여기 수습부터 하자."

윗집 남자는 얼굴이 터진 채 거실 바닥에 쓰러져 있었다. 그가 정신을 차렸을 때 지민의 행방을 물었지만, 그는 실실 웃음만 흘릴 뿐이었다. 재영이 똑바로 말하라고 을러대자, 그제야 어느 공사장에 지민을 버리고 왔다고 실토했다.

재영이 경찰에 신고한 뒤에 하진은 그의 차를 타고 공사장으로 함께 움직였다. 시공사가 파산하면서 몇 년 전 준공이 중단된 부지는 해가 지니 더 음산한 기운을 내뿜었다. 검붉은 글씨가 인쇄된 현수막은 찢어진 채 바람에 펄럭였고, 깨진 유리 조각과 폐자재들이 바닥에 나뒹굴었다.

"입구가 막혀 있어요."

하진이 출입문 손잡이에 여러 번 감겨 있는 쇠사슬을 흔들며 말했다.

"저쪽부터 가 보자."

재영이 공사 쓰레기가 널브러진 뒤쪽 공터를 가리켰다. 안쪽으로 걸어가니 구석에 다 쓰러져 가는 비닐 천막이 있었다.

"어!"

하진이 입구에 떨어진 꽁초를 가리켰다. 불이 덜 꺼져서 가는 연기가 피어오르고 있었다.

"좀 전까지 누가 있었나 봐."

재영이 속삭이면서 하진을 제 뒤로 보내고 몸을 낮췄다. 천막 안으로 들어갔더니 녹슨 철제 의자와 바닥에 떨어진 옷이 보였다. 까만 바람막이에는 군데군데 피가 묻어 있었다. 밧줄이 풀어져 있는 걸 봐서는 지민이 탈출했거나, 누군가 지민을 데리고 간 듯했다. 혹여나 시체라도 보게 될까 봐 마음을 졸이던 하진은 허탈감과 안도감을 동시에 느꼈다.

천막에서 나와 주변을 살피던 하진이 재영에게 물었다.

"참, 현승 오빠는요? 같이 있었어요?"

"아니? 현승이는 왜?"

하진이 어제 있었던 추격전 얘기를 하자, 재영이 눈을 크게 뜨며 침을 삼켰다.

"난 급한 일이 있어서 먼저 간다고 현승이한테 얘기하고 나왔는데, 현승이가 없었다고?"

"네, 휴대폰을 떨어트리고 갔는데 걸려 오는 전화도 없었어요."

재영이 심각한 얼굴로 통화를 하고 오겠다며 한쪽 구석으로 뛰어갔다. 충격 때문인지 갑자기 극심한 두통이 몰려와 하진이 인상을 쓰며 관자놀이를 문질렀다. 열감 있는 머리가 맥박이 뛰는 대로 울렸다. 그녀가 바닥에 쭈그리고 앉아 머리를 감쌌다.

"내가 연쇄 살인범을 만나다니…."

집에 전화라도 하려다 괜히 걱정만 끼칠 것 같아 화면을 껐다. 녹슨 못, 찢어진 비닐이 나뒹구는 바닥을 멍하니 보는데, 불현듯 아까 재영이 어떻게 알고 구해 줬을까 하는 생각이 들었다. 그것도 집배원으로 위장까지 하고서. 순간 털이 쭈뼛쭈뼛 곤두섰다.

멀리서 통화하는 재영을 쳐다보니, 조금만 기다려 달라는 듯 손을 흔들었다. 설마…. 저렇게 선한 얼굴을 하고 그럴 리가 없어. 하지만 점잖게 웃으며 인사하던 윗집 남자는 연쇄 살인범이었잖아. 그가 눈을 희번덕거리며 망치를 휘두르던 모습이 떠올라 고개를 흔들었다. 사람만큼 이토록 무서운 존재가 또 있을까…. 이렇게 막막한 순간에 가장 먼저 떠오르는 사람은 의외로 태민이었다.

[지금 어디야? 재영이랑 같이 있어?]

때마침 그에게서 메시지가 오자, 하진은 재영에게 한 번씩 시선을 두며 답을 입력했다.

[네, 같이 있어요. 어제부터 뭐가 뭔지…. 이제 다 무서워요.]

지도에서 위치를 첨부해 답장을 보냈지만, 태민은 메시지를 읽고 답이 없었다. 정말 내가 무슨 범죄에 연루된 건가? 알고 보니 태민부터 재영, 현승까지 모두 한통속인 건가. 지민은 어디에 있는 거지. 하진은 잭나이프가 달린 고리가 잘 있는지 주머니에 손을 넣어서 확인했다. 뭐가 어떻게 된 건지 알 때까지는 정신을 바짝 차려야 했다.

"많이 기다렸지? 일단, 하진이 넌 안전한 곳에 피해 있는 게 좋겠어. 어디 있을 만한 곳 있어?"

통화를 하고 온 재영의 눈빛이 꽤나 불안해 보였다. 잠깐 사이 조명이 하나도 없는 공사장이 더 깜깜해져 있었다.

잠시 후, 재영은 택시 정류장에 하진을 내려 주고는 택시가 올 때까지 기다려 줬다.

"내가 지금 꼭 만날 사람이 있어서…. 다시 연락할 테니까, 몸조심해야 해."

걱정스러운 눈으로 차에 올라타는 그녀를 본 재영은 택시가 꽤 멀어질 때까지 정류장에서 손을 흔들었다.

🕐

목적지에 도착한 재영이 불안한 눈으로 주위를 둘러봤다. 지난번에도 왔던 곳인데 이곳은 올 때마다 다른 느낌을 줬다. 바싹 마른 모래 위는 풀 한 포기 없이 황량했고, 한 번씩 불어오는 모래 섞인 바람이 뺨을 따갑게 긁고 지나갔다. 덩그러니 놓인 컨테이너 입구에는 '소로동 8'이라고 적힌 팻말이 붙어 있었다.

"…."

재영은 하얀 장막으로 덮인 컨테이너 앞에서 들어가기를 망설였다. 이제 남은 시간이 얼마 없었다. 입술을 꾹 다물고 문손잡이를 돌렸더니 안쪽에 흰 천을 두른 남자가 보였다.

"어서 오게."

재영이 고개 숙여 인사하고는 그에게 곧장 USB를 내밀었다.

"제가 남은 시간이 별로 없어서 약속보다 일찍 왔습니다."

"훌륭해. 짧은 시간에 이렇게까지 한 균형자는 없었는데. 그래, 계획한 일은 잘 끝냈나?"

남자가 질문하며 금고 비밀 번호를 눌렀다. USB가 즐비하게 꽂힌 금고 안을 재영이 흘긋 보며 대답했다.

"네, 덕분에 거의 끝났습니다. 근데 이 많은 건 다 어디에 쓰십니까?"

"삶에 미련이 남은 인간이야 널렸으니 쓰일 데가 아주 많지. 인간들은 꼭 시간이 있을 때는 제대로 쓰지도 않으면서, 지나고 나면 아쉬워하잖나."

남자가 동의를 구하는 듯 눈썹을 올렸다. 재영도 몇 달간 균형자로 활동해 본 터라 그 말이 무슨 의미인지 금방 이해했다. 아까부터 밖에서 나는 작은 소리를 의식하던 남자가 손을 들어 재영에게 악수를 청했다.

"다른 방문객이 곧 올 것 같은데 이만 작별 인사를 하지. 또 볼 수가 없어서 아쉽군."

"그동안 감사했습니다…."

"그래, 수고했네."

재영은 남자에게 정중히 인사하고 나와서 차에 올라탔다. 시동을 걸고 남은 일을 떠올렸다. 이제 오창훈만 경찰에 넘어갔는지 확인하면 모든 게 끝난다. 그 애의 얼굴을 한 번 더 볼 순 없겠지. 목소리라도 들어 볼까. 아쉬움을 삼키며 전화를 거는데, 뒷좌석에서 누군가가 재영을 기습했다.

"으억."

목덜미부터 타고 오는 전기 충격에 정신이 혼미해졌지만, 재영은 필사적으로 몸부림쳤다. 하지만 몸이 마비된 듯 말을 듣지 않았다.

– 컨테이너 안에 책상만 있고 아무도 없습니다. 어떻게 할까요?

지직거리며 남자가 든 무전기에서 소리가 흘러나왔다.

"관리부입니다. 당신은 불법으로 구역을 이동한 혐의로 체포됩니다. 이 시간부로 균형자 자격이 박탈되고 더 이상…."

한 번 더 충격이 가해지자, 수갑을 채운 남자의 고압적인 목소리가 점점 멀어졌다. 의식이 점점 흐려지며 앞이 희미해졌다. 그때 바닥에 떨어진 휴대폰에서 작은 소리가 들려왔다.

– 여보세요? 재영 오빠?

"안 돼. 하, 하진⋯."

3구역으로 돌아온 태민은 뒤늦게 재영의 메시지를 확인했다.

[형님, 부탁 하나 할게요. 하진이 집에 가면 연쇄 살인범이 묶여 있는데, 경찰에 넘겨줘요. 하진이는 안전하니까 걱정하지 말고요.]

메시지와 함께 주소가 찍혀 있었다. 난데없이 연쇄 살인범이라니? 재영에게 바로 전화를 걸었지만 받지 않았다. 그때 휴대폰에 메일이 도착했다는 알림이 떴다.

〈발신: 해바라기 꽃집〉

〈수신: 태민〉

제목: 주문 내역 회신

태민아, 확인 결과 간단히 보낸다.

- 김재영: 2구역 7개월 전 사망(사인_자살), 3구역 균형자(데이터 미상)
- 차현승: 3구역 균형자, 5구역 7개월 전 사망(사인_자살)
- 김하진: 2구역 8개월 전 사망(사인_학대), 1, 3, 6구역 생존
  * 특이 사항: 양부모(장현우, 양미영): 학대치사죄로 재판 예정
    친부모(김재영, 박아름): 둘 다 사망

메일을 몇 번이나 읽었지만, 표면적으로 드러난 건 2구역에서 재영이 하진의 아버지라는 사실 하나였다. 하지만 이게 3구역이랑 무슨 상관이 있는 거지? 태민이 지갑에서 '2'가 쓰인 유심 칩을 꺼내 휴대폰에 꽂고 꽃집으로 전화를 걸었다.

"아저씨, 저예요."

- 그래, 메일 봤지?

"네, 2구역 김하진의 친부모는 언제 사망한 거죠?"

- 김하진이 두 살 때 학대로 사망하고 얼마 지나지 않아서 친부인 김재영도 죽었어. 친모는 아이를 낳으면서 죽은 것 같고.

"그렇군요. 다른 특이 사항은요?"

태민의 물음에 잠시 조용하더니 그가 답했다.

- 관리부에 있는 지인한테 알아봤더니 이상한 게 있더구나. 3구역에는 김재영이라는 이름으로 남은 시간이 없대.

그 말에 태민이 미간을 찌푸렸다.

"그게 무슨 뜻이죠? 방금까지 재영이랑 연락도 했는데."

- 김재영은 2구역에 시간이 아직 남아 있고, 다른 구역에서는 시간이 회수된 기록이 없다는 거야.

"3구역에서 시간이 회수되지 않은 건 균형자가 됐기 때문 아닐까요?"

- 균형자가 되더라도 전체 구역의 시간이 회수되고 활동할 구역의 시간만 새로 부여되어야 하거든. 이 친구도 더 자세한 건 알려 줄 수 없다면서, 기록이 이상하다고만 하더구나.

태민이 휴대폰에서 스피커폰을 켜고는 수첩에 관계도와 몇 가지 메모를 남겼다.

"그럼 다른 구역에 시간이 남아 있다는 건가요?"

- 아니, 그 반대야. 다른 구역은 처음부터 아예 시간이 없었던 거지. 그리고 내일 2구역에 여행이 잡혀 있어.

"…여행이요?"

방금 들은 여행이 그 '여행'이 맞는지 생각하느라 잠시 말을 할 수 없었다. 태민이 무겁게 눈꺼풀을 비비는데, 아저씨가 그를 불렀다.

- 태민아, 한 구역에서 자살하면 다른 구역의 시간도 모두 끝난다는 건 잘 알고 있지?

"그렇죠. 갑자기 사고가 나거나, 병이 나서 죽기도 하고 그러잖아요."

- 그래, 그게 바로 균형자가 될 수 있는 기본 요건이야. 스스로 목숨을 끊었지만, 다른 구역에는 시간이 남아 있어야 하지.

"그런데 재영이는 다른 구역에 시간이 없었으니, 애초에 균형자가 될 수 없었던 거네요?"

- 그렇지. 알아볼수록 이 일에 생각보다 더 많은 게 연관된 것 같구나.

눈앞이 아득해졌다. 그렇다면 그동안 3구역에서 함께 일한 재영은 누구란 말인가. 그때 문득 그의 손목시계만 유독 자주 인증 오류가 났던 게 떠올랐다. 재영은 정산 자료를 분류할 때도 종종 색을 구분하지 못했다.

「저 파란색 파일 좀 줘.」

「이거요?」

「아니, 그건 노란색이고. 그 옆에.」

그렇다면 재영은 2구역에서 3구역으로 넘어온 것이었다. 하지만 이게 어떻게 가능하지? 확실한 건 그를 만나 봐야 알 수 있을 텐데 여행이 잡혀 있다니.

"혹시 2구역 여행 정보에 사인도 나오나요?"

- 아니, 사인이 미정인 걸 보니 사고사나 병사는 아니라는 거고. 잘은 모르겠지만 그가 심각한 위반 사항을 저질렀는지도 모르겠다. 같이 균형자로 일했다고 했지? 너도 관련이 있다고 여겨져서 쫓기고 있는 것 같구나. 몸조심하도록 해.

통화를 마치고 나니 재영이 걱정됐다. 유일하게 시간이 남아 있는 2구역에서 여행이 예정되어 있다는 건, 그가 곧 완전히 죽는다는 의미였다. 태민은 우선 현승이라도 만나 보려고 태블릿에 받아 놓은 인사 파일을 뒤져 그의 집 주소를 찾았다.

띵동, 띵동. 몇 번의 초인종이 울린 끝에 현승이 문밖으로 고개를 내밀었다. 막 자다 깬 부스스한 머리에 잠옷 차림의 그가 태민을 보고 어리둥절한 표정을 지었다.

"집에 있었던 거야?"

"…죄송한데 누구시죠?"

처음에는 장난을 치나 싶었는데, 그는 정말 태민이 누군지 모르겠다는 얼굴이었다.

"나 송태민, 템푸스."

"템포 뭐요? 사람을 잘못 찾으신 것 같은데요?"

현승은 기억을 잃었고, 손목에 시계도 차고 있지 않았다. 이제 그는 균형자가 아니었다. 정확한 이유는 모르지만 아마 자격을 박탈당한 거겠지.

"죄송합니다. 주소를 착각했네요."

서둘러 주택가를 빠져나온 태민은 재영의 집으로 차를 돌렸다. 도착해서 바로 내리지 않고, 차 안에서 한동안 주변을 살폈다. 건물 근처에 수상한 사람은 없었다. 오히려 다 부서진 태민의 차를 멀리서 행인이 의심쩍은 눈으로 쳐다봤다. 조용히 계단을 오른 그는 재영의 현관 비밀 번호를 눌렀다. 0710. 재영이 이 건물로 이사 온 날 집 앞에서 마주쳐 짐 나르는 걸 도왔는데, 그때 알려 준 그대로였다.

안으로 들어서니 지난번 술에 취한 재영을 데려다 줬을 땐 신경 쓰지 않았던 것들이 눈에 들어왔다. 지금 보니 그의 집은 원래 비어 있던 곳처럼 생활한 흔적이 거의 없었다. 음식을 해 먹지 않는지 개수대가 완전히 말라 있었고, 냉장고에는 생수 두 병이 전부였다. 식당에 갈 때마다 그가 왜 그렇게도 허겁지겁 밥을 먹었는지 알 것 같았다. 재영은 낮에도 잠을 못 자는지 밤에 정산하다 자주 졸았다. 아마 집에 머무를 겨를도 없이 매일 구역 사이를 넘나들며 뭔가를 했던 것 같다.

방으로 들어간 태민은 침대 옆에 있는 서랍장을 뒤졌다. 안에는 옷가지와 작은 물건들이 뒤섞여 있었다. 꺼내 보니 신분증, 체크카드, 영수증 몇 장, 작은 곰 인형, 그리고 손바닥만 한 노트가 나왔다. 노트에는 몇몇 인물의 정보가 날린 글씨로 적혀 있었다.

"재현은 들어봤고, 창훈, 지민은 누구지?"

태민은 곧 하진의 회사 후배를 기억해 냈다. 하지만 '창훈'은 아무래도 기억이 나지 않았다. 종이를 넘겨 보니 사진이 몇 장 붙어 있었다. 갓 태어나 속싸개에 싸인 아기와 곰 인형을 들고 있는 두 살배기 여자아이의 사진이었다.

"얘가 2구역 하진인가? 닮았네."

다음은 대여섯 살 정도로 보이는 하진이 활짝 웃으며 벤치에 앉아 있는 사진이었고, 마지막에는 울고 있는 모습이 담겨 있었다.

"얘는 여기에 있는 김하진이구나. 귀엽네."

태민이 사진 속 어린 하진의 얼굴을 손가락으로 쓸었다. 돌연 해바라기 꽃집 아저씨가 말했던 '심각한 위반 사항'이 생각나서, 수첩에서 기본 원칙 중 균형자 부분을 펼쳤다.

[균형자는 절대 회수한 시간을 개인적으로 이용해서는 안 된다.]

재영이 저지를 만한 위반 사항은 이것뿐인데. 대체 회수한 시간을 어디에 쓴 걸까? 균형자와 불법 거래를 일삼는 블랙리스트 기업과 손이라도 잡은 건가. 하지만 시간을 몰수당한다면 어떤 보상을 받든 의미가 없는데, 왜?

그때 수첩 사이에서 종잇조각이 바닥으로 떨어졌다. 주워 보니

'기본 원칙'이 적혀 있고, 한쪽 귀퉁이 부분이 찢겨 있었다. 예전에 하진에게서 수첩을 대신 찾아왔을 때 함께 받은 종이였다. 그때는 별 신경 쓰지 않았는데, 오늘은 뒷면에 휘갈겨 적힌 전화번호가 눈에 들어왔다. 왠지 이 번호가 온통 뒤엉켜 있는 이 상황을 풀어 줄 거라는 느낌이 강하게 들었다. 곧바로 전화를 걸었더니 없는 번호라는 안내가 떴다. 태민이 2구역과 호환되는 유심 칩을 끼웠더니 몇 번의 신호음 끝에 통화가 연결됐다.

- 네.

낮게 울리는 남자의 목소리를 듣는 순간 태민은 그가 문제의 실마리라는 걸 직감했다. 그는 일부러 자신을 재영이라 소개했다.

- 김재영? 잠시만.

'삐'하는 날카로운 전자음이 나오더니 한참 아무 소리도 없었다. 이대로 끊기면 안 되는데. 초조해서 마른침을 삼키는데, 곧 남자의 목소리가 들렸다.

- 그쪽 용건은 이미 끝난 걸로 알고 있는데, 무슨 일이지?

"아직 남은 게 있습니다. 만나서 얘기하죠."

- 지난번 거기서 보지. 한 시간 뒤.

"잠시만요!"

끊으려는 남자를 다급하게 붙잡았다.

"주소 좀 다시 알려 주세요. 메모해 놓은 걸 잃어버려서."

- 만정구 소로동 8번지.

이 말을 마지막으로 전화가 일방적으로 끊겼다. 태민이 방금 들었던 주소를 얼른 수첩에 적었다. 2구역과 호환되는 유심으로 통화를 했으니, 저 주소는 여기 3구역에는 없을 것이다. 휴대폰에서 주소를 검색하니 역시나 만정구라는 지역은 없었다.

이 상황에서 태민까지 기억을 잃거나 시간을 뺏긴다면 아무 손도 쓸 수 없게 되니 서둘러야 했다. 일단 2구역으로 가서 의문의 남자를 만나 보자. 그러면 뭔가 나오겠지. 밖으로 나왔더니 습기로 젖은 하늘에 붉게 녹은 해가 뉘엿뉘엿 지고 있었다.

태민은 재영의 메시지가 마음에 걸려 2구역으로 가기 전에 먼저 하진의 집에 들렀다. 현관문이 열려 있는 걸 보고 발소리를 죽이고 들어갔지만, 안에는 아무도 없었다. 물건이 모두 쏟아져 있고 바닥에 묻은 핏자국이 복도까지 이어져 있는 게 불길한 예감이 들었다.

[재영아, 어디야? 연락 줘.]

시간이 별로 없어서 메시지를 남기고 바로 2구역으로 넘어갔다. 주소대로 찾아가니 바싹 마른 공터 위에 컨테이너 하나가 보였다. 다가가 보니 갈기갈기 찢긴 흰 장막 천이 바람에 나부끼면서 녹슨 판넬이 흉측하게 드러났다. 활짝 열린 철문에서는 끼익하며 음산한 소리가 났다.

"뭐야. 아무도 없잖아."

문을 열어 보니 안에는 책상 한 개가 엎어져 있고 아무것도 없었다. 다시 밖으로 나오는 순간 건물 뒤에 숨어 있던 소년이 달려

와서 태민을 퍽 치고 지나갔다. 그 바람에 손에 들고 있던 휴대폰과 수첩이 바닥으로 떨어졌다. 그가 돌아보니 소년은 그대로 자취를 감췄다. 인상을 쓰며 물건들을 주워 모래를 털어 내는데, 바닥에 흰 쪽지가 보였다. 주워 보니 주소가 적혀 있었다.

[만정구 한여울동 32번지 지하 2층으로.]

혹시 덫은 아닌지 의심이 들었지만 별다른 방도가 없었다. 적힌 주소로 가 보니 이번에는 전통 시장가가 나왔다. 32번지는 낡은 3층짜리 건물이었다. 1층에 생선 가게가 있어서 입구부터 비린내가 진동했고, 지하로 내려가는 통로에는 전등이 들어오지 않아 어둑했다. 태민은 휴대폰 플래시를 켜고 계단을 내려가면서 허리에 찬 총이 잘 있는지 확인했다.

지하 2층 내부는 통로보다 더 어두워서 기껏해야 물건의 형체만 알아볼 수 있을 정도였다. 멀리 놓인 테이블 위에서 타는 굵은 양초 덕에 겨우 주변이 보였다.

"어쩐지 목소리가 다르더라니."

태민이 인기척을 냈더니 전화로 들었던 굵은 저음이 공간에 퍼졌다. 가까이 다가가 보니 머리부터 온몸에 흰 천을 두른 남자가 보였다. 천 사이로 남자의 까만 눈동자와 하얗게 센 눈썹이 기묘한 대조를 이뤘다.

"그래, 남은 게 뭐지?"

"그 전에 먼저 재영이 얘기를 듣고 싶습니다. 김재영이요."

"무슨 말인지."

남자가 손바닥으로 목덜미를 쓸며 시치미를 떼자, 태민은 그가 블랙리스트와 연관이 있을 거라는 확신이 들었다.

"템푸스 알지? 이대로 감사부에 다 불기 전에 얘기해."

"그러던지. 내가 왜 당신한테 얘길 해 줘야 하지?"

빈정거리는 남자의 말에 태민이 주먹으로 테이블을 세게 내리쳤다.

"당신 때문에 재영이가 죽게 생겼잖아."

"허, 뭔가 착각하고 있나 본데, 그가 선택한 거야. 이미 죽은 목숨이었다고. 단지 남은 시간을 다른 구역에서 썼을 뿐 내가 피해를 준 건 전혀 없는데?"

남자가 더는 할 말이 없다는 듯 여유롭게 몸을 젖혀 등받이에 기댔다.

"이게 필요할 텐데."

태민이 재킷 안주머니에서 작게 접힌 종이를 꺼냈다.

"그게 뭐지?"

"USB 암호. 재영이가 집에 두고 갔던데. 받은 시간을 쓰려면 이게 있어야겠지."

태민의 말에 남자가 입매를 늘리며 의미심장한 웃음을 지었다.

"암호를 종이에 적어 놓다니, 김재영답군. 근데 잘못 넘겨짚었어. 난 시간을 받은 적이 없거든."

그 말에 태민의 눈빛이 흔들리자 남자가 호탕하게 웃음을 터뜨렸다.

"여튼 그 암호가 필요하긴 하니, 넘겨주면 김재영에 대한 얘길 해 주도록 하지."

태민이 경계를 풀지 않고 자리에 걸터앉은 채 테이블 위에 쪽지를 올려 남자 쪽으로 밀었다. 종이를 펼쳐서 확인한 남자가 뒤에 있는 철제 캐비닛에서 종이 파일을 하나 꺼냈다. 흰색 표지의 파일에는 빨간색 표찰이 붙어 있었다.

[2구역_김재영⒨, 32세]

표찰에 적힌 나이를 보니, 노안이라는 현승의 말에 얼굴이 빨개져서 빠른 연생이라 그렇다고 우기던 재영이 떠올랐다. 태민이 파일을 훑어보는 동안, 흰 천을 두른 남자는 그간 재영에게 있었던 일을 들려줬다.

🕐

3년 전 어느 날, 퇴근하고 집에 갔더니 재영의 아내가 화장실 앞에서 울먹이고 있었다.

"오빠, 나 임신했어…."

재영이 눈물을 글썽이며 아름을 와락 안았다. 결혼하고 5년 만에 생긴 귀한 아기였다. 그는 그날 세상을 다 가진 것처럼 가슴이 부풀어 잠을 설쳤다. 하지만 체구도 작고 몸이 약했던 아내에게 임신은 매일 고난의 연속이었다. 입덧이 심해서 먹는 것보다 토하는 게 더 많았고, 후기에 접어들어서는 유산 위험으로 거의 병원에서 누워 지내야 했다.

"이대로라면 산모가 위험합니다."

예정일 전에 양수가 터져서 급히 분만실로 옮겨진 아름은 출산 도중 호흡 곤란을 겪었다. 정신이 오락가락하면서도 그녀는 절대 아기를 포기할 수 없다고 했다.

"재영 씨, 우리 아가 잘 부탁해요…."

마지막까지 아기를 걱정하던 그녀는 끝내 양수 색전증으로 숨졌고, 아기의 생명만 겨우 건질 수 있었다. 그렇게 어렵게 태어난 아기가 하진이었다.

재영은 아름과의 약속을 지키기 위해 최선을 다했다. 새벽부터 아기를 어린이집에 맡기고 공사장에서 막노동을 했고, 돌아와서는 밤새 우는 아이를 돌봤다. 아름이 없는 삶은 고단하고 막막했지만, 매일 다르게 커 가는 아이를 보며 보람을 느꼈다.

"바바, 빠."

"그래 우리 하진이. 아빠 불렀어?"

돌 즈음 걷기 시작한 하진은 더 귀엽고 사랑스러웠다.

어느 날 공사판 계단을 오르던 재영은 지독한 복통에 벽을 짚고 섰다. 며칠 전에도 소화가 안 되더니. 앉아서 한참 배를 문지르고 일어나려는 순간, 더 심한 통증이 몰려왔다. 정신을 잃은 재영은 응급실에 실려 갔다.

"김재영 씨 보호자 없습니까? 혈액 검사에서 황달 수치가 너무 높게 나와 CT를…."

다시 정신이 들었을 때, 재영은 췌장 쪽에서 6cm 정도 되는 악성 종양이 발견됐다는 얘기를 들었다. 결국 입원해서 MRI부터 PET 검사 등을 차례로 받았다. 재영이 없는 사이, 급한 대로 옆집 아주머니가 며칠 하진을 돌봐 주었다.

"3기입니다. 원격 전이는 아직 없지만, 혈관 침윤이 보여서 수술은 어렵고…."

결국 췌장암 판정을 받았다. 먹고사느라 보험 하나 제대로 들지 못한 그에게 병원 치료는 받는 족족 빚으로 불었다. 재영은 치료를 포기하고, 하진을 입양 보내기로 했다.

"우리 하진이 잘 부탁합니다…."

동네 교회 목사님을 통해 소개받은 부부는 신앙이 독실해 보였다. 여러 노력을 해 봤지만, 난임이라 7년째 아기가 생기지 않는다고 했다. 아기를 간절히 바라던 이들이니 잘 키워 주리라 믿고, 재영은 눈물을 삼키며 딸을 보냈다. 마지막으로 부부가 하진을 데려가던 날, 예배당 기둥 뒤에서 얼마나 울었는지 모른다.

부부가 변하기 시작한 건 하진을 입양한 지 두 달이 됐을 때였다. 수년을 노력해도 안 되던 임신이 되자, 계모는 뱃속에 있는 아기가 너무 소중해 하진을 성가시게 여겼다. 계부는 피곤하다는 핑계로 하진을 돌보지 않았고, 방치는 학대로 이어졌다.

"으에엥 으엥 에에."

"그러니까 배고프면 알아서 좀 처먹으라고!"

배가 고프다고 울면 운다고 때리고, 돌봄을 받지 못해 탈이라도 나면 자주 아프다고 때렸다. 모진 학대 속에 하진은 입양된 지 6개월 만에 세상을 떠났다. 비가 지독히 쏟아지던 날이었다. 병세가 악화되어 병원에 있던 재영은 뒤늦게 소식을 들었다. 바로 병실을 뛰쳐나갔지만, 그가 갔을 때는 이미 화장해 버린 뒤라 딸아이의 마지막도 볼 수 없었다.

"어떻게 이럴 수가 있습니까…."

계부는 아이가 갑자기 쓰러져 병원에 데리고 갔는데 의식이 돌아오지 않았다며, 지금은 하나님 품으로 잘 갔을 거라고 기계적으로 답했다. 하나밖에 없는 어린 딸의 마지막을 함께하지 못했다는 사실에 재영의 억장이 무너졌다. 건강하던 아이의 갑작스러운 죽음을 받아들일 수 없어서 병원을 찾았지만, 진료 기록조차 볼 수 없었다.

재영은 낙심한 채 터덜터덜 복도를 걸어 나오다가 우연히 간호사들의 대화를 듣게 됐다.

"이름이 하진이었나? 두 살밖에 안 된 애가 얼마나 맞았는지 온몸이 피멍이었다니까."

"자기도 봤어? 부검도 안 하겠다고 하는 거 보면 찔리는 게 있는 거지."

"딱 봐도 의심스러운데 어떻게 경찰 조사도 없이 바로 장례를 치를 수가 있지?"

뭔가 말을 더 하려던 간호사가 지나가는 재영을 힐끔 보고 목소리를 낮췄다.

"애 아빠가 '모두 품은 교회' 목사 아들이래."

"여기 앞 사거리에 있는 큰 교회?"

"그래, 거기 신도가 몇만 명이잖아."

한 손에 종이컵을 들고 온 다른 간호사가 대화에 끼어들며 말을 보탰다.

"걔 엄마는 힘들어서 입원한다더니, 아까 바이탈 체크하러 갔는데 누구랑 통화하면서 그러더라. 애가 밥도 처먹질 않고, 처음부터 마음에 안 들었다면서. 자기는 뱃속에 있는 아기만 잘 키우면 된다고."

가장 나이가 많아 보이는 간호사가 혀를 내둘렀다.

"어떻게 자식이 죽었는데 부모가 눈물 한 방울을 안 흘려."

"자기 몰랐어? 입양했다잖아."

"진짜? 천벌받는다. 그 인간들."

복도 끝에서 우뚝 멈춰 선 채 재영은 부들부들 떨리는 양손을 꽉 거머쥐었다.

비를 맞아 흠뻑 젖은 채로 집에 돌아온 그는 낡은 대문 앞에 힘없이 섰다. 문을 열면 작은 마당에서 하진이 걸음마를 하고 있을 것 같았다. '아빠빠빠' 하고 귀여운 목소리로 자기를 부르면서. 이게 다 꿈이고, 조금 있으면 사랑스러운 제 딸이 서툰 걸음으로 그에게 왔으면 했다. 하진이 더는 이 세상에 없다는 사실이 도저히 믿기지 않았다. 더 이상 살아갈 이유가 없었다.

"윽, 후…."

범벅이 된 눈물을 손등으로 닦는데, 칼로 명치를 도려내는 듯한 통증이 일었다. 눈앞이 아득해지면서 필사적으로 대문 손잡이를 붙잡았지만, 눈을 떠 보니 또다시 응급실이었다.

제대로 된 수사도 없이 순식간에 정리된 딸의 죽음. 뒤늦게 그녀가 학대받았다는 걸 입증할 방법이 없었다. 양부모는 끝까지 혐의를 부인했고, 새 생명을 위해 정성을 들인다며 매일 교회에 다녔다. 재영은 예배당 뒤에서 서로 손을 맞잡고 찬송가를 부르는 부부를 노려봤다. 뜨거운 눈물이 볼을 타고 흘렀다.

"짐승만도 못한 인간들…."

그날 재영은 결심했다. 어차피 시한부 인생이니, 마지막으로 저 둘을 죽이고 자신의 삶도 끝내기로. 마음을 먹으니 표현할 수 없는 감정들이 폭풍처럼 밀려와 그를 삼켰다. 지금 그에게 허기나 통증 같은 건 전혀 느껴지지 않았다.

당장이라도 달려들어 저들을 갈기갈기 찢어 죽이고 싶었지만, 기회는 한 번뿐일 테니 계획이 필요했다. 재영은 며칠 동안 보이지 않게 양부모를 따라다니며 동선을 파악했다.

몇 주 뒤, 드디어 그날이었다. 한 번씩 울컥 치솟던 감정이 그날은 차분하게 가라앉았다. 아침 일찍 집을 나온 재영은 철물점에 들러서 필요한 물건을 사고, 어스름한 저녁이 될 때까지 부부의 집 앞에 트럭을 대고 기다렸다. 관찰한 대로라면 오늘은 밤 10시까지 여자가 혼자 있는 날이고, 남자는 교회 일이 끝나고 밤늦게 돌아올 터였다.

"하진아… 아빠가 곧 따라갈게."

재영이 입술을 꾹 물고 딸아이의 사진을 어루만졌다. 잠시 뒤에 벌어질 상황을 떠올려 보며, 점퍼 안주머니에 넣어 둔 칼자루를 움켜쥐었다. 조용히 뒷문으로 들어가서 여자를 먼저 죽이고, 기다렸다가 남자까지 죽여야지. 마지막으로….

그때 누군가 창문을 두드렸다. 재영이 창문을 조금 열고 경계하는 눈빛으로 올려다봤다. 새까만 눈동자와 눈이 마주치자 남자가 말했다.

"저들을 죽여도 딸을 못 지킨 게 두고두고 한이 되겠군?"

낮게 울리는 목소리에 재영이 여차하면 휘두를 생각으로 칼자루를 쥔 손에 힘을 주었다.

"당신 누구야."

"뭐라고 해야 할까. 조정자라고 해 두지. 지금 저들을 죽이면 자네가 얻는 건 뭐지? 복수?"

"저런 짐승 같은 것들은 살 가치도 없어. 18개월밖에 안 된 우리 딸을 죽였다고."

재영의 눈빛이 이글거렸다. 머릿속으로는 벌써 몇 십 번을 죽인 인간들이었다.

"여기서나 죽지, 다른 구역에서는 잘 살고 있을 텐데?"

"그게 무슨 말이지?"

"이것까지 설명할 시간은 없고, 상황이 딱하니 하나만 알려 주지. 하진이라는 아이는 여기 말고 다른 구역에도 있다네."

하진의 이름이 나오자 재영이 남자를 더욱 매섭게 보며 떨리는 목소리로 외쳤다.

"당신 누구야. 무슨 꿍꿍이야!"

"그런데 안타깝게 이 아이도 죽게 생겼네. 지금 저들을 죽일 텐가, 이번에는 이 아이를 살려 보겠나?"

남자의 말에 재영의 눈이 불안하게 흔들렸지만, 애써 침착하게 되물었다.

"그 애가 내 딸도 아닌데 왜 살려야 하지?"

"이걸 보면 생각이 바뀔 수도 있겠군."

이런 반응을 예상했다는 듯, 남자가 여유롭게 사진 두 장을 내밀었다. 그가 건넨 사진에는 5살쯤 되어 보이는 여자애가 있었는데, 묘하게 하진과 닮아 보였다. 얼굴이 더 크게 나온 건 울고 있는 사진이었다. 찡그린 눈 밑에 있는 두 개의 작은 점에 재영의 시선이 꽂혔다. 딸아이의 얼굴에도 똑같은 위치에 점이 있었다.

"이래도 그 아이가 자네의 딸이 아니라고 할 수 있겠나?"

사진을 들고 있던 재영의 손이 덜덜 떨렸다.

"이거 조작한 거지? 당신 원하는 게 뭐야. 저 인간들이 시켰어?"

"내가 하는 일에 도움을 주면, 나도 자네를 돕도록 하지."

남자는 부부가 처벌받도록 하고, 원한다면 다른 구역에 있는 하진도 만나게 해 주겠다고 했다. 도박이었지만 그는 여생이 얼마 남지 않은 시한부였고, 사랑하는 아내와 자식까지 떠나보낸 판에 더 잃을 게 없었다.

"할게요. 하겠습니다."

남자의 도움으로 재영은 3구역으로 넘어왔다. 달빛이 은은히 비추던 어느 밤, 그는 문 닫은 가게 앞에 몸을 숨기고 건너편에 있는 하진을 보며 전화를 걸었다.

– 여보세요? 누구세요?

목소리를 들은 재영은 울컥 목이 막혀서 한참 뒤에야 딸의 이름을 불러볼 수 있었다.

"…하진?"

– 맞는데, 누구시죠?

"…."

누구든 생각만 해도 가슴이 찡해지는 존재가 있다. 그렇게 그리던, 꿈에서나 만날 수 있던 하진이 길 건너에 서 있었다. 이름만 불러도 눈물이 나던 그 아이가.

– 혹시 제 말이 잘 안 들리세요?

말을 하며 돌아보는 하진을 보고, 재영이 놀라서 전화를 끊어

버렸다. 재영은 식당 안으로 들어가는 그녀의 뒷모습을 말없이 지켜봤다. 어깨까지 오는 머리, 아가 때처럼 흰 피부에 반짝이는 눈이 한참 기억에 남았다. 그가 하진이 사라진 곳을 애처롭게 바라보며 말했다.

"하진이, 우리 아가. 네가 잘 컸으면… 저렇게 예쁜 아가씨가 되었겠지?"

🕐

'그래서 재영이는 연쇄 살인범이 하진이를 찾아갈 걸 알았던 건가….'

하지만 태민은 이자가 균형자를 통해 시간을 불법으로 모으고 있다는 의심을 지울 수 없었다.

"그렇다면 당신이 재영일 균형자로 만들고 시간을 빼돌렸던 거네. 그게 아니라면 당신이 대가로 받은 게 뭐지?"

"난 이미 시간이 차고 넘쳐서 필요 없어. 자, 이제 송태민 씨가 나한테 더 줄 건 없어 보이는데, 내가 왜 말해 줘야 하지?"

놀랍게도 남자는 태민의 이름을 정확하게 알고 있었다. 그의 입에서 제 이름이 불리는 순간, 태민이 긴장하며 허리춤으로 손을 가져갔다.

"다시 보게 된 것도 인연이니 하나 알려 주지. 또 잊지 않으려면 지금 내가 하는 말 잘 들어야 할 거야."

기분 나쁜 웃음이 어려 있던 남자의 눈빛이 날카롭게 바뀌었다.

"김재영 씨의 노력은 참 가상하지만 어쩌나. 인간의 운명은 그렇게 쉽게 바뀌지 않는 걸."

남자의 속내를 알아차리려고 표정을 살피던 태민의 미간이 좁아졌다.

"자네도 균형자로 일해 봐서 잘 알잖나. 아무리 노력해도 죽기로 예정된 사람을 어떻게 다시 살리겠느냐는 말이지. 허허허."

호탕한 웃음소리에 설핏 데자뷔 같은 장면이 떠올랐다. 아주 예전에도 흰색 천을 두른 남자가 제게 비슷한 말을 했었다.

「안타깝게도 이 여자도 죽게 생겼네. 어떻게 하겠나. 이 여자라도 살려 보겠나. 허허허.」

순간 하진의 얼굴이 뇌리를 스쳤다. 태민이 자리를 박차고 일어났다.

"안 돼, 안 돼!"

컴컴한 통로를 급히 빠져나오느라 한쪽에 쌓아 둔 나무 상자 모서리에 허벅지가 찢겼지만, 미친 듯이 계단을 뛰어올랐다. 하진에게 최대한 빨리 가야 한다.

차에 시동을 걸고 미친 듯이 가속 페달을 밟는데, 이상하게 자꾸 눈물이 났다.

"꼭꼭 숨어라. 머리카락 보일라."

창훈이 콧노래를 흥얼거리며 인적이 드문 비탈길을 내려갔다. 어제 우연히 경비 아저씨를 마주치지 않았다면, 아마 억울해서 미쳐 버렸을 거라며 자조적인 웃음을 흘렸다.

집배원으로 위장한 남자가 하진을 데리고 사라진 뒤, 겨우 복도까지 기어 나간 창훈을 순찰하던 경비 아저씨가 발견했다. 그의 끔찍한 몰골을 본 아저씨가 뒤로 자빠지며 물었다.

"아이고, 총각. 이게 무슨 일이야?"

"반장님… 저 좀 도와주세요. 웬 강도가 들어와서…."

"자, 잠깐만 기다려 봐."

그가 주머니에 있던 칼로 손발에 묶인 테이프를 허둥지둥 잘라 냈다. 창훈을 부축해서 경비실로 내려온 뒤, 얼굴에 소독약을 발라 주며 아저씨가 말했다.

"괜찮은 거야? 잘생긴 얼굴이 다 망가졌네."

"휴… 반장님 아니었으면 큰일 날 뻔했어요."

"공동 현관도 잠겨 있는데 강도가 어디로 들어온 거지? 아휴, 얼른 신고부터 해야겠네."

아저씨가 책상으로 가서 전화를 걸려는데, 조용히 다가온 창훈이 수화기를 내려놨다.

"신고는 제가 할게요. 범인 얼굴을 봤거든요."

"그게 낫겠구먼. 지금 바로 할텨?"

"아직 정신이 없어서요…."

"그, 그래, 일단 진정하고."

물을 따라 건네는 손이 달달 떨리는 게, 진정은 그가 더 필요해 보였다. 하얗게 질린 얼굴로 가슴을 쓸어내리던 아저씨가 마침 생각났다는 듯 창훈에게 물었다.

"근데 총각 3층에 살지 않았나? 어쩌다 2층 집에서 나와?"

순간 경비실에 정적이 흘렀다. 물을 쭉 들이켠 창훈의 입술 사이로 웃음이 새어 나왔다.

"반장님, 쓸데없이 기억력이 좋으시네."

눈이 마주친 아저씨가 어리둥절한 표정을 짓자, 창훈이 턱을 들며 미소를 지었다. 그리고 순식간에 팔을 뻗어 창턱에 있던 화분으로 그의 머리를 내려쳤다.

"억."

창훈은 기절한 경비원을 질질 끌고 다시 2층까지 올라갔다. 그가 지나간 길을 따라 남자의 머리에서 흐른 피가 묻었다. 아무 표정도 없던 창훈은 현관 입구 바닥에 떨어진 칼을 보고 눈이 뒤집혔다. 아까 방해꾼이 자신을 위협하던 것이었다.

"씨발! 씨발!"

창훈이 연달아 찔러 넣은 칼에 경비 아저씨는 소리 한번 내지 못하고 그대로 죽어 버렸다. 생각할수록 분노가 치밀어서 얼굴이 벌게진 창훈이 소리를 질렀다.

"이 죽일! 내 완벽한 계획을 이렇게 다 망쳐 놓고! 으아아악!"

그는 구역을 넘나들며 시간 회수가 필요한 생명을 빠르게 없애 주는 처리자였다. 사고로 위장할 때도 있었지만, 가장 효과적인 방법은 직접 죽이는 것이었다. 최근 그의 완벽한 일 처리가 알려지면서 창훈을 찾는 곳이 많아졌다. 그런데 이런 변수는 전혀 달갑지 않은 것이었다.

잠시 후 건물을 나온 창훈은 한결 개운한 표정이었다. 'A'가 새겨진 모자를 깊게 눌러쓰고 한 손에는 쇠망치를 들고 있었다.

"쥐새끼 같은 년, 어디 숨어들었나 찾아볼까? 꼭꼭 숨어라. 머리카락 보일라."

$$\textcircled{\small\text{🕐}}$$

장마라더니 아침부터 비가 사정없이 쏟아졌다. 하진이 밖을 내다보니 잿빛 구름이 도망가듯 빠르게 움직였고, 바닥에도 빗물이 제법 고였다.

"비가 왜 이렇게 많이 오냐. 너 진짜 괜찮겠어?"

보영이 현관에서 걱정스러운 표정으로 물었다. 하진이 힘차게 고개를 끄덕였지만, 마음 한구석에는 해소되지 않은 불안감이 기분 나쁘게 자리했다.

며칠 전 보영은 이직하고 싶다던 회사에서 서류 전형 합격 통보를 받았다. 한 달이 지나도록 아무 연락도 없길래 떨어진 줄 알았더니, 지원자가 많아 심사가 오래 걸렸다고 했다.

"나 그냥 면접 취소할까?"

"무슨 소리야. 이번에 합격하면 바로 대리로 시작해서 급여도 오른다며. 무조건 가야지."

그냥 날려 버리기엔 아까운 기회였다. 이 면접만 잘 보면 그녀가 지긋지긋해하던 지금 회사와도 안녕이었다. 하지만 보영은 하진이 눈에 밟히는지 발을 뗄 줄 몰랐다.

"늦겠다. 걱정 말고 다녀와. 문 꼭 잠그고 있을게!"

그녀를 의식한 하진이 부러 더 씩씩하게 말했다.

"냉장고에서 뭐라도 더 꺼내 먹어. 죽도 있으니까."

"알겠어. 면접 잘 보고 와!"

하진이 그녀를 힘주어 안자 한참 눈을 맞추던 보영이 집을 나섰다.

혼자 남은 하진은 불안한 마음을 떨쳐 내려고 방에서 앨범을 구경했다. 고등학교 수학여행 때 찍은 사진을 보니, 지금보다 한참 앳된 둘의 모습에 피식 웃음이 났다.

"큭, 문보영 앞머리 봐라. 이때가 참 좋았는데, 벌써 10년 전이네."

어렸을 때 하진은 항상 반에서 가장 친해진 친구가 떠나 버린다는 징크스가 있었다. 한 학기가 채 지나기도 전에 갑자기 이사를 가거나, 아예 이민을 가 버리기도 했다. 보영은 처음으로 그 징크스를 깨 준 친구이기도 했다.

[하진아, 어디야? 아직 친구 집이야?]

한참 후 침대 위에 둔 휴대폰을 들어 보니 태민에게 메시지가 와 있었다.

"어? 전화도 왔었네?"

뒤늦게 답을 하려는데, 느닷없이 큰 소리가 귀를 울렸다. 쾅쾅. 쿵쾅쾅.

"이렇게 비가 쏟아지는데 어디 공사를 하나?"

밖을 내다보려고 현관에 다가갔더니, 둔탁한 소리가 바로 문밖에서 들려왔다. 누가 문 잠금장치를 마구 쳐 대는 소리였다. 순간 심장이 최고 속도로 뛰면서 몸이 얼어 한 발짝도 움직일 수 없었다. 손이 떨려, 들고 있던 휴대폰이 바닥으로 툭 떨어졌다.

쿵쿵쿵. 쿵쿵. 소리가 더 빨라졌다. 가까스로 정신을 차린 하진은 현관문의 보조 잠금장치를 확인한 뒤 두리번거리며 숨을 곳을 찾았다. 그때 탕 소리가 나며 손잡이가 나가떨어졌다. 현관문이 확 열리다 잠금장치에 걸리자, 쇠망치를 든 남자가 문틈으로 소곤거렸다.

"김하진, 너 여기 있지? 내가 친구 년 나가는 것도 봤는데."

그놈이었다. 목소리만 들어도 다리가 후들거렸다. 하진은 바닥에서 휴대폰을 주워 들고 침실로 뛰어갔다. 방문을 걸어 잠그고 태민에게 전화를 걸었지만, 연결이 되지 않았다. 손가락이 심하게 떨려서 글자를 다 입력하기도 전에 전송 버튼이 눌려 버렸다.

[제발 도와지]

쾅. 쾅. 쾅쾅. 어느새 방문 앞까지 온 남자가 이번엔 방문 손잡이를 망치로 내려쳤다. 둔탁한 소리가 온몸을 울렸다. 하진은 양손으로 귀를 틀어막은 채 구석에서 벌벌 떨었다. 입이 바싹 마르고 숨이 잘 쉬어지지 않았다. 툭. 금세 문손잡이가 떨어졌고, 그가 신발을 신은 채 방을 가로질러 들어왔다.

"아악."

머리채를 잡힌 하진이 비명을 질렀다.

"이 쥐새끼 같은 년, 잘도 도망을 다니네? 내가 여기는 모를 줄 알았어?"

남자가 들고 있던 망치를 바닥에 던지고 하진을 벽까지 몰아세웠다. 그가 양손으로 목을 꽉 조르자 하진의 기도에는 더 이상 공기가 들어갈 공간이 없는 것 같았다. 손을 풀어 보려 했지만, 힘이 들어가지 않았다. 눈앞이 점점 흐려지고 중심을 잡기가 어려웠다.

"야, 이 나쁜 자식아!"

그때 보영이 나타나 노트북으로 남자의 머리를 후려쳤다. 남자가 비틀거리며 중심을 잃자 하진도 바닥으로 쓰러졌다. 그녀가 울면서 하진을 흔들었다.

"하진아, 괜찮아? 하진아."

그녀는 같은 건물에 사는 학생의 연락을 받고 왔다면서 하진을 부축해 거실로 나왔다. 하진은 몇 걸음 가지 못하고 바닥에 주저앉았다.

"일단 누워 있어. 내가 경찰에 신고부터… 윽."

휴대폰을 들고 있던 보영이 하진의 위로 힘없이 넘어졌다. 놀라서 눈을 떠 보니 잔뜩 화가 난 남자의 얼굴이 보였다. 그와 정면으로 눈이 마주치자 심장이 멎는 듯했다. 그의 손에는 피 묻은 칼이 들려 있었다.

보영은 엎어진 채로 통화 버튼을 누르려고 온 힘을 다해 팔을 뻗었다. 파르르 떨리는 그녀의 손에서 한 뼘 떨어진 곳에 '112'가 떠 있는 액정 화면이 보였다. 그 모습을 본 남자는 가소롭다는 듯 휴대폰을 걷어찼다.

"흐으···."

"보영아··· 보영아."

잠시 후 보영의 몸이 축 늘어지는 느낌에 하진이 애타게 이름을 불렀다. 미동도 없는 그녀에게서 나온 축축하고 따뜻한 액체가 하진의 옷을 적셨다.

"아주 쌍으로 지랄이네."

남자가 발로 밀자 보영의 몸이 하진 옆으로 툭 굴러 떨어졌다. 그의 비릿한 웃음을 보니, 하진은 처음으로 누군가를 죽이고 싶다고 생각했다.

"이제 네 차례네?"

끔찍한 목소리에 하진이 고개를 돌렸다. 가득 찬 눈물 때문에 보영의 얼굴이 뿌옇게 보였다. 남자가 하진의 위에 서서 칼을 쥔 양손을 높이 치들었을 때, 하진이 그를 똑바로 보며 간신히 일어나 다리 사이를 걷어찼다.

"허억."

앓는 소리를 내며 바닥으로 고꾸라진 그의 이마가 터질 것처럼 불거졌다. 하진이 몸을 숙여 떨어진 칼을 주운 뒤, 보영의 휴대폰을 향해 재빨리 움직였다. 잠금 화면 패턴을 그리는 손이 심하게 떨렸다. 하진은 쓰러진 보영을 한번 돌아보고 키패드에서 '119'를 눌렀다.

"여보세요? 친구가 칼에 찔렸는데 의식이 없어요. 여기가….."

통화를 하는 사이 일어난 남자가 쇠망치를 들고 하진에게 달려들었다.

"죽어!"

반사적으로 양팔로 머리를 감싼 채 몸을 웅크리는데, 탕, 총소리와 함께 남자가 중심을 잃고 쓰러졌다. 환영처럼 보이는 태민의 얼굴을 마지막으로 하진의 눈앞이 새까매졌다.

🕐

태민은 차 안에서 한참 깨어나지 못하는 하진을 걱정스럽게 내려다봤다. 한참 뒤에 그녀가 천천히 눈을 떴다.

"괜찮아?"

"…보영이는요?"

정신이 들자마자 보영부터 찾는 하진을 태민이 물끄러미 바라봤다. 그가 아무 대답이 없자, 하진이 흔들리는 눈으로 재차 물었다.

"보영이… 괜찮은 거죠?"

"출혈이 심해서 아직 의식이 없대. 깨어나면 병원에서 연락해 주기로 했어. 우린 중간 지대로 왔고."

"그 사람은요?"

"도망쳤어."

갑자기 사라졌다고 하면 하진이 더 혼란스러워할 것 같아서 태민은 말을 아꼈다. 더 정확한 건 조사를 해봐야 알겠지만, 살인범이 사라질 때 태민의 시계가 잠시 멈췄었다. 태민은 이 연쇄 살인범이 일반인은 아닐 거라는 직감이 들었다. 혹시 처리자의 짓일까.

"나 때문에 보영이가…."

울먹이는 하진을 보니, 그의 관자놀이가 찌릿하며 가슴이 조여 왔다. 조수석에 있는 하진이 다른 여자의 모습과 겹쳐 보였다. 한동안 머리를 움켜쥐고 괴로워하는 그의 어깨에 하진이 가만히 손을 올렸다.

그 손이 닿는 순간, 희미하게 흩어져 있던 기억이 태민의 머릿속에 선명하게 떠올랐다. 그녀가 사랑스럽게 웃으며 그의 등을 쓰다듬었고, 그는 둥글게 부른 배에 담요를 덮어 줬다. 햇살조차 예쁘게 부서지던 어느 날의 기억이었다. 멍한 표정의 태민을 본 하진이 젖은 눈으로 그의 안색을 살폈다.

"잠깐만."

차에서 내린 태민은 문 앞에 기대앉아서 숨을 내쉬었다. 균형자가 되기 전 잃어버린 기억, 잦은 정산 오류, 하진과의 만남, 그녀와 겹쳐 보이는 의문의 여자와 간헐적인 심장 통증까지. 내내 의문이었던 진실이 가까워지고 있었다. 하지만 지금 밀려드는 이 기억을 감당할 수 있을지 두려움이 앞섰다.

잠시 후 하진도 차에서 내려 태민 옆에 쭈그려 앉았다. 하진이 그의 다리에 난 상처에 시선을 두며 물었다.

"많이 다친 것 같은데 괜찮아요?"

"괜찮아."

"아직도 모르겠어요. 그 남자가 왜 저를 그렇게 죽이려고 한 건지….'

아무것도 없는 하얀 벽을 응시하던 태민의 머릿속에 왜 자꾸 자기를 죽이려는 건지 모르겠다는 그녀의 말이 맴돌았다. 태민이 셔츠 주머니에서 수첩을 꺼냈다. 제대로 된 단서를 찾으려면 알고 있는 정보들부터 정리해 놔야 했다.

[김재영: 2구역 7개월 전 사망(사인_자살), 3구역 균형자(데이터 미상)

차현승: 3구역 균형자, 5구역 7개월 전 사망(사인_자살)

김하진: 2구역 8개월 전 사망(사인_학대), 1, 3, 6구역 생존]

아저씨 말에 따르면 2구역에 있는 하진은 학대로 이미 사망했다. 그런데 3구역의 하진에게도 자꾸 생명의 위협이 가해지는 이유는 뭘까. 시간이 회수되는 순간을 목격하는 걸 보면, 그녀에게 중요한 실마리가 있을지도 모른다.

관리부에서 메일이 온 건 총 세 번, 하지만 그때마다 태민의 옆에서 활동한 팀원 구성이 달랐다. 그동안은 문제의 원인이 되는 한 명을 찾았었는데 그게 아닐 수도 있을까. 결정적으로 흰색 천을 두른 남자가 재영은 시간을 빼내지 않았다고 했다. 그렇다면? 태민은 첫 번째 줄에 '영한?'이라고 적었다.

2.21. 관리부 안내 메일 1차 → 영한?

3.6. 관리부 직원과 통화

5.28. 관리부 안내 메일 2차

7.12. 관리부 경고 메일 3차

7.14. 재영, 현승 실종, 추격전

 → 재영 여행 예정, 현승 기억 상실(자격 박탈)

 * 재영은 시간을 빼내지 않았음.

문제를 해결하려면, 지금 여기 말고 다른 구역에 있는 사람들에게 무슨 일이 있었던 건지 알아야 했다. 하지만 지금은 균형자 프로그램에 접근조차 못 하는 상황이다. 어떻게 해야 하지. 그때, 방금 적은 글자가 눈에 들어왔다. '영한?'. 그 이름을 보자 잊고 있던 사실이 떠올랐다. 시스템에 접속할 방법이 한 가지 더 있었던 것이다.

"하진아, 집에 중요한 걸 두고 와서 가 봐야 할 것 같은데 넌 친구에게 가 있을래?"

"아뇨, 같이 가요. 뭔가 문제가 있는 거죠? 저도 도울게요."

집으로 온 태민은 하진에게 잠시 기다리라고 하고 서재로 들어왔다. 책상 서랍을 모두 열어 젖히고 한참 뒤지던 그가 서류 파일 사이에서 붉은빛이 나는 외장 하드를 발견했다.

"찾았다."

외장 하드를 데스크톱에 연결하고 기다렸더니, 자동으로 폴더가 열리면서 파일들이 죽 떴다. 그중 '템푸스'라는 제목의 아이콘을 실행하니, 얼마간 프로그램이 설치된 뒤 새로운 창이 떴다. 로그인 버튼 밑에 처음 보는 회사 이름이 있었다.

"SF corp?"

기억을 더듬어 봤지만 딱히 생각나는 곳이 없었다. 인터넷에 검색해도 그런 기업은 나오지 않았다. 함께 들어 있던 메모장 파일에서 게스트용 ID와 PW를 찾아 로그인하자, 잠시 후 익숙한 프로그램이 화면에 떴다.

"됐다."

프로그램을 둘러본 태민은 이번에는 제목이 'backup'이라고 적혀 있는 폴더를 열었다. 파일 이름이 날짜로 저장된 영상들이 주르륵 떴다. 영상에는 정산부 사무실에서 태민의 팀이 정산하는 모습이 찍혀 있었다. 찍힌 각도를 봐서는 정산부 공식 CCTV는 아닌 듯했다.

"…제가 뭐 도와 드릴까요?"

거실에 있던 하진이 열린 문에 조심스럽게 노크하며 물었다. 하진은 피 묻은 옷 대신 태민의 티셔츠로 갈아 입고 있었다.

"이 영상들 같이 봐 줄래? 파일 개수가 많아서."

"뭘 찾으면 돼요?"

태민이 가까이 온 하진의 앞에 영상 파일을 두 개 띄우며 말했다.

"이게 평소 일하는 모습이야. 여기 이 부분처럼 눈에 띄는 움직임이 있는지 봐 줘."

"네, 저 이런 거 잘해요."

검사 인증 서류를 작성할 때 오자가 있는지 최소 세 번씩 확인 작업을 해서 이런 종류의 찾기는 익숙하다며 하진이 자세를 고쳐 앉았다.

그때부터 꼬박 3시간이 넘도록 두 사람은 백업 데이터에 있는 영상을 모두 돌려봤다. 하진이 확인하는 속도가 더 빨라서 남은 파일을 노트북에 넘겨주고, 태민은 예비 프로그램에 접속했다.

뭐부터 찾아봐야 하지? 고민하다 뭔가 떠오른 태민은 프로그램 구역 설정에서 2구역을 선택하고, 재영에 대해 검색했다. 상태를 보니 그의 여행이 이미 완료되었다고 떠 있었다. 마지막 인사도 못 했는데. 마음이 착잡했지만, 당장 해결할 문제가 남아 있었다.

다시 1구역에서 여행 대상자 명단을 검색했더니, 태민이 예상한 대로였다.

태민은 프로그램에서 하진과 재영, 현승의 정보를 검색해서 구역별로 모으기 시작했다. 지민과 영한도 추가했다. 먼저 하진의 고유 번호를 검색하니 총 4개 구역의 정보가 떴다.

1구역: 현재 생존

2구역: 8개월 전_사망(학대)

3구역: 현재 생존

6구역: 1일 전_사망(사고)

화면을 보는 태민의 표정이 심각하게 굳었다. 2구역의 하진이 학대로 사망했다는 건 알고 있었지만, 하루 사이에 6구역의 상태도 사망으로 바뀐 것이었다.

"설마…."

한 구역에서 스스로 목숨을 끊는 경우, 그 생명에게 주어진 나머지 구역의 시간이 모두 회수된다. 갑자기 죽을 수 있는 방법이 많지 않기 때문에 다른 구역에서의 사망 원인은 사고사가 가장 많았다. 그리고 지금 여기, 3구역의 하진은 계속 목숨을 위협 받고 있다. 이 구역을 제외하면 시간이 남아 있는 곳은 1구역뿐. 즉, 여행이 예정된 1구역의 김하진이 자살하려고 한다는 뜻이었다. 태민은 1구역에 있을 하진을 떠올렸다.

"정말 자살인 거야? …왜?"

"네? 누가 자살을 했어요?

"…"

태민이 아무 대답도 하지 않자, 하진은 다시 화면으로 시선을 돌렸다.

정말 그런 거라면 왜 구역별로 사망 시점이 다른 거지? 그때, 한참 전에 어느 여행 예정자에 관해 통화할 때 꽃집 아저씨가 했던 말이 기억났다.

「구역별로 시차가 있으니, 아직 시간이 남아 있다면 곧 사망할 예정이란 뜻이겠지.」

그래, 구역별 시차. 태민은 바로 시스템에서 1구역을 기준으로 시차를 계산했다.

1구역: 0시간 / 2구역: - 123일
3구역: + 2시간 / 6구역: - 20시간

이대로라면 1구역에서 자살했을 때 오히려 다른 구역에서 먼저 시간이 회수되는 곳도 있었다. 2구역은 4개월 전, 6구역은 20시간 전, 그리고 3구역은 2시간 뒤가 된다. 2구역의 하진은 이미 죽어서 영향을 받지 않았지만 그래서 6구역도 사망으로 바뀐 거라면. 앞으로 3구역에 있는 그녀도 죽어야 할 운명이라는 건가….

어쨌든 지금 상황에서 최선은 1구역에 가서 하진의 자살을 막는 것이었다. 그래야 3구역의 하진도 살릴 수 있다. 태민이 다급하게 6구역 여행 정보를 검색해 보니, 사고로 사망한 시각에서 이미 12시간이 지나 있었다. 3구역과 6구역의 시차가 22시간이라고 해도, 1구역에 있는 하진을 막아야 하니 실제 남은 시간은 8시간뿐이었다. 그가 초조한 눈으로 시계를 확인했다.

[17:40]

태민은 손목시계에서 타이머로 8시간을 설정했다. 하진은 화면에 영상 여러 개를 한꺼번에 띄워 놓고 보고 있었다. 제목에 뜬 날짜를 보니 이제 거의 다 본 것 같았다. 하지만 첫 번째 영상 외에는 아직 특별히 나온 게 없었다.

"이거 다 같은 파일 아니죠? 매일 똑같이 작업만 하는데요?"

"옷이 다르잖아. 날짜대로 다 다른 파일이야."

"아저씨는 어떻게 앉아 있는 자세까지 똑같아요?"

시간이 별로 없었다. 태민이 답답해서 소매를 걷는데, 뚫어질 듯 모니터를 보고 있던 하진이 외쳤다.

"여기! 뭔가 이상해요."

그녀가 가리킨 건 영상의 왼쪽 아래에 찍힌 작은 모니터였다.

"초점이 비껴가서 선명하진 않지만, 계속 보니까 영상에서 보여 주려고 한 게 이 모니터인 것 같아요."

하진이 말을 하며 비교할 파일들을 차례로 띄웠다.

"자, 보세요. 여기까지는 중간에 이 숫자가 갑자기 확 줄거든요?"

태민은 그게 무엇인지 알고 있었다. 정산이 끝나고 보관소로 이동될 시간이 환산되는 순간. 환산 비율이 2,000:1이니, 회수된 시간에서 이동할 숫자로 확 줄어드는 게 당연했다.

"근데 여기 이 날짜에는 숫자가 안 줄어요."

하진의 말대로 그 영상에서는 모니터의 숫자가 환산된 숫자로 바뀌지 않았다. 그는 매일 저 숫자를 메인 컨트롤 스크린에서 확인했다. 그렇다면 태민이 본 화면의 숫자가 실제와는 달랐다는 얘기가 된다.

"이 숫자가 안 변하는 날짜를 확인해 줄 수 있어?"

"짠, 벌써 해 났죠."

하진이 눈을 반짝이며 날짜가 적힌 종이를 태민에게 건넸다. 그녀는 조금 전 보영이 깨어났다는 전화를 받은 후로 활기를 되찾았다.

"고마워. 이제 좀 쉬어. 난 더 확인할 게 있어서."

"아 참, 마지막 영상이 이상하던데 한번 보세요."

하진이 거실로 나가고 태민은 자리로 돌아와서 메일함을 열었다. 관리부에서 처음 정산 오류 메일을 받은 주에도 하진이 적어준 날짜가 포함되어 있었다.

"그럼 환산되지 않은 시간은 어디로 간 거지?"

회수된 시간이 환산되지 않는다면, 매일 어마어마한 양의 시간이 모이게 된다. 결론은 누군가 시간이 이동되기 전에 빼돌렸다는 건데. 지금은 영한이 가장 의심스러웠지만, 그가 없을 때도 관리부 메일을 받았었다.

태민이 머리카락을 쓸어 넘기며 마지막 영상을 실행시키자, 거기서 답이 나왔다. 영한이 아예 카메라를 한번 쳐다보더니, 정산 테이블 하부를 열어서 무언가 작업하는 모습이 찍혀 있었다.

[5.9.]

날짜를 보고 태민은 언젠지 바로 알 수 있었다. 영한의 마지막 출근 3일 전. 저 때 시간이 자동으로 빠지도록 작업해 놓은 건가. 그렇다면 그는 왜 이 영상을 마지막에 주고 갔을까?

태민이 생각나는 대로 의문점들을 수첩에 적었다. 자세한 건 영한에게 들어야겠지만, 균형자 활동 기간이 끝났으니 그는 아무것도 기억을 못 할 터였다. 무엇보다 하진의 시간이 얼마 남지 않은 게 문제였다. 타이머를 보니 남은 시간이 6:43이라고 떴다.

우선 주변에서 가장 빠르게 이동할 수 있는 중간 지대를 검색했다. 차로 15분 정도 걸리는 곳이 한 군데 있었지만, 거길 이용하면 이동 경로를 추적당할 위험이 있었다. 어쩌면 아예 출입부터 막힐지도 모른다. 태민은 어쩔 수 없이 옥수수밭에 있는 중간 지대로 가기로 했다.

줄어드는 시간을 보고 있으니 심장이 타들어 가는 것 같았다. 꽤 오래 균형자로 활동했지만, 이렇게 누군가의 삶에 깊이 관여하기는 처음이었다. 이유는 몰라도 꼭 그래야 할 것 같은 느낌이 들었다. 재영이도 이런 기분이었을까.

"다녀올게. 무슨 일 있으면 연락해."

태민은 보영이 입원한 병원 앞에 하진을 내려 줬다. 밖은 여전히 물을 퍼붓듯이 굵은 빗줄기가 쏟아졌다. 태민이 차에 있던 우산을 하진에게 쥐여 줬다.

"아까 고마웠어요. 그리고 이거요."

하진이 창문 밖에서 액정에 금이 간 휴대폰을 들어 보였다.

"현승 오빠 건데 휴대폰만 남기고 사라진 게 이상해서 뭐가 있나 봤거든요."

하진이 사진첩에서 분위기가 다른 사진을 두 장 골라 내밀었다. 첫 번째 사진은 어떤 남자와 여자가 무언가를 주고받는 모습이었다. 조명이나 장식이 화려한 걸 보니 호텔 라운지 같았다. 사진을 확대한 태민의 눈에 남자의 붉은 뿔테 안경이 먼저 들어왔다.

"한 부장."

그는 관리부의 가장 선임 책임자였다. 하지만 여자는 전혀 모르는 얼굴이었다. 머리 색이 보통 사람들보다 훨씬 붉다는 게 특

징이었다. 다음 사진에서는 큰 서류 가방과 작은 물체를 교환하는 장면이 확대되어 찍혀 있었다. 흐릿하지만 가방에 M.T.라는 글자도 보였다.

사진을 보니, 현승이 어쩌면 다른 이유로 기억을 잃었을지도 모른다는 짐작이 들었다. 추격전이 있던 날 아침, 현승은 식사가 끝나면 태민에게 따로 보여 줄 게 있다고 했었다. 그게 이 사진들이었나. 그가 봐서는 안 될 장면을 목격했고, 그걸 덮으려고 기억을 삭제한 거라면? 이 사진에 있는 두 인물 중 누가 그렇게 했을까.

"고마워. 우선 다녀올게."

"몸조심해요, 아저씨."

하진이 뿌옇게 쏟아지는 빗속으로 사라지자, 태민은 남은 시간을 확인하며 서둘러 차를 출발시켰다. 거센 빗줄기가 앞 유리를 때려서 와이퍼로 닦아 내도 앞이 잘 보이지 않았다.

중간 지대에 도착한 태민은 곧장 반대편 출입구로 뛰어갔다. 남은 시간이 얼마 없으니 당장 1구역으로 가서 하진의 자살을 막는 게 우선이었다. 시스템에 이동할 구역 정보를 입력하고 기다리는데, 빨간 불빛이 들어오며 경고 창이 떴다.

"이동 불가?"

예상치 못한 상황에 태민의 인상이 잔뜩 찌푸려졌다. 하진을 신경 쓰느라 정작 자신의 데이터는 찾아볼 겨를이 없었다.

"설마…."

태민은 그제야 태블릿을 꺼내 자신의 1구역 정보를 조회했다.

어서 남은 정보를 확인해야 하는데 어쩐지 망설여졌다. 태민의 1구역 사인이 '자살'이었기 때문이다. 아저씨가 했던 말이 떠올랐다. 자살하고 다른 구역의 시간이 회수된 사람 중 일부가 균형자가 된다고. 그 말을 듣고도 자신이 왜 균형자가 됐는지 깊이 생각하지 않았던 건, 아마 진실을 알기가 두려웠기 때문일지도 모른다.

"하…."

태민은 1구역에서 자살하고, 3구역에서 균형자가 된 것이었다. 자세한 내막을 알려면 1구역으로 가야 하는데, 아무리 균형자라도 자살한 구역에는 출입할 수 없는 모양이었다.

타이머 시간이 5:54로 줄어 있었다. 어쩔 수 없이 태민은 중간 지대에 남아서 태블릿으로 1구역의 하진에 관한 정보를 다시 찾았다. 영한이 남긴 예비 프로그램을 태블릿에도 설치해 놓아서 다행이었다. 1구역 하진의 상태는 '여행 예정'으로 바뀌어 있었다. 그나마 작은 희망이 있다면, 여행 예정자의 정보는 태어난 때부터 일정 시점별로 이미지를 볼 수 있다는 것이었다.

어린 시절 사진부터 주르륵 넘기던 태민의 손이 한 사진에서 멈췄다. 요즘 태민의 머릿속에 자주 떠오르던 그 모습이었다. 무대 뒤에서 긴 머리의 하진이 상기된 표정으로 의상을 매만지고 있었다. 태민은 그녀가 있는 곳이 어딘지 단번에 알아봤다.

"퀵체인지 룸."

내가 이걸 어떻게 알지? 생각하는 것도 잠시, 다음 이미지를 보고 머리를 얻어맞은 듯 멍해졌다. 그녀의 옆에서 태민이 얼굴 분장을 받고 있었다. 다른 사진에는 태민과 하진이 함께 뮤지컬 공연을 하는 모습도 보였다. 다음 장면에서는 임신 테스트기를 쥐고 우는 하진을 태민이 안아 주고 있었다. 그리고 다음 사진을 보자마자, 그가 하진에게 했던 말이 불현듯 떠올랐다.

「결혼하자, 하진아.」

큰 무대에서 공연이 끝나고 하진에게 프러포즈를 한 날이었다. 이어 배가 서서히 불러오는 그녀의 모습이 차례로 사진에 담겼다. 뒷부분에서 분만실 침대에 누워 있는 그녀를 보는데, 심장이 뻐근하게 아팠다.

다음 사진에서는 하진의 옆에서 아기가 빨간색 딸랑이를 들고 있었다. 처음 보는 물건인 것 같은데 화면에서 소리가 들리는 듯했다. 까르르 웃는 아기의 웃음소리, 옆에서 조잘조잘하던 하진의 목소리까지.

"윤우."

태민이 아이의 이름을 불렀다. 사진을 넘겨 보는 동안 1구역에서 하진과 보냈던 시간이 점점 기억나기 시작했다. 함께 산부인과에 가서 처음으로 윤우의 심장 소리를 듣고 태동을 느꼈던 순간, 세 가족의 행복했던 시간…. 태민의 얼굴에 아련한 미소가 스치며 눈물이 고였다. 마지막 사진은 하진이 쓰러진 태민을 붙잡고 울부짖는 모습이었다. 그녀의 얼굴은 창백하다 못해 회색빛이었다. 관자놀이에 땀이 흥건해지면서 극심한 두통이 일었다.

"이게 왜 다 생각이 나는 거지? 으…."

그동안 고집스럽게 떠올리지 않으려 했던 기억들이 한꺼번에 자리를 찾고 있었다. 1구역에서 하진을 만나 사랑하고, 아팠던 시간 모두. 그 순간 왜 해바라기 꽃집 아저씨가 떠올랐는지 지금 생각해도 딱히 이유를 댈 수 없지만, 그의 본능이 말해 주고 있었다. 당장 그를 찾아가야 한다고.

태민은 중간 지대 문 앞에서 구역 번호를 '2'로 바꾸고 이동을 시도했다. 잠시 후 문이 열리며, 눈앞에 온통 흑백인 세상이 나타났다.

해바라기 꽃집 앞에 주차한 태민은 차 안에서 수첩을 펼쳐 들었다. 무턱대고 찾아왔으니 뭘 물을지 정리가 필요했다. 그러다 문득 2구역에 올 때마다 탔던 이 흰색 차가 눈에 들어왔다. 탄 지 족히 10년은 넘었을 구형 지프. 이 차를 어떻게 타게 됐지? 따로 기억나는 건 없었다. 너무 당연해서 몇 년이 지나도록 생각조차 하지 않던 게 일순간 궁금해졌다.

글로브 박스를 열었더니 오래된 잡동사니들이 나왔다. 유통기한이 한참 지난 진통제, 마른 물티슈, 안경집, 가장 밑에 명함이 여러 장 끼어 있는 차량 등록증이 있었다. 물건을 헤집고 차량 등록증을 꺼내 보니 차량 소유자 이름이 보였다.

"송길수?"

처음 들어 보는 이름이었다. 등록증을 몇 장 더 넘기자 사이에 껴 있던 오래된 명함들이 우수수 떨어졌다. 보험 회사, 자동차 대리점, 프로그램 개발 업체…. 여러 장 중에 꽃잎 모양 로고가 찍혀 있는 명함이 유독 눈에 띄었다.

[SF Corp. 송길수 대표 이사]

'SF Corp.'이라면 영한이 남긴 예비 프로그램에도 있었던 이름인데. 뭔지 알 것 같으면서도 딱 풀리지 않는 상황에 답답해서 태민은 차에서 내렸다. 담배에 불을 붙이던 그가 고개를 돌리다 헛웃음을 쳤다.

"허, 이걸 이제야 보네."

손에 쥐고 있는 명함의 꽃잎. 해바라기 꽃집 간판에도 있던 것이다.

"아저씨, 저 왔어요."

"그래, 어서 와라. 일은 해결되고 있고?"

그날도 길수는 러닝 차림으로 태민을 맞았다.

"저, 오늘은 다 알고 왔어요."

"무슨 말을 하는 건지…"

큰 전지가위로 분재의 썩은 뿌리를 잘라 내고 있던 그의 손이 가늘게 떨렸다.

"시간이 별로 없어요. 이제 다 알려 주세요. 그래야 하진이도 살릴 수 있어요. 부탁이에요… 아버지."

아버지라는 말에 눈가가 시큰해진 그가 눈도 맞추지 못한 채, 입을 열었다.

"…오래전 일이란다. 잘 들으렴."

매번 침착하기만 하던 그의 목소리가 희미하게 떨리고 있었다.

🕐

30년 전, 1구역에서 유능한 프로그래머였던 길수는 다니던 회사를 그만두고 프로그램 개발 업체를 차렸다. 회사명은 아내가 좋아하던 해바라기(sunflower)에서 글자를 따 'SF corp.'라고 지었다. 시작은 힘들었지만, 그의 성실함과 탁월한 개발 능력 덕에 회사는 완만한 성장세를 보였고, 이듬해 태민이 태어났다.

어느 날 흰 정장을 입은 중년 남자가 회사를 찾아와서 아주 중요한 프로젝트를 의뢰하겠다고 했다. 들어 보니 몇 년간 매출 걱정을 하지 않아도 될 정도로 큰 건이었다.

"이렇게 중요한 프로젝트를 왜 저희 같은 영세한 업체에 맡기십니까?"

"보안이 가장 중요한 프로젝트라 그렇다네. 물론 자네같이 실력 있는 사람도 필요하고."

갓 태어난 아들, 늘어난 회사 식구들 걱정에 어깨가 무거웠던 길수는 프로젝트를 하기로 했다. 갑자기 찾아온 행운 뒤에는 더 큰 불행이 숨어 있다는 걸 그때는 몰랐다.

그는 기획 단계에서부터 이 프로그램이 일반 회사에서 사용하는 것과는 많이 다르다는 걸 눈치챘다. 그때 만든 것이 지금 템푸스에서 공용으로 사용하는 균형자 프로그램의 시초였다. 균형자들이 직접 다니며 시간을 회수하던 것을 정산만 하면 되도록 바꾼 획기적인 변화였다.

5년에 걸친 개발이 끝나자 템푸스에서 그에게 스카우트 제의를 해 왔고, 길수는 동료들과 함께 들어가는 것을 조건으로 이를 수락했다. 이후 템푸스 사무실에서 거의 살다시피 했던 그는, 균형자는 아니었지만 정산부와 균형자의 역할, 전체 시스템이 돌아가는 것까지 속속들이 알게 되었다. 몇 년 뒤 예쁜 딸이 태어났고, 네 가족은 한동안 걱정 없이 행복했다.

어느 밤, 늦게 퇴근하던 길수는 운전 중에 관리부에 있는 지인의 전화를 받았다.

"어, 이 과장 무슨 일이야?"

- 형님, 제 얘기 잘 들으세요. 요즘 관리부 분위기가 심상치 않아요. 오늘 균형자 팀 세 개가 동시에 자격을 박탈당했어요.

"저런, 어쩌다가?"

- 최근 균형자들만 노려서 시간을 불법 거래하는 업체들이 기승이었거든요. 감사부에서 벼르고 있었는데, 거래하다가 딱 걸린 거죠. 업체 관계자들을 취조하면서 연관된 균형자 이름이 줄줄이 나왔고요.

"잘됐네. 잡았으니 다행인 거 아냐?"

- 그렇지도 않아요. 블랙리스트를 더 조사해 보니, 템푸스 시스템을 빠삭하게 알고 있더라고요. 그래서 임원들이 내부에 첩자가 있다고 생각하는 모양이에요.

그때까지도 그가 왜 이런 상황을 자세히 설명하는지 의아했지만, 느낌이 좋지 않았다.

- 오늘 긴급회의만 네 번 있었는데 방금이 마지막 회의였거든요. 용의자 명단에 형님 이름도 있길래 몸조심하시라고 전화했어요.

갓길에 차를 급히 세운 길수가 전화기를 고쳐 들었다.

"내가? 왜?"

- 글쎄요. 형님만큼 정산 프로그램 잘 아는 사람이 없어서 그런 게 아닐까요.

"…그 명단에 오르면 어떻게 되는 거야?"

균형자는 바로 자격이 박탈되는 것 같고, 갑자기 안 보이는 직원도 꽤 있다는 그의 말에 심장이 철렁 내려앉았다. 집에서 길수를 기다리고 있을 가족들부터 떠올랐다. 이 과장이 보내 준 명단을 조회해 봤더니, 벌써 사고사 또는 행방불명 처리가 된 사람이 꽤 있었다.

그날 새벽, 길수는 당장 집으로 가 짐을 정리했다.

"아빠…."

"태민아, 아빠가 다시 올 테니까, 동생이랑 할머니 말씀 잘 듣고 있어야 한다. 알겠지?"

지병이 있는 아내까지 나이 든 어머니께 부탁할 수는 없었다. 길수는 아내와 함께 2구역으로 넘어왔다. 원래 균형자 외에는 구역 간 이동을 할 수 없지만, 시스템을 개발한 장본인이라 복잡하게 짜 놓은 프로그램을 역이용할 수 있었다.

🕐

"여기서 가짜 신분으로 산 지도 벌써 25년이 되어 가는구나."

그날따라 길수의 눈가 주름이 더 깊어 보였다.

"나중에 알았다. 누군가 꾸민 음모였다는 걸. 템푸스 시스템을 원하는 대로 바꾸려고 방해될 사람들을 다 정리한 거였지."

그는 혹시라도 자신의 신분이 드러나 자식들까지 위험해질까 봐, 아이들이 크는 모습을 시스템으로 지켜볼 수밖에 없었다.

그러던 그가 처음으로 나선 건, 1구역에서 태민이 스스로 목숨을 끊었을 때였다. 폭우가 쏟아지던 날이었다.

"평소였으면 내가 어떻게 해서라도 막았을 거다. 그런데 그날은 아내가 갑자기 쓰러졌단다…."

생각만 해도 눈물이 나는지 그가 고개를 젖혀 두 눈을 크게 떴다. 뒤늦게 아들의 죽음을 알게 된 그는 아직 태민의 시간 데이터가 마감 전이라는 것을 발견했다. 슬퍼할 겨를도 없었다. 아들을 살릴 방법을 찾아야 했다. 길수는 당장 태민의 시간이 남아 있는 다른 구역을 확인해서, 그가 균형자가 될 수 있도록 했다. 마침 친하게 지내던 정산부 담당자가 3구역에 있어서 다행이었다.

"장마가 지독히 이어지던 때였어. 네가 왜 그런 결정을 했는지는 모른다. 아마 윤우가 갑자기 떠난 게 큰 충격이었겠지…. 하지만 그렇다고 네 삶이 끝나도록 내버려 둘 수는 없었다."

길수의 얘기를 듣다 보니, 태민이 1구역에서 했던 마지막 여행이 어렴풋이 떠올랐다.

「*여행 안 해도 되니까 제발 아내에게 남은 시간을 주세요. 부탁입니다.*」

태민을 따라가려고 수면제를 먹고 혼자 집에 쓰러진 하진을 살리기 위해 여행을 포기하고 남은 시간을 주었다. 이웃집의 신고로 병원으로 실려 간 그녀는 다행히 목숨을 구할 수 있었다.

"4년 전이던가. 아직도 기억이 생생하구나."

1년에 한 번씩 전체 구역 정산부 책임자들이 모이는 회의가 열렸다. 그날은 2구역에서 회의가 있는 날이었고, 막 본부장이 된 태민도 회의에 참석했다. 회의 후에 로비로 내려온 그에게 데스크

직원이 쪽지를 전했다.

[꼭 만나서 할 얘기가 있습니다.]

태민은 쪽지에 적힌 주소를 보고 해바라기 꽃집으로 찾아왔고, 마침내 길수는 21년 만에 장성한 아들을 만날 수 있었다.

"사실 그날 지금 하는 얘기를 네게 다 했었단다."

하지만 태민을 배웅하려고 나와 보니 꽃집 앞에 낯선 세단이 한 대 보였다. 매장에 있던 아내는 그 검은 차가 태민이 오기 전부터 있었다고 일러 줬고, 길수는 이대로 그를 보내는 게 위험하다고 판단했다.

"그래서 널 만났던 2시간의 기억을 모두 지웠단다. 그리고 꽃다발을 손에 들려 보냈지."

기억이 지워졌으니, 꽃을 사러 온 일반 손님처럼 가게를 나온 태민의 행동은 의심받을 만한 구석이 없었다.

여러 가지 묻고 싶은 게 많았지만, 타이머에서 줄어들고 있는 숫자가 태민의 온 신경을 잡아먹고 있었다. 이제 하진에게 남은 시간은 4시간 반 정도였다.

"내가 아버지라는 건 어떻게 알았니?"

태민은 시스템에서 '송길수'라는 사람에 대해 찾아봤다고 대답했다. 이 해바라기 꽃집은 다른 사람의 명의였고, 2구역에는 그의 고유 번호 자체가 없었다고. 마침 1구역의 '송길수'는 행방불명으로 처리되어 있고.

"흩어진 퍼즐을 맞추다 보니, 그 끝에 제가 있더라고요."

결정적인 단서는 꽃집에 있던 세발자전거였다. 그가 갈 때마다 같은 자리에 세워져 있던 자전거는, 낡아서 칠이 다 벗겨졌는데도 윤이 나도록 닦여 있었다. 태민은 하진에 대해 알아보다 어느 사진에서 같은 자전거를 발견했다. 윤우가 파란 자전거를 타고 봄처럼 환하게 웃고 있는 사진이었다. 꽃집에 있던 건 무슨 색인지 알 수 없지만, 프레임에 있던 그림이나 핸들 모양을 봤을 때 같은 자전거가 틀림없었다.

"그런데 제가 왜 1구역 일까지 기억하는 걸까요?"

"그건 나도 모르겠어. 정상적으로 균형자가 되는 절차가 아니어서 그런지. 뭔가 오류가 있었던 게 아닐까 싶다. 아니면 누군가 일부러 1구역의 기억을 심어 놨거나."

태민이 길수를 지그시 쳐다봤다. 그의 눈동자에는 오랜 세월 못다 한 말들이 담겨 있었다.

"그때 나 말고도 널 도와준 사람이 있었던 것 같구나. 내가 할 수 있는 건 균형자 선발 명단에 널 넣는 것까지였는데, 네가 바로 균형자가 되고 본부장 자리에까지 오른 걸 보면 말이다."

그의 말에 태민은 문득 흰색 천을 두른 남자를 떠올렸다.

"저는 1구역에 갈 수조차 없는데, 하진이의 죽음을 막을 방법이 뭘까요?"

태민이 입술을 꾹 깨물며 손목시계 타이머를 내려다봤다.

"글쎄다. 사람의 마음을 바꾸는 일이 가장 어렵잖니. 아마 할 수 있는 게 없을지도 몰라. 당장 억지로 죽음을 막는대도, 마음을 제대로 먹은 게 아니라면 또 죽으려 하겠지⋯."

다른 사람의 마음을 바꾸는 게 어렵다면⋯. 그때 태민의 머릿속에 번뜩 떠오른 생각이 있었다. 그가 서둘러 자리에서 일어나며 말했다.

"또 올게요, 아버지."

"몸조심해야 한다, 태민아."

굳은살이 나무껍질처럼 박인 길수의 거친 손이 태민을 꼭 붙잡았다.

지프를 타고 3구역으로 넘어온 태민은 운전하면서 하진에게 음성으로 메시지를 보냈다.

[잘 있는 거지? 나 곧 도착해.]

[네, 보영이 가족들 와서 저는 잠깐 나와 있어요. 조심히 오세요.]

그가 하진과 함께 집으로 돌아왔을 때는 밤 11시가 넘어 있었다. 이제 남은 시간은 2시간 15분. 태민은 서둘러 그간 알게 된 것들을 하진에게 설명했다. 그녀는 들으면서 천천히 고개를 주억이고는 말없이 눈물을 흘렸다.

"더 묻고 싶은 게 많겠지만⋯ 나중에 하자. 지금은 급한 일부터 해결하고."

그의 말에 동의한다는 의미로 하진이 천천히 고개를 끄덕였다.

"그래서 제가 뭘 하면 돼요?"

하진이 손등으로 볼을 쓱 문지르며 물었다. 그가 물기 어린 눈을 반듯하게 보며 말했다.

"그냥 편히 자면 돼. 나머지는 내가 해 볼게."

"이게 마지막 방법인 거죠? 안 되면 저도 죽는 거고요⋯."

태민이 차마 하지 못한 말을 하진이 입 밖으로 꺼냈다.

"아니, 안 죽어. 뭐든 방법을 찾을 거야. 한번 해 보자."

방을 나서기 전, 태민이 뒤돌아서 천천히 하진을 안자, 그녀도 가만히 그의 허리에 팔을 둘렀다.

"해 볼게요. 병원에서 혼자 있는 동안 생각했어요. 이제 진짜 내 삶의 주인이 되어 봐야겠다고요."

30분이 지나도록 하진은 쉽게 잠들지 못했다. 그사이 태민은 어떻게 해야 1구역에 있는 하진의 마음을 확실하게 돌릴 수 있을지 고심했다.

잠시 후, 그녀가 잠든 걸 확인한 태민이 태블릿 화면을 켰다. 이제 남은 시간은 48분. 태민은 우선 미팅 대상에 하진의 이름을 넣고, 화면에 필요한 사항을 입력했다. 태민이 시스템 화면을 응시하며 말했다.

"하진아, 잘 부탁해."

한 번도 시도해 보지 않은 방법이었지만, 그녀라면 가능할지도 모른다는 생각이 들었다. 태민이 타이머에 남은 시간을 보며 초조하게 숨을 내뱉었다.

(한 달 뒤)

태민은 평소보다 일찍 출근해서 정산 준비를 했다. 팀을 오래 비워서 할 일이 많았다.

"나 출장인데 여행 시간이 짧아서 정산 전에 올 거야. 혹시 늦으면 정산 마무리해 주고. 원격으로 확인할게."

"옙, 걱정 마시고 다녀오십쇼!"

오른손을 이마에 갖다 대며 기운차게 대답하는 영한을 보니, 그와 통화했던 때가 떠올라 픽 웃음이 나왔다.

2주 전, 관리부에서 태민에게 직접 연락이 왔다. 오해가 풀렸으니 회사로 복귀해도 된다고. 신임 관리부장은 최근 블랙리스트와 불법 거래를 하던 균형자들이 적발되었고, 그 과정에서 재영도 자격을 박탈당했다고 설명을 덧붙였다. 하지만 현승에 대해서는 아무 언급이 없었다. 회사에 가 보니 정산부 사무실은 어디에서도 재영과 현승의 흔적을 찾아볼 수 없도록 말끔하게 정리되어 있었다.

사실 태민이 먼저 감사부를 찾았으니, 오해가 아닌 거래였다. 조직도상 감사부는 독립된 부서로 관리부보다 상위에 있는 조직이었다. 태민이 관리부의 한 부장이 찍힌 사진을 내밀자 감사부 임원이 난감한 표정을 지었다.

"자꾸 이런 일이 생기면 윗분들 볼 면목이 없는데…. 조용히 묻고 가면 송 본부장도 복귀할 수 있도록 조치하도록 하지."

태민은 대신 원하는 대로 팀을 꾸리겠다고 못을 박았다.

감사부와 담판을 짓고 온 날, 태민은 바로 영한에게 전화를 걸었다. 그의 번호는 그대로였다.

－ 네, 이영한입니다.

"나야, 송태민."

－ 송… 누구요?

"너 기억 안 잃은 거 다 알아."

－ ….

조용해진 영한의 답을 기다리다가 태민이 먼저 질문을 던졌다.

"한 가지만 묻자. 그 예비 프로그램 네가 직접 개발한 거야?"

－ 누구신진 모르겠지만, 그럴걸요?

모르는 척하면서 할 말은 다 하는 게 영한다웠다.

"오케이, 그럼 합격."

－ 뭐가 합격이에요? 그리고 나 기억 안 잃은 건 어떻게 아셨대?

영한의 외장 하드를 보면서 그가 왜 이 자료들을 남겼는지 계속 되물었다. 결국 뭔가를 찾아 주길 바라는 마음이었을 텐데 그게 도대체 뭐였을까. 태민에게 1구역의 기억이 돌아오면서 깨달았다. 그는 기회가 주어진다면, 자기가 저지른 잘못을 되돌리고 싶었던 것이었다.

"네가 그렇게 티를 내고 갔는데 모르면 안 되지."

－ 그죠! 아, 왜 이렇게 오래 걸렸어요. 답답해 죽는 줄 알았네.

한참 투덜거리는 소리에 태민의 입에서 어이없는 웃음이 툭 터져 나왔다.

🕐

고작 10분, 영한이 마지막에 그런 결심을 했던 건 바로 이 10분 때문이었다. 균형자 임기 만료 5일 전, 마지막 출장 명령을 받은 영한은 조금 이르게 요양 병원을 찾았다. 무연고자인 노인의 여행이 사망 직후로 잡혀 있었기 때문이다.

함께 있던 간호사가 자리를 비우자, 병실에는 영한과 노인만 남았다. 숨쉬기도 버거워 보이는 그가 침대 끝에 서 있는 영한을 향해 간신히 손을 들었다.

"아들⋯. 우리 아들⋯."

영한이 인상을 쓰며 자리를 옮기자, 노인의 손이 그를 따라 움직였다. 신기하게도 노인은 영한을 보고 있었던 것이다. 영한이 무표정한 얼굴로 중얼거렸다.

"출장 모드라 내가 안 보여야 정상인데, 보이는 걸 보니 생명이 곧 다하려나 보네."

노인이 병상에 깔린 담요 밑에서 힘겹게 작은 종이를 꺼내 들었다.

"이 번호로⋯ 아들에게 전화를 좀⋯."

그때 탁한 눈으로 영한을 보던 노인의 팔이 툭 떨어졌다. 동시에 바이탈 사인 모니터가 삐 기계음을 울리며 노인의 시간이 끝났다는 걸 알렸다.

"젠장, 뭐야. 예정보다 10분 빠르잖아. 이 노인 중요한 할 말이 있었던 것 같은데."

영한이 욕을 짓씹으며 무슨 상황인지 파악하려고 태블릿을 꺼내는데, 어떤 여자가 병실 문을 밀고 들어왔다.

"고작 10분인데 뭘. 어차피 죽을 사람이었잖아요."

붉은빛이 감도는 머리카락과 그보다 더 붉은 눈동자가 시릴 정도로 차가운 기운을 내는 여자였다. 영한이 보이는 걸로 봐서 일반인은 아니었다.

"누구시죠."

"내 정신 좀 봐. 인사부터 해야지. 이영한 씨죠? 난 '미라클 테크' 한연수 실장이에요. 정 팀장한테 말 많이 들었어요. 일을 아주 잘, 한다고."

일부러 음절을 끊어서 말한 여자는 병실에 있는 의자에 다리를 꼬고 앉았다. 정 팀장은 석 달 전 영한에게 거래를 제안한 남자였다. 적개심을 보이는 그의 눈빛에도 아랑곳없이 여자가 생긋 웃으며 다가왔다.

"여기까지가 계약한 시간이네. 수고했어요. 난 이렇게 일찍 일 끝내 놓는 사람이 좋더라."

여자가 그의 어깨를 톡 치고는 병실을 나가며 말했다. 영한은 또각또각 멀어지는 여자의 굽 소리를 망연자실하며 듣고 있었다.

평소였다면 영한도 여자의 말대로 '고작 10분'이라는 말에 공감했을 것이다. 균형자 일을 하면서 하루를 제대로 보낸 사람을 꼽으라면, 담당 구역을 통틀어서 채 다섯 명도 되지 않았으니까. 하지만 지금은 아니잖아. 이런 건 고작 10분이 아니라고!

"내가 무슨 짓을 한 거지…."

영한이 괴롭게 머리를 쥐어뜯었다. 갑자기 뺏긴 10분으로 저 노인은 중요한 무언가를 하지 못하고 죽어 버렸다. 더구나 그의 임종을 함께한 이가 아무도 없었다. 매일 드나들던 간호사 한 명이라도 함께 있었다면 어땠을까. 마지막으로 아들과 통화를 했으면 편히 눈을 감았을까….

그사이 간호사가 노인을 발견하고 급히 의사를 불렀고, 사망 선고가 내려졌다. 희미하게 뜬 노인의 눈이 완전히 감길 때, 무언가 끈적한 것이 영한에게 덕지덕지 들러붙는 것 같은 기분이 들었다. 늘 냉정함을 유지하던 그의 안에서 알 수 없는 감정이 들끓었다. 그가 병상 가까이 가서 노인이 떨어트린 종이를 집어 들었다.

[아들 010-xxxx-xxxx]

또박또박한 글씨가 적힌 종이를 빤히 내려다봤다. 아들이라니. 여행자 정보에 분명히 무연고자라고 나와 있었는데. 입술을 씹으며 종이에 적힌 번호로 전화를 걸었더니 몇 번의 신호음이 가고 부드러운 음성이 들려왔다. 전화기 너머로 아이들이 시끄럽게 아빠를 불러 댔다.

- 여보세요? 얘들아 잠깐만, 아빠 통화 좀.

"안녕하세요. 채병길 씨 아드님 되십니까?"

- …누굽니까, 당신.

한껏 낮아진 목소리는 방금 전화를 받았던 남자의 것과는 완연히 달랐다.

"아버님께서 방금….

- 이보세요. 무슨 꿍꿍인지 모르지만 나 그런 사람 모르니까 다신 연락하지 마쇼.

뭐라 말을 하기도 전에 남자가 엄포를 놓고는 전화를 끊어 버렸다. 영한은 남자의 번호로 노인의 사망 소식과 병원 주소를 남겼다.

십여 분 뒤, 태블릿에서 여행자 정보를 새로 조회해 봤지만, 노인의 여행 일정은 변함이 없었다. 아들이라는 사람이 아버지를 찾으러 오지 않는다는 뜻이었다. 결국 노인은 차가운 안치실에서 곧장 화장장으로 옮겨질 것이다.

허탈한 웃음이 나왔다. 이 노인은 어떻게 살았기에 죽는 순간까지 지독히 외면당해야 했을까. 이런 사람의 마지막까지 빼앗는 게 옳은 일인가. 영한이 병실을 나서며 고개를 떨궜다.

"채병길 씨?"

"예."

병원 복도에서 영한을 알아본 노인이 웃으며 손을 들었다. 노인은 그대로 환자복 차림이었지만, 얼굴에 고통이 사라져 5년은 더 젊어 보였다. 태블릿에서 본 그의 나이는 65세. 요즘에는 노인이라고 하기에도 젊은 나이였다.

"어디로 가시겠어요?"

보통 여행자들은 지나온 삶 중에서 가장 좋았던 순간이나 후회되는 순간을 되돌아보는데, 이 노인은 특이하게 삶 전체를 훑어보듯 여행했다. 그는 40년 전으로 돌아가 먼저 부모님의 마지막을 지켜봤다. 옆에서 말없이 여행을 안내하던 영한은 그에게 딸이 두명 더 있다는 사실에 내심 놀랐다.

젊은 시절의 그는 꽤 성공한 삶을 살았다. 먼저 떠난 아내의 몫까지 대신해 삼 남매를 잘 키워 냈고, 하루 24시간이 부족할 정도로 사업을 키우는 데 열중했다. 작은 직물 공장으로 시작한 사업이 어엿한 의류 브랜드로 성장하면서 찢어지게 가난했던 집안 사정이 몰라보게 풍족해졌다. 하지만 그에게 닥친 불행은 그때부터가 시작이었다.

"다시 저 때로 돌아가면, 일을 덜하더라도 가족을 돌볼 텐데…"

병길이 꽤 자란 자식들을 보며 담담히 말했다. 젊었을 때 그는 자식들이 본인처럼 고생하지 않길 바라는 마음에 오직 재산을 불려서 물려줄 생각뿐이었다. 하지만 그의 건강에 적신호가 들어오자, 삼 남매는 죽지도 않은 아버지를 두고 상속 문제로 다투기 시작했다. 어느 정도 재산을 나눠 주면 상황이 나아질 줄 알았더니, 오히려 도화선이 되었다. 자식들이 결혼하고 가정을 꾸리자 감정의 골은 더 깊어져만 갔다.

"말은 바로 해야지. 막내 군대 가고 언니 유학 가 있는 동안 아버지 보살펴 드린 건 나야."

"넌 언제적 얘기를 하고 있니? 내가 일찍 결혼해서 맏이 노릇도 제일 많이 하고…."

"누나들 그만 좀 해! 와이프 보는데 쪽팔린다고."

어느 명절날, 세 남매가 아버지의 고향 땅을 두고 언쟁을 벌였다. 재산이 불어난 뒤로 한 번도 평화롭게 가족 모임을 한 적이 없었다. 그간 참던 병길에게서 불호령이 떨어졌다.

"이럴 거면 이제 명절에도 모이지 말어! 당장 썩 나가!"

그날 이후 그의 가족은 명절 때조차 보지 않는 사이가 됐다. 막내아들에게 작은 상가를 하나 더 내줬다는 이유로 두 딸은 이미 그에게서 등을 돌린 참이었다.

모든 여정을 지켜보던 영한은 막내라 유독 더 사랑받았던 아들이 왜 마지막까지도 아버지를 찾지 않는지 궁금했다. 굳이 묻진 않았지만, 그의 의중을 읽었는지 병길이 입을 열었다.

"녀석이 항상 막내로 귀염받고 커서 그랬는지, 갑자기 쓰러진 나를 보니 덜컥 겁이 났나 봐. 평생 노인 병시중이나 들며 살아야 하는 게 아닌지 하고…."

노인의 말에 영한이 미간을 잔뜩 찌푸렸다. 기껏 그런 이유 때문이라고?

"병원 입원 전에 며칠을 아들네서 묵는데, 안방에서 부부가 싸우는 소리가 나더라고. 그래서 그날로 다 정리하고 요양 병원으로 와서 무연고자 등록을 했다네."

노인은 병원비만 남기고, 남은 재산을 모두 사회단체에 기부했다. 자식에 대한 원망 때문이 아니라, 본인이 죽고 나서 더 이상 돈 때문에 싸우지 않길 바라는 마음에서였다. 은근히 남은 재산을 기대하고 있던 아들은 그의 결정에 무척 서운해했다. 젊어서도 그렇게 아끼더니, 자식한테 재산 물려주기가 아까워서 남에게 줘 버렸다며 욕까지 했더랬다.

영한도 처음에는 노인을 의심했다. 살아온 날 중에 무언가 잘못이 있었겠지. 그러니 자식들이 다 등을 돌린 게 아니겠냐고. 하지만 돌아보면 볼수록 그의 삶은 애처롭기 짝이 없었다. 그는 아이들이 어렸을 때 일하느라 제대로 돌보지 못해서 그렇다며 스스로를 탓했다.

"배를 곯더라도 가족끼리 의지하고 챙겨 주던 시절이 좋았어…."

병길은 첫 손주의 돌잔치로 돌아가 가족들이 둘러앉은 모습을 보고 있었다. 그게 그의 가족이 가족답게 모인 마지막이었다.

"이제 남은 시간이 짧은데 더 가실 데 있으세요?"

그래도 아들을 찾을 줄 알았는데, 그의 대답은 의외였다.

"나 있던 요양 병원으로 가 주시겠소."

"병원으로요?"

"거기 고마운 아가씨가 있어서."

영한과 병길이 마지막으로 병원을 찾았을 때는 직원들이 그의 병실을 정리하고 있었다.

"아이고, 이 노인네. 먹지도 못하는 사탕을 뭘 이리 모아 뒀대."

서랍을 열어 본 간병인이 혀를 끌끌 찼다. 동그란 유리병에 색색의 알사탕이 가득 차 있었다. 그때 문 앞에 서 있던 간호사가 양손을 내밀며 말했다.

"여사님, 그거 저 주세요. 제가 할아버지랑 같이 보내 드릴게요."

사탕이 가득 담긴 병을 건네받는 여자의 눈가가 번져 있었다. 병길이 말하던 고마운 아가씨가 누군지 바로 알 수 있었다.

「*이거 갖고 계셨다가, 건강 좋아지면 저랑 하나씩 나눠 먹기예요.*」

병길이 가족도 없이 외롭고 힘들 때 버티게 해 준 건 그녀의 따뜻한 관심이었다. 그래서 가기 전에 저 아가씨에게 꼭 보답하고 싶다고 했다.

여행을 마치고 대기소로 돌아온 영한은 병길에게 내내 마음에 걸렸던 질문을 던졌다.

"마지막에 아드님과 통화하고 싶어 하셨잖아요. 뭐 때문이었어요?"

"설명해 주고 싶었지. 내가 왜 남은 재산을 다 기부했는지."

"그런다고 뭐가 달라질까요?"

"누굴 미워하는 마음은 자신한테 가장 독이 되잖소. 나 가기 전에 그 미움, 훌훌 털어 버렸으면 했거든."

아직 결혼도 하지 않고 자식도 없는 영한은 노인의 마음을 알 듯 모를 듯했다.

"혹시 그때 통화 못 해서 아쉬우세요? 지금이라도 전할 방법이 있을 수도….'"

"괜찮아요. 괜히 통화 한번 했다가 못난 아비 생각하느라 괴로운 것보다는 차라리 마음 편히 사는 게 낫겠지. 그것도 다 내 욕심이었어. 전화를 못 하고 죽은 건 다 이유가 있는 거 아니겠소."

씁쓸한 미소를 지으며 병길이 광장을 향해 걸었다. 길이 두 갈래로 나뉘는 지점에서 그가 빨간색 표지판이 가리키는 평면 에스컬레이터에 발을 올리며 말했다.

"청년, 여행을 함께해 줘서 고마웠어요. 혹시 부모님이 살아 계시면, 미워하지 말고 잘 지내고."

부드럽게 웃으며 손을 흔드는 노인을 향해 영한이 허리를 숙였다. 바닥을 보는 그의 얼굴에 복잡한 감정이 교차했다. 고개를 들었을 때, 영한은 병길의 뒷모습을 보며 그가 마지막 10분 동안 아들과 화해했어야 했다고 생각했다. 대기소를 나오는데 마지막으로 돌아서 가던 그의 모습이 자꾸만 떠올랐다.

그날 영한은 무거운 발걸음으로 템푸스에 돌아왔다. 이 노인의 10분을 끝으로 자신은 원하던 걸 얻게 됐지만, 그 마지막 10분이 다른 결심을 하게 만들었다. 할 수만 있다면 되돌리고 싶었다. 이미 죽은 사람들에게 억울하게 뺏긴 시간을 되돌려 줄 수는 없지만, 또 같은 일이 반복되지 않게 할 수는 있을 테니.

그날 밤, 정산이 끝나고 아무도 없는 정산부 사무실에서 영한은 날이 밝아올 때까지 시스템을 손보기 시작했다.

노인이 떠나고 일주일 뒤, 균형자 임기는 끝났지만 영한은 아침 일찍 요양 병원을 찾았다. 어제가 복권 당첨일이었기 때문이다. 영한이 1층에 들어섰을 때, 연정은 막 나이트 근무를 마치고 건물을 나서던 참이었다. 박연정. 병길이 꼭 보답하고 싶다던 간호사의 이름이었다.

"내일까지 등록 기간이라고 했지? 걱정 마, 언니 돈 생겼어."

통화하던 그녀의 밝은 목소리가 새벽 공기를 울렸다.

- 갑자기 어떻게?

연정이 손에 든 짐이 무거워서 스피커폰을 켜자, 흥분한 목소리가 전화기 너머로 들렸다. 건물 입구까지 나온 연정이 제법 상기된 얼굴로 지난주에 있었던 일을 얘기했다.

"내가 지난 주말에 꿈을 하나 꿨거든. 꿈에서 숫자가 막 둥둥 떠다니는 거야. 그래서 일어나자마자 적어 놓고 바로 복권을 샀어. 근데 정말 당첨된 거 있지."

- 정말? 몇 등?

"2등."

- 뭐? 2등? 그럼 하나만 더 맞추면 1등이었던 거잖아! 너무 아깝다.

하지만 연정은 전혀 아쉬운 기색 없이 미소를 머금었다.

"이거면 충분해. 이따 은행 가서 상금 받아 올 거야. 이제 우리 연희 등록금 걱정 없겠다."

- 고마워, 언니. 진짜 고마워.

"거봐, 내가 말했지? 넌 아무 걱정하지 말고 그림만 열심히 그리면 된다고."

연정이 휴대폰에 대고 저녁에는 치킨을 먹자며 청량하게 웃었다. 아침 햇살이 눈부시게 비치는 길을 걷는 그녀를 보며, 영한은 마지막에 노인과 했던 대화를 떠올렸다.

「근데 이왕이면 1등을 하게 해 주시지, 왜 하필 2등이에요?」

「지나고 나니 돈이 많은 게 행복이 아니더라고. 살아가기에 꼭 필요한 돈, 그게 없으면 불행한 건 맞지만, 아주 많다고 그만큼 행복해지는 것도 아니란 말이오.」

말을 하며 희미하게 웃던 노인의 얼굴이 한참이나 눈앞에 아른거렸다.

🕐

얼마간의 내부 조사 끝에 감사부는 태민이 없던 기간을 공식적인 휴가로 처리하고 사건을 마무리 지었다. 태민을 추격했던 무리는 한 부장이 증거를 없애기 위해 별도로 고용한 인력이었고, 현승의 기억도 불법으로 지웠다는 게 밝혀졌다. 결국 현승의 사진에 찍혔던 관리부장을 비롯해 조사팀 직원들까지 불법 거래와 관련된 사람들이 대거 정리됐다.

그렇지만 시작은 이제부터였다. 흰 천을 두른 남자는 누구고, '미라클 테크'는 어떤 음모를 꾸미고 있는 건지. 6년 전, 태민을 균형자로 만들고 1구역의 기억을 심어 놓은 사람은 누군지. 태민은 새로운 팀과 함께 남은 의문들을 풀어야겠다고 결심했다.

"아무튼 갔다 온다."

"옙!"

히죽 웃는 영한을 뒤로 하고 사무실을 나서면서 태민은 출장 정보를 확인했다.

- **여행자**: 윤희재, 16세, 여
- **출장자**: 송태민
- **기간**: 8.16. (4시간)
- **지역**: 서울

"어린 친구네."

태민은 곧장 시동을 걸고 동대문으로 향했다. 여름휴가 기간이라 대기소에도 휴양지 차림의 여행자들이 많았다. 그중에 유일하게 한 아이만 패스트푸드점 유니폼을 입고 있었다. 그는 그 아이가 희재일 거라 짐작했다.

"윤희재 씨?"

가까이 가서 이름을 부르자, 몸을 떨고 있던 아이가 고개를 들었다.

"여행을 함께할 송태민입니다."

그녀는 아직 이 상황이 적응되지 않는지, 말없이 뻣뻣한 단발
머리만 만지작거렸다. 그의 시선을 피하는 아이의 눈에는 두려움
이 담겨 있었다.

"설명은 들었죠? 시간이 많지 않아요. 가고 싶은 곳이나 보고
싶은 사람이 있으면…."

"저… 어떻게 죽은 거예요? 이게 정말 마지막이에요?"

아이가 울상이 된 얼굴로 물었다. 태민이 그녀의 목에 걸린 파
란색 명찰을 넌지시 보고는 대답했다.

"사고였습니다. 오토바이로 배달 중에 큰 트럭이랑 부딪쳤어
요. 여기선 마지막이지만, 완전히 끝은 아니고요."

누군가의 죽음을 요약에 가깝도록 설명하는 일. 이제 이런 건
그에게 너무도 익숙했지만, 하고 나면 매번 목이 꽉 막힌 듯 갑갑
했다.

"엄마…."

희재가 목을 움츠리며 작게 말을 뱉었다. 대기소도 계절에 따
라 분위기를 타는데, 가장 분주하고 시끄러울 때가 여름이었다.
다른 사람들 소리에 아이의 목소리가 묻혀서, 태민이 무릎을 굽히
고 앉아 눈높이를 맞췄다.

"뭐라고요?"

"집으로 가고 싶어요. 엄마를 봐야 해요…."

서울의 마지막 달동네인 민계동은 가파르고 좁은 골목을 사이에 두고 작은 판잣집들이 다닥다닥 붙어 있었다. 벽과 지붕은 당장 무너져도 이상하지 않을 정도로 너절했다. 땡볕 더위에 집마다 문을 활짝 열어 놓고 힘없이 부채질하거나, 낡은 선풍기가 털털거리며 돌아갔다. 거의 동네 꼭대기까지 올라가서 대문을 밀어 봤지만, 희재의 엄마는 없었다.

"일하러 갔나 봐요. 엄마를 만나야 하는데, 꼭 해 줄 말이 있는데…."

"어머니 회사가 어디죠?"

"수요일마다 청소하는 건물이 있어요. 저 시간이 얼마나 남았어요?"

"3시간 정도요. 빨리 이동할 수 있는 방법을 찾아볼게요."

동네를 지나 10분 정도 비탈진 길을 올랐더니, 산 초입에 지금은 사용하지 않는 휴게소가 나왔다. 시계 화면을 확인한 태민이 입구에 세워진 차단 봉을 넘으며 말했다.

"여기서 이동하면 되겠네요. 넘어와요."

그가 휴게소 안 주방의 한쪽 벽면에 손목시계를 스캔했다. 인증이 완료되고, 구석에 있던 업소용 냉장고 문을 열었다. 문 너머에 다른 공간이 펼쳐지자 희재의 눈이 휘둥그레졌다. 태민이 먼저 냉장고 안으로 발을 디디고 그녀에게 손을 내밀었다. 이어진 문은 아까보다 좁았는데, 나와 보니 청소 도구들을 넣는 캐비닛이었다. 희재의 엄마는 땀을 비 오듯 흘리며 아래층 계단을 청소하고 있었다. 엄마를 멀거니 보고 있던 희재가 울먹였다.

"우리 엄마, 나 없으면 안 되는데…."

"원하면 미래로도 이동할 수 있으니까 작게라도 도울 게 있는지 볼래요?"

태민의 말에 어쩐지 희재는 더 절망스러운 표정을 지으며 당장 오늘 밤부터 봐야겠다고 했다. 그가 시계와 태블릿에서 시간을 세팅하고 캐비닛 문을 열었더니, 이번에는 희재네 앞집 연탄 창고로 이어졌다.

밤 9시가 되어서야 엄마는 저녁을 차렸다. 쌀통을 박박 긁어 겨우 세 가족이 먹을 밥을 지었다. 생활비가 떨어진 지 오래라 반찬은 쉰내 나는 김치가 전부였다. 얼마 후 남자가 문을 박차고 들어왔다. 술에 취해 휘청거리는 그를 붙잡으며 엄마가 물었다.

"잘, 다녀, 왔어요?"

"이게 잘 다녀온 얼굴로 보여?"

손이 잘리고 남은 맨손목에 엄마의 손가락이 닿자, 그가 발작하듯 뿌리치며 으르렁거렸다. 문지방을 넘어 방으로 들어간 그가 차려진 밥상을 발로 차 버렸다.

"왜, 왜, 그래요."

어렵게 말을 이으며 말리는데도 그는 엄마의 머리채를 잡아서 바닥에 패대기칠 뿐이었다.

"희재 이년은 시간이 몇 신데 집에 없어?"

"아, 아르바이트, 갔어요."

"아르바이트는 무슨. 어디 싸돌아다니면서 놀고 있겠지. 집구석이 이 모양이니까 내 일도 안 풀리잖아!"

그는 도박 중독이었다. 희재나 엄마가 일해서 조금이라도 돈을 벌어 오면 귀신같이 찾아내 도박장으로 쓸어 갔다. 가져간 돈을 탕진하면 돌아와서 밤늦게까지 화풀이가 이어졌다.

지적 장애가 있는 아내를 자상하게 보살피던 그는 희재가 태어나자 막노동 대신 공장에 일을 얻었다. 그는 성실 사원으로도 뽑힐 만큼 열심히 일하며, 단란한 삶을 꾸려 갔다. 세 가족에게 비극의 그림자가 드리운 건 5년 전이었다.

"짜잔! 이거 봐라."

같은 라인 동료가 탈의실에서 5만 원짜리 뭉치를 흔들며 턱을 들어 보였다.

"웬 돈이에요, 형?"

"어제 10만 원 넣고 200만 원 따왔거든."

"에이, 거길 또 가셨어요?"

"그럼, 매일 얼굴도장 찍어 줘야지. 이렇게 쏠쏠한데."

내색하지는 않았지만, 그의 손에 들린 돈뭉치에 자꾸 시선이 가는 건 어쩔 수 없었다. 얼마 뒤 동료는 이내 공장까지 그만두고 연락이 끊겼다. 동료의 소개로 몇 번 도박장을 찾았던 그는 두고 간 짐을 전해 준다는 핑계로 홀린 듯 그곳을 찾았다.

"형씨, 자주 봅시다."

처음에는 도박으로 딴 돈으로 몇 달 만에 고기반찬을 해 먹고, 딸이 좋아하는 피자를 사 가는 게 큰 행복이었다. 하지만 그 정도면 충분하다고 생각했던 마음은 탐욕으로 변해 그를 집어삼켰다. 기계 앞에서 일하면서도 종일 동료가 흔들던 돈뭉치가 눈에 아른거렸다.

기어이 도박 빚으로 한쪽 손까지 잃고 공장 일도 할 수 없게 되자, 집에서 뒹굴다가 가족들 주머니를 털어 도박장을 찾는 게 그의 일상이 돼 버렸다.

"이게, 마지막, 쌀…."

"재수 없게 울지 말라고! 너 때문에 내가 더 재수가 없잖아!"

엄마가 바닥에 흩어진 밥알을 그릇에 주워 담으며 훌쩍이니, 그가 오히려 역정을 내며 뺨을 갈겼다. 코피를 소매로 문지르는 엄마의 눈에서 굵은 눈물방울이 떨어지자, 이번에는 발길질이 날아들었다. 그 모습을 지켜보고 있던 희재의 눈이 뜨거워졌다.

"씨발, 윤희재 이년도 오기만 해 봐⋯."

예전과 완전히 딴사람이 된 남자는 힘없는 엄마와 희재를 매일 같이 괴롭혔다. 희재가 크면서 엄마의 앞을 막아서자, 그는 격분해서 미친개처럼 날뛰었다. 그래도 언제부터인가 희재가 있는 날은 엄마를 덜 때렸다.

"여행 중에 누군가를 죽일 수도 있나요."

맞아서 바닥에 축 늘어진 엄마를 보고 희재가 가라앉은 목소리로 물었다.

"계기를 제공할 수는 있겠지만 추천하지 않아요. 다른 사람의 생명에 영향을 미치면 희재 씨한테 주어진 시간도 달라질 수 있거든요."

태민이 무겁게 내리깐 눈으로 대답했다. 뭐라 더 말을 해 줄 수 있을까. 눈앞에 펼쳐진 참혹한 광경에 그도 그만 입을 다물었다.

희재가 결심한 듯 주먹을 꽉 쥐었다.

"씨발, 지긋지긋한 집구석. 내가 왜 저런 병신을 만나서⋯."

남자는 아내의 작업복 안주머니에 든 천 원짜리 몇 장을 꺼내서 집을 나갔다. 좁은 골목을 내려가는 그의 뒤를 희재가 아무 표정 없이 따라나섰다. 몇 발짝 뒤에서 태민이 두 사람을 지켜봤다.

"거지 같은 이 동네는 밤에도 덥고 지랄이야."

남자가 목에 맺힌 땀방울을 짜증스럽게 털어 냈다. 그때 바짝 뒤까지 쫓아간 희재가 온 힘을 다해 그의 등을 밀쳤다.

"어어, 뭐야. 으억!"

중심을 잃은 남자가 휘청이다 가파른 골목을 구르기 시작했다. 한참 내려가던 남자의 몸은 어느 집 앞에서 멈췄다. 담장 모서리에 찍힌 머리에서 붉은 피가 흘러 바닥으로 퍼졌다. 골목은 불 켜진 가로등도, 행인도 하나 없이 고요하기만 했다. 천천히 길을 걸어 내려온 희재가 아무 감정 없는 눈빛으로 남자를 내려다봤다.

"잘 가. 엄마랑 내 앞에 다신 나타나지 마."

그리고 그녀는 차분하게 몸을 돌려 다시 골목길을 올랐다.

엄마는 새로 상을 차려 놓고 밤늦게 돌아올 딸을 기다리고 있었다. 식대를 아끼려고 점심도 굶어서 무척 배가 고플 테지만, 딸과 함께하는 식사가 그녀의 하루에서 유일한 낙이었다.

"우리, 딸, 늦네."

집 전화도 휴대폰도 없는 엄마는 희재의 사망 소식을 한참이 지나서야 들을 터였다. 엄마는 혼자서 괜찮을까. 희재의 눈에서 뜨거운 눈물이 흘렀다.

"엄마, 내가 너무 늦었지…."

목소리가 들릴 리 없는데, 엄마가 방 안을 두리번거렸다. 희재가 엄마를 꼭 안으며 말했다.

"엄마… 나 이제 가야 해. 말도 없이 먼저 가서 미안해. 기다릴 테니까, 너무 힘들면 꼭 나한테 와. 그래도 너무 빨리 오지는 말고…. 그땐 내가 엄마 할게. 엄마가 내 딸 해. 내가, 내가 그때는 엄마 꼭 지켜 줄게….”

뭐가 느껴지는지 엄마가 가만히 눈을 감고 고개를 숙였다. 태민이 멀리서 보니 마치 두 사람이 서로를 안고 있는 모습이었다. 그때, 울고 있는 희재의 명찰이 붉게 변했다. 여행이 완전히 끝나가고 있다는 뜻이었지만, 태민은 그녀를 재촉할 수 없었다.

균형자로 일하다 보면 가족을 위해 남은 시간을 내놓는 사람들을 많이 본다. 모두 특별한 이유는 없었다. 그저 단 하나, 무엇을 주어도 아깝지 않은, 평생 모은 시간을 다 버리더라도 꼭 지켜 내고 싶은 ‘소중한 존재’이기 때문이다.

$$\bigcirc$$

“저, 다음 달까지만 근무하겠습니다.”

휴가가 끝나고 출근한 날, 하진은 사직서를 냈다. 퇴사를 결심한 건 지난번 회식 때문도 아니었고, 연쇄 살인범을 만나고 삶이 다르게 보여서도 아니었다. 다사다난했던 여름휴가를 보내고 돌아왔을 때, 사무실 책상 배치가 바뀌어 있었다.

「어휴, 진작에 이렇게 바꿀걸.」

지민이 쓰던 자리는 감쪽같이 사라지고, 다른 자리가 한 칸씩 밀려서 유중현 부장이 두 자리를 차지했다. 그는 넓어진 자리에 화분을 더 두고 그야말로 식물원을 만들었다. 이따금 들리는 분무기 소리에 마음이 들끓었다. 누구는 목숨을 잃었는데, 아무렇지도 않은 사람들에게 염증이 났다. 그래서 핑계가 생기기 전에 결심을 입 밖으로 꺼낸 것이었다.

"왓? 푹 쉬고 와서 갑자기 그만둔다니? 이게 웬 뚱딴지같은 소리야?"

유 부장의 장난스러운 대꾸에도 하진이 아무 반응도 없자, 그가 하소연을 늘어놓았다.

"이렇게 나가 버리면 일은 누가 하냐고. 이제 승진했으니 미련 없다 이거야, 김 주임?"

편하게 일 시킬 사람이 없어질까 봐 그는 며칠이나 하진을 붙잡았다. 자리를 지키는 것 외에는 할 줄 아는 게 없으니 그가 막막해하는 것도 이해는 갔다.

며칠 전, 지민의 원룸 뒷산에서 유서로 추정되는 종이가 발견됐다는 기사가 떴다. 다시 보니 그녀가 마음이 답답할 때마다 오른다던 산이었다. 근처에서 그녀의 신발이 발견됐지만, 끝내 시신은 찾을 수 없었다.

[사는 게 너무 고단해서, 이제 좀… 쉬려고요…. 감사했어요. - 송지민 -]

유서를 보니, 지민은 누군지 모를 사람에게 감사하다는 말을 남기고 떠났다. 그녀를 떠올리니 고개를 젖히며 웃던 모습이 먼저 떠올랐다. 항상 씩씩하고 쾌활하던 그녀가 유서를 남기고 스스로 목숨을 끊었다는 사실이 도무지 믿기지 않았다. 할머니가 돌아가시고, 회사에서 나쁜 소문에 시달리면서 남자친구에게 배신까지 당했던 지민은 얼마나 외로웠을까. 겉으로는 그저 좋아 보이는 사람들도 다들 제 삶을 살아내 보려고 안간힘을 쓰며 버티고 있는지도 모른다는 생각이 들었다.

이후로 더는 재현 생각이 나지 않았다. 상처는 사랑으로 치유된다고들 하지만, 때론 더 큰 상처로 잊히기도 한다. 하진은 연쇄 살인범의 반지에 쓸려 생긴 눈 밑의 상처가 아무는 동안, 종종 지민의 남자 친구였다던 그를 떠올렸다. 악역은 악역인 줄도 모르다가, 된통 당하고 나타났을 때가 더 무서운 거라던 보영의 말이 맞았다. 너도 좋은 사람이 곁에 있었다면 조금 더 버틸 수 있었을까. 슬픔이나 아픔의 크기는 누구의 것이 더 큰지 비교할 수 없다. 그게 어느 정도인지 알려면 직접 겪어 보는 수밖에 없으니까.

퇴사 당일. 상자에 개인 물건을 담는데 유 부장이 와서는 정말 그만두는 거냐며 아쉬움을 토로했다. 누가 쓰레기 아니랄까 봐 있을 때 잘하지. 핑계로 가득한 삶이 지긋지긋하지도 않냐고, 자식들한테 창피하지는 않냐고, 인생을 좀 똑바로 살라고, 나라면 그렇게는 안 살겠다고. 마지막으로 이런 말들을 쏟아 내고 싶었지만, 하진은 옅게 웃으며 인사했다.

"그동안 감사했어요. 안녕히 계세요."

어느 날인가 길에서 들었던 술 취한 아저씨의 말이 생각났기 때문이다.

「야아, 그분이 그렇게 허술한 분이 아냐. 네가 미친년처럼 날뛰지 않아도 다 자기가 한 대로 돌려받아. 그러니까 괜히 나서지 말고, 너부터 챙겨.」

유예빈 과장은 마지막까지 제게 뭐라도 피해가 올까 봐 복도까지 쫓아와서 유난을 떨었다.

"진짜 이렇게 간다고? 설마 나 때문에 그만두는 건 아니지?"

"가 볼게요. 편 팀장님께도 인사 전해 주세요."

하진이 작별 인사 대신 의미심장한 말을 남기고 엘리베이터에 올라타자, 닫히는 문 너머로 자기가 왜 인사를 전하냐며 펄펄 뛰는 목소리가 돌아왔다. 사실 하진은 누가 편 팀장의 오피스 와이프인지 알고 있었다. 휴게실에서 유 과장의 블라우스 단추와 그의 이니셜이 새겨진 볼펜을 발견하기 훨씬 전부터.

삶에서 인간쓰레기가 하는 순기능이 한 가지 있다. 바로 다른 사람이 삶을 제대로 살도록 생각을 바꿀 계기를 주는 것. 그렇다고 그들의 행동이 용서받는 건 절대 아니다. 평소 같았으면 퇴사하겠다고 말도 못 꺼냈을 텐데, 죽을 고비를 넘기니 무언가 달라져 있었다. 어쩌면 지민이 아니라 자신이 저렇게 될 수도 있었다는 생각이 들자, 인생을 다르게 살아야겠다는 결심이 섰다. 썩은 조직에서 계속 월급만을 위한 삶을 살긴 싫었다.

마지막으로 로비에서 회사 건물을 한번 돌아보고 나가려는데 입구에 재현이 들어오는 게 보였다. 그는 갑작스러운 퇴사 소식에 짐짓 놀란 것 같았지만, 오히려 하진의 마음은 가벼웠다. 태민의 말대로 이제는 이 관계를 놓아주기로 했으니까.

"지금 가는 거야?"

"네. 잘 지내요, 과장님. 고마웠어요."

"나도 고마웠어. 그리고 미안해⋯."

그가 더 할 말이 있어 보였지만 하진은 힘차게 발걸음을 내디뎠다. 잦은 엇갈림으로 누군가와의 인연이 다했다는 걸 알려 줘도 많은 이들이 지난 인연을 미련하게 붙잡고 있다. 우린 이별 후에 지난 시간을 실제보다 더 미화해서 간직하지만, 사실 이별에는 다 그만한 이유가 있었다. 단지 기억하려 하지 않을 뿐.

그를 지나치며 하진은 마음속으로 되뇌었다. 안녕, 잠시나마 위로를 줬던 고마운 사람. 이제 진짜 안녕.

[우리 딸, 집 걱정은 그만하고 이제는 네 삶을 살아.]

회사를 그만뒀다는 소식에 엄마는 그동안 너무 고생만 시킨 것 같다며 하진의 새로운 출발을 응원해 줬다. 아무도 올려놓지 않았지만, 혼자서는 버거웠던 어깨의 짐을 이제 조금은 내려놓을 수 있을 것 같았다.

하진은 더 나이가 들기 전에 꿈꾸던 무언가를 해 보자는 생각이 들었다. 못 할 것도 없지 않은가. 하찮고 성에 차지 않아도 지금 이게 나의 삶인 건 변함없으니, 우리는 더욱 열렬히 자신을 믿어 줘야 한다. 나를 진심으로 믿어 줄 사람은 나밖에 없으니까.

건물 밖으로 나왔더니 홀가분함과 동시에 허기가 몰려왔다. 사무실을 나오기 직전까지 급한 업무를 처리해서 넘기느라 점심을 거른 탓이었다. 짐도 있고 김밥이나 포장해 갈까 했는데, 화단 근처에서 담배 피우는 남자가 보였다. 뒷모습이 꼭 태민 같았다.

"…아저씨?"

남자가 하진이 부르는 소리에 고개를 돌렸다. 그녀를 본 태민이 담뱃불을 끄고는 웃으며 다가왔다.

"퇴사 축하해."

"웬일이에요?"

"기사가 필요할 것 같아서. 전해 줄 것도 있고."

태민이 손에서 상자를 가져가자, 하진이 초점이 선명한 눈길을 그에게 보냈다.

"뭔데요?"

"점심은? 밥부터 먹을까?"

힘차게 고개를 끄덕인 하진은 배가 너무 고팠다며 총총걸음으로 차에 탔다. 태민은 트렁크에 짐을 싣고 와서, 조수석에 앉은 그녀를 웃음기 어린 눈으로 봤다.

"근데 왜 갑자기 퇴사야?"

"그동안 괴롭고 힘들게 지내는 게 어쩔 수 없는 거라고 착각하며 살았거든요. 근데 생각해 보니까 다 제 선택이었더라고요. 그래서 이번에는 맞는 결정을 해 보려고요."

"어떻게 된 게 지금까지 본 모습 중에 오늘이 제일 활기차다?"

"퇴사가 만병통치약이라더니. 거지 백수가 됐는데 왠지 힘이 나네요."

하진이 고개를 젖히며 환하게 웃음을 터뜨렸다. 태민도 함께 웃으며 작은 곰 인형과 노트를 그녀에게 건넸다.

"이게 뭔데요?"

황동색 열쇠가 달린 고리도 그 위에 얹으며 태민이 말했다.

"대신 전해 주는 거야. 재영이가 남기고 갔는데, 어쩐지 다 네 거인 것 같아서."

"오빠는 어디 갔는데요?"

"외국에, 출장."

갑작스러운 그의 출장 소식에 하진이 고개를 갸웃거렸다.

"이렇게 말도 없이요? 지난번에 구해 준 거 고맙다고 말도 못 했는데. 언제 돌아와요?"

"장기 출장이라 언제 올지 모르겠다. 인사 못 하고 가서 미안하대."

하진이 아쉬움에 입술을 꾹 다물고 시선을 내렸다. 이내 다 이해한다는 뜻으로 고개를 까딱하고는 미소를 머금었다.

"근데 이 열쇠는 뭐죠?"

"글쎄, 언젠가 쓸 일이 있지 않을까."

그녀는 어깨를 으쓱하고는 그에게 전해 받은 것들을 가방에 넣었다.

잠시 후 태민이 식당 앞에 차를 주차하며 무심하게 물었다.

"김하진, 이제 퇴사했으니 자유네? 뭐 계획 있어?"

"졸업하자마자 너무 일만 한 것 같아서 당분간은 쉴까 싶기도
하고…."

"나랑 같이 일할래?"

"무슨 일이요? 그 시간 훔치는 거?"

차에서 내린 하진이 그의 말이 농담인지 확인하려는 듯 눈을
맞췄다.

"훔치는 거 아니래도. 균형을 잡는 거야, 균형."

"정말 해도 돼요? 새로운 일 구할 때까지만?"

안 그래도 마음이 편치 않아 다시 회사에 들어갈 때까지 아르
바이트라도 하려던 참이었다.

"그래, 어차피 하고 싶다고 오래 할 수 있는 것도 아니니까."

"이제 진짜 팀장님이라고 불러야겠다. 팀장니임."

하진이 장난스럽게 그를 부르자 태민이 웃으며 그녀의 머리를
흩뜨렸다. 식당에서 음식을 기다리는 동안 재영의 수첩을 열었더
니 중간에 그가 좋아하던 노래 가사가 적혀 있었다.

[〈You're my home〉
이제 모두 제자리로 돌아갈 시간이야
종일 켜켜이 쌓인 한숨은 뒤로 하고 난 집으로 가야 해
온기 하나 없는 깜깜한 공간이라도 내 몸을 온전히 누일 수 있다면
그런 집이 필요해 난 by my side]

그리고 가사 아래에 글씨가 한 줄 더 적혀 있었다.

[하진아, 건강하게 잘 지내야 해. 우린 꼭 나중에 만나자.]

여전히 악필이었지만, 잘 나오지 않는 볼펜으로 몇 번이나 눌러쓴 글자가 어쩐지 그의 작별 인사인 것처럼 보였다.

🕐

"이렇게 바로 출근하는 거라고는 말 안 했잖아요?"

"새로 일 구할 때까지 하겠다며. 늦었어. 얼른 들어가."

밤 11시, 태민이 하진을 가볍게 밀며 34층 게이트를 통과했다. 잠시 후 정산부 사무실 벽면을 빼곡하게 채운 시계를 보고 하진의 입에서 탄성이 나왔다.

"와, 이렇게 전문적으로 시간을 훔치는 거였다니. 완전 멋진데요?"

"정산 끝나고 봐. 지금은 감탄할 시간 없어."

하진의 손목을 잡아끈 태민이 테이블 앞으로 가서 프로그램 사용법을 알려 줬다.

프로그램을 이것저것 눌러보던 하진이 태민을 흘겨보며 구시렁거렸다.

"아저씨… 아니, 팀장님, 이거 수학 잘해야 하는 거였으면 진작 말해 줬어야죠. 나 수포자였다고요. 수학 때려치운 지가 언젠데."

"기본 셈만 하면 되는데 이게 무슨 수학이야."

숫자가 빽빽하게 적힌 화면 앞에서 하진이 흘러내린 앞머리를 귀에 꽂으며 말했다.

"아, 벌써 적성에 안 맞아."

"그만 투덜대. 아니면 이거 말고 다른 거 하든가."

"다른 거 뭐요? 팀장님, 시간 말고 다른 것도 훔쳐요?"

하진이 관심 있는 눈으로 그의 다음 말을 기다렸다.

"나 말고."

"그래도 저는 시간 도둑 할래요. 어쨌든 마지막엔 시간이 이기 니까. 그래서 전 시간 편에 서기로 했거든요."

그녀가 팔을 쭉 뻗어서 기지개를 켜다 말고 호기심이 가득 찬 눈으로 태민을 올려다봤다.

"근데 정말 다른 도둑이 있단 말이죠?"

"이 세상에 시간 말고도 귀중한 게 얼마나 많은데, 왜 시간 도둑 만 있을 거라 생각해?"

태민의 말에 하진이 눈동자를 굴렸다.

정산이 끝나고 테이블을 정리하는 사이, 누군가 걸어오는 소리 에 먼저 돌아본 태민이 말했다.

"인사해. 우리 팀 새로운 팀원."

"어?"

어색하게 웃는 눈과 마주친 하진의 눈동자가 커졌다가 이내 휘 며 함박웃음을 지었다. 태민도 웃으며 두 사람에게 와인색 손목시 계를 건넸다.

에필로그 1. 하진을 만났던 날

"자, 이번 주 미팅 리스트."

이 리스트에 올라오는 이름들을 볼 때마다 하진은 지난여름을 떠올렸다. 그런 꿈은 처음이라 지금도 꿈속에서 봤던 장면이 선명했다.

하진은 어느 숲속에 있었다. 시원한 바람을 타고 오는 산뜻한 풀 내음에 저절로 마음이 편안해지는 곳이었다. 촉촉하게 젖은 흙길을 따라가니, 예쁜 정원과 오두막집이 나왔다. 어디서 많이 본 듯한 익숙한 정경이었다. 정원에 있는 나무 벤치에는 머리가 긴 여자가 앉아서 책을 읽고 있었다. 바스락거리며 하진이 걸어오는 소리에 여자가 고개를 돌렸다.

"…."

그 순간, 두 사람은 아무 말 없이 서로를 한참이나 쳐다봤다. 머리 스타일도 다르고 입은 옷도 달랐지만, 바로 알 수 있었다. 눈앞에 있는 사람이 자신이라는 걸.

"…하진?"

서 있던 하진이 묻자, 의자에 앉은 여자가 고개를 끄덕였다.

"잘 지내고 있어? 난 덕분에 잘 지내."

덕분이라는 말에 앉아 있던 여자가 의아한 표정을 지었다.

"생각해 봤거든. 내가 이렇게 건강하게 지내면서 가끔 좋은 사람들도 만나는 걸 보면, 다른 곳에 있는 네가 인생을 잘 살아 줬기 때문이 아닐까 하고. 근데 넌 괜찮은지 모르겠다…."

괜찮냐는 말에 여자가 눈물이 가득 고인 눈으로 하진을 바라보았다.

"이거, 전해 달라고 하던데."

하진이 내민 편지를 받아 든 여자가 봉투에 쓰인 이름을 보고 고개를 떨궜다. 태민의 편지를 읽은 여자는 손바닥에 얼굴을 묻고 한참을 흐느꼈다. 잠시 후 흰 봉투 위로 홀로그램이 생기더니 아름다운 광경이 펼쳐졌다. 예쁜 정원에서 하진과 태민, 그리고 두 아이가 깔깔 웃으며 뛰노는 모습이었다. 이번에는 서 있던 하진의 눈에 눈물이 가득 차올랐다.

"우리 힘들더라도 포기하지 말자. 그럼에도 불구하고 지금 이게 우리의 삶인 건 변함없으니까…. 그러면 이렇게 선물 같은 순간이 찾아올지도 모르잖아."

하진이 꿈같은 풍경으로 다시 눈을 돌리며 말했다.

"하진아, 주인이 없는 삶은 색이 없대. 넌 너의 색을 살아. 난 나의 색을 살아 볼게."

마지막은 기억이 희미하지만, 그때 벤치에 있던 여자가 말간 미소를 지었던 것 같다.

에필로그 2. 적성에 딱 맞는 일

급하게 4구역으로 넘어온 창훈은 거친 숨을 몰아쉬었다. 갑자기 나타난 남자가 쏜 총에 맞은 어깨가 저릿했다. 다행히 다른 구역으로 넘어오니 총 맞은 상처가 금세 아물기 시작했다.

하진을 제외하고는 받았던 명단을 모두 처리했다. 보나 마나 이번에도 처리자 중에 창훈의 실적이 가장 우수할 게 뻔했다.

"그년만 아니었으면…. 씨발."

4구역 본부 앞은 평소처럼 안개가 자욱했다. 창훈이 흑백의 건물 입구까지 터벅터벅 걸음을 옮겼다. 커다란 회전문으로 발을 내딛으려는데, 건물 앞에서 어느 커플이 큰 소리로 싸우고 있었다.

"이제 와서 뭘 어쩌라고!"

"오빠 왜 이렇게 변했어?"

앙칼진 여자의 목소리에 창훈이 잠시 생각에 잠겼다.

「*오빠 원래 이런 사람 아니잖아.*」

기절한 지민이 깨어나서 했던 한마디가 머릿속에 떠오르자, 짜증이 밀려왔다.

"그래, 나도 원래 이렇진 않았지."

창훈이 메마른 눈으로 남자에게 악을 쓰는 여자를 내려다보며 혼잣말했다.

3년 전 어느 겨울이었다. 발이 푹푹 빠질 정도로 눈이 많이 쌓였던 그날, 창훈은 서점에서 일하고 있었다. 지금과 다른 게 있다면 그때는 정말 돈을 벌기 위해 일을 했다는 것.

크리스마스를 앞둔 서점은 손님으로 북적거렸다. 재고 파악을 하던 창훈은 길게 늘어진 계산대 줄을 보고 얼른 계산을 도왔다. 정신없이 손님을 맞던 중, 한 여자에게 시선이 꽂혔다. 여자는 며칠을 씻지 않은 건지 허리까지 닿는 곱슬머리가 엉겨 붙은 채, 초점 없는 눈으로 서 있었다.

"계산해 드리겠습니다."

창훈의 말에 여자가 체크카드를 내밀었다. 기계에 카드를 꽂았더니 '한도 초과'라는 문구가 떴다.

"손님, 결제가 안 되는데 혹시 다른 카드는 없으실까요?"

그때였다. 여자의 눈빛이 돌변하더니 갑자기 창훈에게 삿대질하며 소리를 질렀다.

"내가 화장도 안 하고 다니니까 노숙자로 보여? 역시 고졸은 다르다니까…."

여자는 숨도 쉬지 않고 뜻을 제대로 알 수 없는 욕설을 뱉어냈다. 순서를 기다리던 손님들이 힐끔힐끔 창훈을 쳐다보며 숙덕거렸다. 여자가 일방적으로 화를 내는 상황이니 창훈이 무언가 잘못했을 거라 짐작하는 듯했다. 창훈은 아무 동요 없이 미소로 응대하며 여자를 설득해 현금으로 결제를 마무리하고, 회원 카드까지 만들도록 안내했다.

일주일 뒤, 창훈은 회원 정보에 적힌 여자의 주소를 무작정 찾아갔다. 어제부터 눈비가 내려 바닥이 질퍽거렸다. 사람들은 똥은 무서워서 피하는 게 아니라, 더러워서 피하는 거라고들 하지만 그 '더러운 똥'이 며칠이 지나도록 신경을 긁을 줄은 몰랐다. 하필 그 미친 여자의 말 중에 '고졸'이 들어가 있던 게 화근이었다.

낡은 빌라 앞에서 여자의 얼굴을 마주 본 순간, 창훈은 주머니에 넣었던 주머니칼을 꺼내 들었다. 그날 처음으로 사람을 죽였다. 자기가 왜 죽는지도 모르는 얼빠진 표정을 한 여자를 보고, 창훈이 말했다.

"내가 보육원에서 학대받으면서 얼마나 어렵게 고등학교까지 졸업했는지 네년은 모르잖아. 그냥 싸지르면 다 말인 줄 알지? 죽어!"

"사… 살려주세요…."

제게 욕을 할 때는 언제고, 숨을 헐떡이며 목숨을 구걸하는 모습이 퍽 우스웠다. 그대로 여자를 내버려두고 낄낄거리며 골목을 나왔다. 생전 처음 느껴보는 쾌감에 창훈은 결심했다. 앞으로 제 삶에 나타나는 더러운 똥은 모두 이렇게 치워버리겠다고.

몇 발짝 걸었을 때, 창훈보다도 키가 한 뼘이나 더 큰 남자와 마주쳤다. 검은색 우비 때문에 그림자가 져 얼굴을 알아볼 수 없었지만, 그는 자신을 기다리고 있었다는 듯 말을 건넸다.

"처음치고는 제법 잘하시는데요? 재능이 있어요."

그가 검은색 가죽장갑을 낀 손을 맞부딪쳐서 박수를 보냈다. 그제야 누군가를 죽였다는 사실을 자각한 창훈은 제자리에 멈춰섰다.

"누구야, 당신."

"지금 제 소개까지 할 시간은 없을 것 같은데요?"

예의 바르게 말한 남자가 턱으로 창훈의 뒤를 가리켰다. 돌아보니 쓰러진 여자 옆에 피 묻은 칼이 그대로 남아있었다. 창훈은 여자를 죽일 생각만 했지, 뒤처리는 미처 생각하지 못했다.

"오늘은 특별히 제가 도움을 드리지요. 그리고 선생님 적성에 딱 맞는 일도 소개해 드릴게요."

"무슨…."

남자가 엄지와 중지를 미끄러뜨리며, 공기를 가르듯 딱 소리를 냈다. 순간 굵게 쏟아지던 빗방울이 그대로 멈췄다.

그 후로 창훈은 낮에는 서점 직원으로 일하며, 밤에는 처리자로 활동했다. 구역마다 시간 회수가 필요한 사람들을 빠르게 처리하는 게 그의 역할이었다. 처리자로 일할 때는 수단과 방법을 가리지 않았다. 빠른 실행력 덕에 창훈을 찾는 사람들이 점점 많아졌지만, 일각에서는 그의 비윤리적인 처리 방법을 두고 처리자 자격을 박탈해야 하는 것 아니냐는 주장이 나오고 있었다. 하지만, 창훈은 아랑곳하지 않고 오히려 완벽주의 성향을 뽐내기라도 하듯, 흔적 하나 남기지 않고 일을 처리했다. 하지만, 3구역에서 만난 김하진이라는 여자는 번번이 계획을 어그러지게 하더니, 기어이 그에게 첫 실패를 안겼다.

"넌 꼭 내 손으로 죽인다."

창훈이 엘리베이터에서 내리며 양 주먹을 꽉 쥐었다. 앞으로 자신에게 닥칠 일은 모른 채.

에필로그 3. 재영의 여행

"김재영 씨 계십니까. 김재영 씨."

대기실을 울리는 목소리에 재영이 번뜩 고개를 들었다. 방금까지 세미나실에서 교육을 들었는데도 이 상황이 잘 적응되지 않았다.

'내가 죽었다는 거지…….'

기억을 더듬어보니 어린 딸의 죽음과 자신의 암 때문에 툭하면 응급실에 실려 갔던 일들이 떠올랐다. 그런데 왜 이렇게 오래전 일 같지.

"김재영 씨, 저는 여행을 함께 할 오서현이라고 합니다."

긴 머리를 하나로 단정하게 묶은 여자가 재영에게 말했다.

"예…. 잘 부탁드립니다."

"여행 시간이 얼마 없네요. 뭐부터 하시겠어요?"

재영은 한동안 말이 없었다. 교육에서는 과거를 돌아볼 수 있다고 했지만, 최근 기억은 온통 고통스러운 것들뿐이었다.

"제가 어떻게 죽었나요?"

"응급실에서 돌아가셨어요. 암이 신경까지 침범해서 쇼크가 왔었습니다."

재영이 가만히 고개를 끄덕였다. 그 말인즉슨, 그가 마지막으로 계획했던 일은 실패했다는 뜻이었다.

재영이 쓸쓸한 표정으로 까끌까끌한 턱을 만졌다. 그때, 대기실 안에 있던 커다란 TV에서 아나운서가 다음 뉴스를 전했다.

"다음 소식입니다. 세상을 들썩이게 했던 '하진이 사건'의 양부모에 대해 대법원이 각각 징역 35년과 22년을 확정했습니다. 자세한 내용은…."

재영은 얼떨떨한 표정으로 먼 벽면에 걸린 TV를 응시했다.

"가실까요?"

서현의 재촉에 재영이 벌떡 일어나며 물었다.

"꼭 만나게 해주고 싶은 사람이 있는데 가능할까요."

재영은 죽은 아내와 딸을 만나게 해주고 싶다고 했다.

"아쉽지만 그건 불가능해요. 정말 인연이면 다른 구역에서라도 만나겠죠."

서현이 단정한 얼굴로 답했다.

"다른 구역이요…?"

그 단어를 들으니 갑자기 머릿속이 복잡했다. 꿈에서 본 것 같은 낯선 장면들이 마구잡이로 떠올랐다.

"네. 이제 남은 20분 동안 뭘 하실지 알려주시겠어요?"

"재작년 7월 10일, 아내 곁으로 다시 가고 싶어요."

재영이 말했다. 그날은 하진이 태어나고, 아름이 세상을 떠난 날이었다.

서현이 태블릿을 조작하자, 대기실 뒤쪽 문이 열렸다. 문 너머로 아름이 누워있는 분만실이 보였다. 그 모습에 재영의 입이 크게 벌어졌다.

"아름아…."

재영은 아름의 곁으로 가서 땀으로 젖은 그녀의 머리칼을 조심스럽게 넘겨주었다. 이제 몇 시간 뒤면 숨을 거둘 아내의 얼굴을 보니, 눈물이 볼 위로 흘러내렸다. 과거의 재영은 아무것도 모른 채, 한껏 들뜬 얼굴로 갓 태어난 하진을 보고 있었다. 그와 간호사가 하진의 탯줄을 자르러 나간 사이, 재영은 침상에 고개를 묻고 서러운 울음을 쏟아냈다.

"아름아… 미안해, 내가 하진이를 못 지켜줬어…….."

그때였다. 재영의 귓가에 아름의 목소리가 들렸다.

"아니야, 오빠 고생 많았어. 고마워. 사랑하고."

재영이 놀라서 퉁퉁 부은 눈을 들어 올렸다. 그가 힘들어할 때마다 용기를 주던 아름의 말투였다. 재영은 방금 들은 아내의 목소리가 환청인가 싶어 곁에 서 있던 서현을 쳐다봤다. 하지만 서현은 아무 표정 없는 얼굴로 있을 뿐이었다.

잠시 후 아름의 숨이 가빠지면서 바이탈 사인 모니터가 삐-삐삐- 하며 빠르게 울렸다. 담당 의사가 뛰어 들어와 긴급 조치를 했지만, 소용없었다. 아름은 고통스럽게 얼굴을 찡그렸다. 재영이 그녀의 뺨에 손바닥을 갖다 대며 말했다.

"아름아, 무서워하지 마. 나도 이제 너 만나러 가. 하진이도 만날 거고. 사랑해."

그 말을 듣기라도 한 것처럼 온통 인상을 찌푸리던 아름은 잠시 편안한 얼굴이었다.

짧은 여행이 끝나고 재영은 마지막으로 서현에게 물었다.

"아까 구역 얘기를 하시던데, 그게 천국 같은 사후세계인가요?"

"아뇨. 다른 세상이요. 김재영 씨 아내와 하진이라는 아이가 또 만날 수 있는 곳이에요."

재영은 그녀가 하는 말을 제대로 이해할 수 없었지만, 그래도 아내와 하진이 다시 만날 수 있다니 다행이라고 생각했다.

잠시 후 그가 빨간색 불빛이 켜진 평면 에스컬레이터에 오르며 물었다.

"다시 만나면 서로를 알아볼 수 있나요?"

"그럼요. 반드시."

점점 멀어지는 재영을 향해 서현이 답했다. 재영이 그녀를 향해 허리를 굽히자, 서현도 예의 바르게 마지막 인사를 건넸다. 재영이 돌아보니, 멀리 천장까지 뻗은 높은 문에서 눈 부신 빛이 쏟아져 나왔다. 문에 가까워질수록 강렬한 빛에 눈 뜨기도 어려웠지만, 재영의 입은 빙그레 웃고 있었다.

시간 도둑

초판 1쇄 인쇄 2024년 11월 11일
초판 1쇄 발행 2024년 11월 14일

지은이 손더

총괄 김명래
책임편집 김명래
디자인 zincbook
책임마케팅 김서연, 김예진, 김소희, 김찬빈, 박상은, 이서윤, 최혜연, 노진현, 최지현, 최정연,
조형한, 김가현, 황정아

마케팅 최혜령
경영지원 백선희, 권영환, 이기경
제작 제이오

펴낸이 서현동
펴낸곳 ㈜오팬하우스
출판등록 2024년 5월 16일 제2024-000141호
주소 서울특별시 강남구 테헤란로 419, 11층 (삼성동, 강남파이낸스플라자)
이메일 info@ofh.co.kr

ⓒ손더 2024
ISBN 979-11-94293-54-5 (03810)

한끼는 ㈜오팬하우스의 출판브랜드입니다.